Las Doncellas

Alex Michaelides

Las Doncellas

Traducción del inglés de Laura Manero Jiménez
y Laura Martín de Dios

Título original: *The Maidens*
Primera edición en castellano: junio de 2021

Impreso en México - *Printed in Mexico*

ISBN: 978-84-204-5548-8
Depósito legal: B-6593-2021

Compuesto en Arca Edinet, S. L.
A L 5 5 4 8 8

Para Sophie Hannah, por darme
el valor de mis convicciones

Háblame de tu primer amor,
de esperanzas en flor, de locos del azar;
hasta que recorra las tumbas un temblor,
y los muertos comiencen a bailar.

ALFRED, LORD TENNYSON, «La visión del pecado»

Prólogo

Edward Fosca era un asesino.

Aquello era un hecho, no algo que Mariana intuyera solo en un plano intelectual, como una idea. Se lo decía el cuerpo. Lo sentía en los huesos, en la sangre, en cada célula de su ser.

Edward Fosca era culpable.

Y, aun así, no podía demostrarlo, tal vez nunca pudiera. Ese hombre, ese monstruo responsable de al menos dos asesinatos, quedaría impune con toda probabilidad.

Un personaje tan engreído, tan seguro de sí mismo. «Cree que se ha salido con la suya», se dijo. Fosca imaginaba que había ganado.

Pero se equivocaba. Aún no.

Mariana estaba decidida a derrotarlo. Tenía que hacerlo.

Pasaría la noche entera analizando todo lo que había ocurrido. Allí, en aquella habitación pequeña y oscura de Cambridge, se devanaría los sesos hasta dar con la solución. Se concentró en la resistencia del calefactor eléctrico de la pared, que brillaba encendida en la penumbra, al rojo vivo, y trató de sumirse en una especie de trance.

Volvería al principio, intentaría recordarlo todo, hasta el último detalle.

Y atraparía a Fosca.

Primera parte

Nadie me dijo nunca que la pena se pareciera tanto al miedo.

C. S. Lewis, *Una pena en observación*

1.

Unos días antes, Mariana se encontraba en casa, en Londres. Estaba arrodillada en el suelo, rodeada de cajas, tratando una vez más de poner orden entre las pertenencias de Sebastian, aunque sin demasiada convicción.

No lo llevaba bien. Ya había transcurrido un año desde su muerte, y la mayor parte de sus cosas continuaban repartidas por la casa, apiladas aquí y allá o metidas en cajas medio vacías. Era incapaz de finalizar aquella tarea.

Seguía enamorada de él, ese era el problema. Era consciente de que no volvería a verlo, de que Sebastian se había ido para siempre, pero seguía enamorada y no sabía qué hacer con esos sentimientos. Estaba colmada de un amor tan grande, y tan turbulento, que rezumaba, goteaba, se desbordaba como el relleno de una vieja muñeca de trapo se sale por las costuras.

Ojalá pudiera meterlo en una caja, como intentaba hacer con las cosas de Sebastian. Qué escena tan triste: la vida de un hombre reducida a una colección de objetos descartados y destinados a un mercadillo.

Mariana introdujo la mano en la caja que tenía más cerca y sacó unas zapatillas de deporte.

Las miró con atención: eran las viejas zapatillas verdes que se puso para ir a correr a la playa aquel día. Aún conservaban una ligera humedad y granos de arena incrustados en las suelas.

«Deshazte de ellas —se dijo—. Tíralas a la basura. Hazlo».

Ya mientras lo pensaba sabía que era imposible. No eran él, no eran Sebastian, no eran el hombre que amaba y amaría siempre, solo eran un par de zapatillas viejas. Aun así, desprenderse de ellas sería como automutilarse, como presionar un cuchillo sobre la piel y rebanarse el brazo.

En lugar de tirarlas, Mariana las apretó contra el pecho. Las acunó, estrechándolas con fuerza, como si fueran un niño. Y lloró.

¿Cómo había acabado así?

En el espacio de un año, un tiempo que antes habría transcurrido de manera casi imperceptible —y que ahora se extendía tras ella como un páramo desolado que había sido arrasado por un huracán—, su vida se había hecho pedazos y la había llevado hasta allí: con treinta y seis años, sola y borracha un domingo por la noche, aferrada a las zapatillas de un difunto como si fueran reliquias sagradas, cosa que, en cierto modo, eran.

Había muerto algo hermoso, algo puro. Solo le quedaban los libros que él leía, la ropa que vestía, los objetos que había tocado. Aún percibía el olor de Sebastian en ellos, aún notaba su sabor en la punta de la lengua.

Por eso era incapaz de tirar sus pertenencias. Si las conservaba, de algún modo Sebastian seguiría vivo, aunque solo fuera un poco; si se desprendía de ellas, lo perdería para siempre.

No hacía mucho, por curiosidad malsana y en un intento de comprender contra qué luchaba, había releído toda la obra de Freud sobre el dolor y la pérdida. Freud argumentaba que, tras la muerte de un ser amado, debíamos aceptar la pérdida desde un punto de vista psicológico y dejar partir a esa persona o, de lo contrario, corríamos el riesgo de sucumbir al duelo patológico, que él llamaba «melancolía» y nosotros conocemos como «depresión».

Mariana era consciente de todo eso. Sabía que debía renunciar a Sebastian, pero no podía, porque seguía enamorada de él. Lo quería, aunque se hubiera ido para siempre, aunque hubiera traspasado el velo. «Tras el velo, tras el velo», ¿de quién era ese verso? De Tennyson, seguramente.

Tras el velo.

Esa sensación tenía. Desde la muerte de Sebastian, Mariana había dejado de ver el mundo en color. La vida tenía un tono gris y mortecino, y se le antojaba distante, como tras un velo, tras una bruma de tristeza.

Quería esconderse del mundo, el ruido y el dolor, y refugiarse allí, en su trabajo, en su casita amarilla.

Y allí se habría quedado si Zoe no la hubiera llamado desde Cambridge una noche de octubre.

Con la llamada de su sobrina tras la sesión de grupo del lunes por la tarde, así había comenzado todo.

Así había empezado la pesadilla.

2.

El grupo del lunes por la tarde se reunía en el salón de Mariana.

La estancia era bastante amplia, y quedó destinada a uso terapéutico poco después de que Mariana y Sebastian se trasladaran a la casa amarilla.

Les encantaba aquella casa. Se encontraba al pie de Primrose Hill, en el noroeste de Londres, y estaba pintada del mismo amarillo vivo de las prímulas que cubrían la colina en verano. La madreselva trepaba por una de las paredes exteriores y la tapizaba de flores blancas y fragantes; y en los meses estivales, su perfume se colaba en la casa por las ventanas abiertas, ascendía por la escalera y se demoraba en los pasillos y las habitaciones, colmándolo todo de su dulzor.

Ese lunes por la tarde hacía un calor desacostumbrado. Aunque estaban a principios de octubre, el veranillo de San Miguel se resistía a marcharse, como un invitado obstinado, y se negaba a prestar atención a las insinuaciones de las hojas moribundas de los árboles, que le sugerían que era hora de partir. El sol del atardecer inundaba el salón y lo bañaba de una luz dorada teñida de rojo. Antes de la sesión, Mariana echó los estores, pero dejó las ventanas de guillotina entreabiertas para que pasara el aire.

A continuación, dispuso las sillas en círculo.

Nueve. Una para cada miembro del grupo y otra para ella. En teoría, debían ser idénticas, pero una cosa es lo que uno quiere y otra lo que acaba siendo. A pesar de sus buenas intenciones, a lo largo de los años había reunido una colección variopinta de sillas de comedor de materiales, formas y tamaños dispares. La actitud relajada respecto de las sillas tal vez fuese un buen reflejo de cómo dirigía sus grupos: Mariana abordaba las sesiones con un enfoque informal, incluso poco convencional.

En su caso, resultaba irónico que hubiera escogido como profesión la práctica de la psicología, y en concreto la terapia de grupo.

Siempre había sentido cierta ambivalencia ante los grupos, incluso recelo, desde que era niña.

Había crecido en Grecia, en las afueras de Atenas. Vivían en una casona vieja y destartalada, en lo alto de una colina tapizada con un manto verde oscuro de olivares. De pequeña, Mariana pasaba las horas muertas en el columpio oxidado del jardín, contemplando la venerable ciudad que se extendía a sus pies hasta las columnas del Partenón, que coronaba otra colina a lo lejos. Era tan vasta, tan inabarcable, y ella se sentía tan diminuta e insignificante, que la miraba con una especie de presentimiento supersticioso.

Acompañar al ama de llaves a comprar al mercado abarrotado y frenético del centro de Atenas siempre la ponía nerviosa, y se sentía aliviada, incluso un poco sorprendida, cuando regresaba a casa sana y salva. Las multitudes continuaron intimidándola a lo largo de su vida. En el colegio se mantenía al margen, creía que no encajaba con sus compañeros de clase, una sensación de la que le costaba desprenderse. Años más tarde, en terapia, comprendió que el patio del colegio solo era un macrocosmos de la unidad familiar, lo cual significaba que su desasosiego no estaba tan ligado a la situación que estuviera viviendo en ese momento —con el patio en sí, o el mercado de Atenas, o cualquier otro grupo en el que se encontrara— como a la familia en la que se había criado y con la casa solitaria en la que había crecido.

Aun en la soleada Grecia, siempre hacía frío en la casa familiar, a la que además envolvía una sensación de vacío, una falta de calidez, física y emocional. En buena parte se debía al padre de Mariana. Si bien se trataba de un hombre extraordinario en muchos aspectos —apuesto, poderoso, de aguda inteligencia—, también era una persona muy compleja. Mariana sospechaba que su infancia lo había marcado de por vida. Ella no conocía a sus abuelos paternos y él apenas los mencionaba. El padre había sido marinero, y de la madre prefería no hablar. La mujer había trabajado en los muelles, según decía, aunque lo comentaba con tal vergüenza que Mariana sospechaba que debió de dedicarse a la prostitución.

El padre de Mariana había crecido en los barrios pobres de Atenas y en los alrededores del puerto del Pireo; empezó a faenar en los barcos siendo niño, y pronto pasó a comerciar e importar café, trigo y —por lo que ella sospechaba— otros productos menos alimenticios. Con veinticinco, ya era dueño de su propia embarcación, con la que fundó su negocio de transporte marítimo. Levantó un pequeño imperio gracias a una combinación de sangre, sudor y mano dura.

A Mariana le recordaba un poco a un rey, o a un dictador. Con el tiempo descubriría que era un hombre extremadamente rico, algo que nadie hubiera dicho a juzgar por el tipo de vida austera y espartana que llevaban. Tal vez su madre —su dulce, delicada y británica madre— podría haberlo ablandado, si hubiera vivido. Por desgracia, la mujer había muerto joven, poco después de que naciera Mariana.

A la niña siempre la acompañó la intensa sensación de aquella pérdida. Como psicóloga, sabía que los bebés cobran conciencia de sí mismos a través de la mirada de los padres. Nacemos bajo la atención de otros, y las expresiones de nuestros progenitores, lo que vemos reflejado en el espejo de sus ojos, determinan cómo nos vemos a nosotros mismos. Mariana había perdido la mirada de su madre, y su padre... Bueno, al hombre le costaba mirarla directamente; por lo general dirigía sus ojos a un punto situado por encima de sus hombros cuando hablaba con ella. Mariana cambiaba una y otra vez de posición, se desplazaba con disimulo, poco a poco, hasta entrar en su campo visual con la esperanza de que la viera, pero de algún modo siempre quedaba en la periferia.

En las escasas ocasiones en que sus miradas coincidían, descubría unos ojos cargados de desprecio, de una decepción elocuente, que le decían la verdad: ella no era lo bastante buena. Por mucho que se esforzara, Mariana tenía la sensación de que nunca era suficiente. Siempre conseguía hacer o decir lo que no tocaba, su mera existencia parecía irritarlo. Jamás estaban de acuerdo, tanto daba de qué se tratara; él era el Petruchio de su particular Catalina: si ella decía que tenía frío, él aseguraba que hacía calor; si ella decía que brillaba el sol, él porfiaba que llovía. Sin embargo, a pesar de las críticas y la terquedad de su padre, Mariana lo quería. Era todo lo que tenía, y anhelaba ser merecedora de su amor.

Un amor que apenas conoció en su infancia. Tenía una hermana mayor, aunque no estaban muy unidas. Elisa le sacaba siete años y no mostraba el menor interés en su tímida hermanita, de ahí que Mariana pasara sola los largos meses de verano, en el jardín, sin nadie con quien jugar, bajo la estrecha vigilancia del ama de llaves. No era de extrañar que creciese un poco aislada y que la desasosegara verse rodeada de gente.

Era consciente de lo irónico que resultaba haber acabado siendo terapeuta de grupo; aun así, de manera paradójica, los sentimientos ambivalentes que le producían los demás también la ayudaban. En la terapia de grupo, el tratamiento se centraba en el grupo, no en el individuo, y por lo tanto, hasta cierto punto, un buen terapeuta debía ser invisible.

Eso se le daba bien.

En las sesiones se mantenía en un segundo plano tanto como le era posible, y solo intervenía cuando fallaba la comunicación, cuando consideraba conveniente hacer un comentario o cuando algo iba mal.

Ese lunes en particular, la discordia se desató casi de inmediato y requirió una desacostumbrada intervención. El problema, como venía siendo habitual, era Henry.

3.

Henry llegó más tarde que los demás. Venía acalorado y sin aliento, y parecía que le costaba mantenerse en pie. Mariana se preguntó si estaría colocado. No le habría sorprendido: sospechaba que Henry abusaba de la medicación, pero ella era su psicóloga, no su médica, así que poco podía hacer al respecto.

Henry Booth solo tenía treinta y cinco años, pero parecía mayor. Tenía el pelo castaño rojizo salpicado de canas y la cara llena de arrugas, como la camisa que llevaba. También lucía un ceño perpetuo, y se diría que estaba en tensión constante, siempre a punto de saltar. A Mariana le recordaba a un boxeador o a un luchador, preparado para dar —o recibir— el siguiente golpe.

Henry masculló una disculpa por llegar tarde y tomó asiento, sosteniendo en las manos un café en un vaso de papel.

El problema fue ese café.

Liz puso el grito en el cielo de inmediato. Maestra jubilada y camino de los ochenta años, Liz era muy puntillosa y estaba obsesionada con que las cosas se hicieran «como era debido», como decía ella. Mariana la consideraba una persona difícil, incluso irritante. Ya imaginaba lo que la mujer estaba a punto de decir.

—Eso está prohibido —Liz señalaba con el dedo el café de Henry, estremecida de indignación—. Es más que sabido que no se nos permite traer nada de fuera.

—¿Por qué no? —gruñó él.

—Porque esas son las normas, Henry.

—Vete a la mierda, Liz.

—¿Qué? Mariana, ¿has oído lo que acaba de decirme?

Liz rompió a llorar y el asunto degeneró hasta desembocar en una nueva y acalorada discusión entre Henry y los demás miembros del grupo, que se aliaron en su contra, unidos por la rabia.

Mariana los observó con detenimiento, atenta sobre todo a Henry, para ver cómo se lo tomaba. A pesar de su bravuconería, era una persona extremadamente vulnerable. De pequeño había sufrido malos tratos y abusos sexuales por parte de su padre, antes de que Asuntos Sociales se hiciera cargo de él y el niño emprendiera un periplo por una serie de hogares de acogida. Aun así, pese a todos los traumas, Henry era muy inteligente y durante un tiempo dio la impresión de que sus capacidades intelectuales bastarían para salvarlo: con dieciocho años entró en la universidad para estudiar Física. Con todo, solo transcurrieron unas semanas antes de que su pasado lo atrapara, y tuvo una crisis profunda de la que nunca llegó a recuperarse por completo. A eso le siguió un triste historial de autolesiones, drogadicción y crisis recurrentes que provocaron múltiples ingresos y altas del hospital, hasta que su psiquiatra lo derivó a Mariana.

Sentía debilidad por Henry, tal vez porque el pobre había tenido muy mala suerte. No obstante, había dudado a la hora de incorporarlo a las sesiones, y no solo porque estuviera bastante peor que los demás. La terapia grupal había demostrado una alta efectividad en el tratamiento y curación de pacientes gravemente enfermos, pero estos también podían alterar la dinámica hasta el extremo de provocar la desintegración del grupo. Tan pronto se establece un vínculo entre sus miembros, la envidia y los ataques hacen acto de presencia, y no solo vienen motivados por fuerzas externas, por los excluidos, sino también por fuerzas siniestras y peligrosas que operan en su seno. Desde que se había incorporado a aquella terapia, unos meses antes, Henry había sido una fuente constante de conflictos. Era algo que lo acompañaba allí donde iba. Había en él una violencia latente, una rabia efervescente que a menudo costaba contener.

Sin embargo, Mariana no se rendía con facilidad; mientras fuera capaz de conservar el control de las sesiones, estaba decidida a trabajar con Henry. Creía en el grupo, en aquellas ocho personas sentadas a su alrededor; creía en el círculo y en su capacidad curativa. Cuando dejaba volar la imaginación, Mariana se ponía bastante mística acerca del poder de los círculos: el del Sol, la Luna o la Tierra; el de los planetas que orbitan en el espacio; el de la rueda; el de la cúpula de una iglesia... o el de una alianza matrimonial. Platón decía que el alma era un círculo, cosa que para Mariana tenía sentido. Igual que la vida, del nacimiento a la muerte.

Y cuando la terapia iba bien, dentro de ese círculo se obraba una especie de milagro: la aparición de un ente distinto, un espíritu o una conciencia grupal, lo que con frecuencia se llamaba una «gran mente», algo más que la suma de sus partes, más inteligente que el terapeuta o que sus miembros por separado. Era sabia, curativa y tenía una gran capacidad de contención. Mariana había sido testigo de su poder de primera mano en muchas ocasiones. A lo largo de los años, muchos fantasmas habían sido invocados y enterrados en ese círculo de su salón.

Ese día fue Liz quien se llevó el susto. Era incapaz de olvidar lo del café. Que Henry creyera que las normas no le concernían, que podía saltárselas con esa desfachatez, le provocaba una ira y un rencor desmedidos. Y entonces Liz comprendió lo mucho que Henry le recordaba a su hermano mayor, un bravucón de manual que siempre se había creído con derecho a todo. Toda la rabia reprimida que Liz sentía hacia su hermano empezó a aflorar; algo bueno, desde el punto de vista de Mariana, ya que debía emerger a la superficie. Siempre y cuando Henry soportara que lo utilizaran como un saco de boxeo psicológico.

Cosa que, por supuesto, no ocurrió.

Henry se levantó de pronto profiriendo un grito angustiado y arrojó el café al suelo. La tapa del vaso de papel se abrió al caer en el centro del círculo, y un charco de líquido negro empezó a extenderse sobre las tablas.

Los demás miembros del grupo expresaron su enfado muy a las claras, y con cierto histerismo. Liz rompió a llorar de nuevo y Henry quiso irse, pero Mariana lo convenció para que se quedara a hablar de lo que había ocurrido.

—Solo es un puto café, tampoco es para tanto —protestó Henry, como un niño indignado.

—No es el café —repuso Mariana—, son los límites, los límites de este grupo, las normas a las que nos atenemos. No es la primera vez que lo hablamos. No podemos beneficiarnos de la terapia si no nos sentimos seguros, y eso es lo que consiguen los límites. La terapia nos enseña esos límites.

Henry la miró sin comprender, y Mariana sabía que no la entendía. Los límites, por definición, son lo primero que desaparece cuando un niño sufre abusos. Los de Henry habían quedado hechos añicos cuando era muy pequeño y, en consecuencia, no entendía el concepto. Tampoco sabía cuándo incomodaba a alguien, como solía suceder cuando invadía su espacio personal o psicológico. Al hablar con alguien, se acercaba demasiado y mostraba un nivel de dependencia que Mariana no había visto nunca en un paciente. Nada le bastaba. De habérselo permitido, se habría mudado a vivir con ella. Era Mariana quien debía establecer el límite entre ellos y definir los parámetros de su relación de una forma saludable. Ese era su trabajo como terapeuta de Henry.

Sin embargo, él siempre la presionaba, la importunaba, trataba de alterarla... y de maneras que a Mariana cada vez le resultaban más difíciles de controlar.

4.

Tras la sesión, después de que se fueran los demás, Henry se quedó con el pretexto de ayudar a limpiar, aunque Mariana sabía que había algo más; con él siempre era así. Rondaba por el salón en silencio, observándola, hasta que ella lo animó a hablar.

—Venga, Henry. Es hora de irse... ¿O querías algo?

Henry asintió, pero no contestó. Hundió la mano en el bolsillo.

—Toma, te he comprado una cosa —dijo al fin.

Sacó un anillo. Una baratija de plástico, de color rojo chillón, que parecía salida de una caja de cereales.

—Es para ti. Un regalo.

Mariana negó con la cabeza.

—Ya sabes que no puedo aceptarlo.

—¿Por qué no?

—Tienes que dejar de traerme cosas, Henry, ¿de acuerdo? Deberías irte a casa.

Él no se movió. Mariana lo pensó un momento; no tenía planeado exponérselo de ese modo ni en ese instante, pero en cierta manera le pareció lo más correcto.

—Mira, Henry, hay algo de lo que tenemos que hablar.

—¿De qué?

—El jueves, cuando terminé la sesión con el grupo de la tarde, eché un vistazo por la ventana y te vi ahí fuera. En la acera de enfrente, junto a la farola. Observando la casa.

—Venga, tía, no era yo.

—Sí, sí eras tú, te vi la cara. Y no es la primera vez que te sorprendo en el mismo sitio.

Henry se sonrojó y evitó mirarla a los ojos.

—No era yo, no...

—Escucha, es normal que sientas curiosidad por los demás grupos que llevo, pero eso es algo de lo que debe hablarse aquí, en el grupo. No está bien actuar por tu cuenta. No está bien espiarme.

Con ese tipo de comportamiento siento que invades y amenazas mi intimidad, y...

—¡Yo no te espío! Solo estaba allí, sin hacer nada. ¿Qué más dará, joder?

—Entonces, ¿reconoces que eras tú?

Henry se acercó a ella.

—¿Por qué no podemos estar los dos solos? ¿Por qué no me puedes visitar sin ellos?

—Ya sabes por qué: si estás en uno de mis grupos, no puedo tratarte de manera individual. Si necesitas terapia personal, puedo recomendarte a una colega...

—No, te quiero a ti...

Henry dio otro paso repentino hacia ella. Mariana se mantuvo firme y alzó una mano.

—No. Para. ¿Vale? Estás demasiado cerca. Henry...

—Espera. Mira...

Antes de que pudiera impedírselo, Henry se levantó el grueso jersey negro sobre el torso blanco y lampiño para descubrir un espectáculo horripilante.

Había utilizado una cuchilla de afeitar para abrirse unos surcos profundos con forma de cruz en la piel. Cruces de distintos tamaños teñidas de un rojo intenso grabadas en el pecho y el abdomen. Algunas aún estaban húmedas y sangraban; otras estaban cubiertas de costras y supuraban grumos duros y rojos, como lágrimas coaguladas.

A Mariana se le revolvió el estómago. Creyó que iba a vomitar, pero se obligó a no apartar la mirada, por mucho que lo deseara. Aquello era sin duda un grito de auxilio con el que Henry trataba de llamar la atención, pero no solo eso: también era un ataque emocional, una agresión psicológica a sus sentidos. Henry por fin había conseguido sorprender a Mariana con la guardia bajada, había logrado alterarla, y lo odió por ello.

—¿Qué has hecho, Henry?

—No... No pude evitarlo. Tenía que hacerlo. Para que... lo vieras.

—Y ahora que ya lo he visto, ¿cómo crees que me hace sentir? No te imaginas hasta qué punto me altera. Quiero ayudarte, pero...

—Pero ¿qué? —se echó a reír—. ¿Qué te lo impide?

—El único momento en que puedo prestarte mi ayuda es durante las sesiones de grupo. Esta tarde has tenido esa oportunidad y la has desaprovechado. Todos podríamos haberte echado una mano, para eso estamos aq...

—No quiero su ayuda, te quiero *a ti*. Mariana, te necesito...

Sabía que debía convencerlo para que se fuera. No le correspondía a ella limpiarle las heridas, y Henry necesitaba atención médica. Debía mostrarse firme, tanto por él como por ella; sin embargo, no se vio con fuerzas para echarlo y, como ya le había ocurrido en otras ocasiones, la empatía se impuso al sentido común.

—Espera... Espera un minuto.

Se acercó al aparador, abrió un cajón y revolvió dentro. Sacó un botiquín de primeros auxilios. Estaba a punto de abrirlo cuando sonó el teléfono.

Miró el número. Era Zoe. Contestó.

—¿Zoe?

—¿Puedes hablar? Es importante.

—Dame un segundo. Te llamo ahora mismo —Mariana colgó, se volvió hacia Henry y le lanzó el botiquín—. Ten esto y límpiate. Ve a ver a tu médico si es necesario, ¿vale? Te llamaré mañana.

—¿Y ya está? Pero ¿qué psicóloga de mierda eres?

—Basta. Se acabó. Tienes que irte.

Haciendo caso omiso de sus protestas, Mariana acompañó a Henry a la salida sin vacilar y cerró la puerta tras él. Sintió el impulso de echar la llave, pero se contuvo.

Después fue a la cocina. Abrió la nevera y sacó una botella de sauvignon blanc.

Estaba conmocionada. Tenía que recomponerse antes de devolverle la llamada a Zoe. No quería agobiarla más de lo que estaba. Su relación había sufrido altibajos desde la muerte de Sebastian, y Mariana estaba decidida a restaurar el antiguo equilibrio. Respiró hondo para tranquilizarse. Se sirvió una buena copa de vino y la llamó.

Zoe contestó a la primera.

—¿Mariana?

Supo de inmediato que algo iba mal. Notó la tensión en la voz de Zoe, un apremio que asociaba con momentos de crisis. «Parece asustada», pensó, y sintió que se le aceleraba el pulso.

—Cariño, ¿va... va todo bien? ¿Qué pasa?

Zoe tardó unos segundos en contestar.

—Enciende la tele —pidió con un hilo de voz—. Pon las noticias.

5.

Mariana alargó la mano hacia el mando a distancia.

Encendió el viejo y maltrecho televisor portátil que había sobre el microondas, una de las posesiones sagradas de Sebastian, comprado en sus tiempos de estudiante y que usaba para ver críquet y rugby mientras fingía que ayudaba a Mariana a preparar la comida durante el fin de semana. El cacharro funcionaba cuando le apetecía, y parpadeó unos instantes antes de cobrar vida.

Mariana puso el canal de noticias de la BBC. Un periodista de mediana edad informaba de un suceso. Estaba a la intemperie, pero oscurecía y resultaba difícil distinguir con claridad dónde; un campo, quizá, o un prado. Hablaba directamente a la cámara:

—... y ha sido hallado en Cambridge, en la reserva natural conocida como Paradise. Me encuentro junto al hombre que ha hecho el descubrimiento. ¿Podría decirnos qué ha ocurrido?

La pregunta iba dirigida a alguien fuera de cámara, por lo que esta se volvió para encuadrar a un tipo de sesenta y tantos años, de cara rubicunda, corta estatura y gesto nervioso, que empezó a parpadear cuando lo deslumbró el foco. Habló entre titubeos.

—Ha sido hace unas horas... Siempre saco al perro a las cuatro, así que debía de ser más o menos por entonces, puede que a las cuatro y cuarto o y veinte. Lo he llevado al río, por el sendero... Paseábamos por Paradise y... —se trabó y dejó la frase en el aire. Lo intentó de nuevo—: Ha sido el perro, que ha desaparecido entre las hierbas altas de la zona pantanosa. Lo he llamado, pero no venía. He pensado que habría encontrado un pájaro o un zorro o algo así, así que he ido a echar un vistazo. Me he adentrado entre los árboles... hasta la orilla del pantano, junto al agua... Y allí, allí estaba...

El hombre mudó de expresión, adoptó una mirada que Mariana conocía muy bien. «Ha visto algo horrible —pensó—. No quiero oírlo. No quiero saber de qué se trata».

Pero el hombre prosiguió, implacable, apresurado, como si necesitara quitárselo de encima:

—Era una chica... No podía tener más de veinte años. Pelirroja, con el pelo largo. Bueno, creo que era pelirroja. Había sangre por todas partes, muchísima... —se le fue apagando la voz y el periodista lo animó a seguir.

—¿Estaba muerta?

—Eso es —el hombre asintió—. La habían apuñalado. Muchas veces. Y... la cara... Dios, qué horror... Los ojos... Tenía los ojos abiertos..., fijos..., miraba...

Se interrumpió, asaltado por las lágrimas. «Está conmocionado —pensó Mariana—. No tendrían que entrevistarlo, alguien debería parar esto».

En efecto, en ese momento, comprendiendo que quizá se habían excedido, el reportero cortó la entrevista y la cámara volvió a enfocarlo a él.

—Noticia de última hora desde Cambridge: la policía está investigando el hallazgo de un cadáver. Se cree que la víctima del ataque con ensañamiento es una joven de veintipocos años...

Mariana apagó el televisor. Seguía mirando la pantalla, aturdida, incapaz de moverse, cuando recordó que continuaba con el teléfono en la mano. Se lo llevó a la oreja.

—¿Zoe? ¿Sigues ahí?

—Creo... Creo que es Tara.

—¿Qué?

Tara era una amiga íntima de Zoe. Iban juntas al Saint Christopher's College de la Universidad de Cambridge. Mariana vaciló, no quería parecer angustiada.

—¿Por qué dices eso?

—La descripción concuerda con Tara... Y nadie la ha visto... Al menos desde ayer. No hago más que preguntarle a todo el mundo y... Estoy muy asustada, no sé qué hacer...

—Despacio. ¿Cuándo fue la última vez que viste a Tara?

—Anoche —Zoe guardó silencio un segundo—. Mariana, estaba... Estaba tan rara que yo...

—¿A qué te refieres con «rara»?

—Decía cosas... Tonterías.

—Tonterías ¿en qué sentido?

La chica hizo una nueva pausa, tras la que contestó con un susurro.

—Ahora no puedo explicártelo. Pero vendrás, ¿verdad?

—Claro que iré. Pero, Zoe, escucha: ¿has hablado con el colegio? Tienes que informarlos, tienes que contárselo al decano.

—No sé qué decirles.

—Diles lo que acabas de contarme a mí. Que estás preocupada por ella. Ellos se pondrán en contacto con la policía y con los padres de Tara...

—¿Con sus padres? Pero... ¿y si me equivoco?

—Estoy segura de que te equivocas —dijo Mariana con mucha más seguridad de la que sentía—. Estoy convencida de que Tara está bien, pero tenemos que salir de dudas. Lo entiendes, ¿no? ¿Quieres que los llame yo?

—No, no, no pasa nada... Ya lo hago yo.

—Bien. Luego vete a la cama, ¿vale? Estaré allí a primera hora.

—Gracias, Mariana. Te quiero.

—Yo también te quiero.

Mariana colgó. El vino blanco que se había servido seguía en la encimera, intacto. Tomó la copa y la apuró de un trago.

Le temblaba la mano cuando la alargó hacia la botella y se sirvió otra.

6.

Mariana subió al dormitorio y empezó a preparar una pequeña bolsa de viaje, por si tenía que quedarse una o dos noches en Cambridge.

Intentó poner freno a sus pensamientos, pero era difícil, la invadía una angustia asfixiante. Ahí fuera, en alguna parte, había un hombre —presuntamente se trataba de un hombre, dada la violencia extrema de la agresión— que estaba muy enfermo y había asesinado a una joven de manera espantosa. Una joven que quizá vivía a tan solo unos metros de donde dormía su adorada Zoe.

La posibilidad de que la víctima hubiera podido ser su sobrina era una idea que Mariana trataba de apartar de su mente, aunque no conseguía reprimirla por completo. La invadió un miedo tan intenso como solo había sentido en otra ocasión: el día que murió Sebastian. Una sensación de impotencia, de desvalimiento, una horrible incapacidad para proteger a quienes amas.

Se miró la mano derecha. No podía detener el temblor. La cerró en un puño y apretó con fuerza. No lo permitiría, no se derrumbaría. Ahora no. Conservaría la calma. Se centraría.

Zoe la necesitaba, eso era lo único que importaba.

Ojalá Sebastian estuviera allí, él sabría qué hacer. No dudaría, no aplazaría las decisiones, no estaría preparando una bolsa de viaje; él habría cogido las llaves y habría salido corriendo por la puerta nada más colgar el teléfono. Eso habría hecho Sebastian. ¿Por qué ella no?

«Porque eres una cobarde», pensó.

Esa era la verdad. Ojalá tuviera la fuerza de Sebastian, un poco de su valentía. «Vamos, cariño —lo imaginaba diciendo—, dame la mano y nos enfrentaremos juntos a esos cabrones».

Mariana se metió en la cama y le dio vueltas mientras esperaba conciliar el sueño. Por primera vez en cerca de un año, no dedicó sus últimos pensamientos de la vigilia a su marido muerto.

Por el contrario, se dedicó a cavilar sobre otro hombre, sobre la imprecisa figura armada con un cuchillo que se había ensañado de aquel modo con esa pobre chica. Mariana estuvo especulando sobre él mientras se le cerraban los párpados. Le intrigaba. Se preguntó qué estaría haciendo en esos momentos, dónde se encontraría...

Y qué le pasaría por la cabeza.

7.

7 de octubre

Una vez que matas a otro ser humano, ya no hay vuelta atrás.

Ahora lo entiendo. Ahora entiendo que me he convertido en una persona completamente distinta.

Supongo que es un poco como nacer de nuevo. Aunque no se trata de un nacimiento cualquiera, sino de una metamorfosis. Lo que surge de las cenizas no es un fénix, sino una criatura más inquietante: deforme, incapaz de volar, un depredador que usa sus garras para mutilar y desgarrar.

Mientras escribo esto, siento que tengo el control. Ahora, en este momento, estoy tranquilo, y cuerdo.

Pero no soy el único que habita en mi interior.

Es solo cuestión de tiempo que el otro yo aparezca, sediento de sangre, desquiciado y en busca de venganza. Y no descansará hasta encontrarla.

Soy dos personas en una sola mente. Una parte de mí guarda mis secretos; él es el único que conoce la verdad, pero está prisionero, encerrado, sedado, no tiene voz. Solo encuentra una salida cuando su carcelero se distrae un instante. Cuando estoy borracho, o somnoliento, intenta hablar. Pero no es fácil. La comunicación se produce a trompicones, es un plan de fuga en clave de un prisionero de guerra. Cuando se acerca demasiado, un guardia desbarata el mensaje. Se alza un muro. Me quedo en blanco. Los recuerdos que tanto anhelo se desvanecen.

Sin embargo, no voy a rendirme. No puedo. No sé cómo, pero me abriré camino a través de la bruma y la oscuridad y llegaré a él, a mi mitad cuerda. La mitad que no quiere hacer daño a la gente. Puede contarme muchas cosas. Cosas que necesito saber. Cómo y por qué he acabado así, tan lejos de quien quería ser, tan lleno de odio y rabia, tan retorcido por dentro...

¿O me estoy engañando? ¿Y si siempre he sido así y no quiero reconocerlo?

No, me niego a creer eso.

Al fin y al cabo, todo el mundo puede erigirse en héroe de su propia historia. Así que tengo derecho a ser el héroe de la mía. Aunque no lo sea.

Yo soy el villano.

8.

A la mañana siguiente, Mariana creyó ver a Henry al salir de casa.

Estaba en la acera de enfrente, tratando de ocultarse detrás de un árbol.

Pero cuando se fijó mejor, no había nadie. Decidió que debía de haberlo imaginado; y, aunque no fuera así, tenía cosas más importantes de las que preocuparse en esos momentos. Apartó a Henry de su mente y fue en metro hasta King's Cross.

En la estación, tomó el tren rápido que iba a Cambridge. Era un día soleado, con un luminoso cielo azul en el que apenas se divisaban unos jirones de nubes blancas. Iba sentada junto a la ventanilla, contemplando el paisaje, mientras el tren dejaba atrás setos verdes y campos de trigo dorados, que se mecían en la brisa como un mar amarillo.

Mariana agradecía que el sol le diera en la cara; temblaba, pero de angustia, no de frío. No paraba de darle vueltas y más vueltas a lo que había ocurrido, y no sabía nada de Zoe desde la noche anterior. Le había enviado un mensaje esa mañana, aunque aún no había recibido respuesta.

Quizá era una falsa alarma, ¿y si su sobrina se equivocaba?

Mariana deseaba que fuera así, de todo corazón, y no solo porque conocía a Tara en persona: la joven había pasado un fin de semana en su casa de Londres, unos meses antes de que Sebastian muriera. Aun así, la preocupación por Tara se debía, principalmente y de manera egoísta, a cómo podía afectar aquel asunto a Zoe.

Su sobrina había tenido una adolescencia difícil por muchos motivos, pero había conseguido superarla. Más que eso; según Sebastian, la había «vencido con todos los honores». Al final le habían ofrecido una plaza para estudiar Literatura Inglesa en la Universidad de Cambridge, donde había hecho amistad con Tara.

Mariana pensaba que perder a su amiga, y en unas circunstancias tan indescriptiblemente espantosas, podría afectar a Zoe de un modo irreversible.

No sabía por qué, pero continuaba dándole vueltas a la conversación telefónica que habían mantenido. Había algo que le preocupaba.

Aunque no lograba determinar qué.

¿Quizá el tono de Zoe? Tenía la sensación de que le ocultaba algo. ¿El leve titubeo, incluso las evasivas cuando le había preguntado por las «tonterías» que decía Tara?

«Ahora no puedo explicártelo.»

¿Por qué no?

¿Qué le había dicho Tara?

«Puede que no sea nada —pensó Mariana—. Basta, déjalo ya». Quedaba casi una hora de viaje, no podía pasársela así, volviéndose loca. Estaría hecha un manojo de nervios cuando llegase. Tenía que distraerse.

Metió la mano en el bolso y sacó una revista: *British Journal of Psychiatry*. La hojeó, pero era incapaz de concentrarse en los artículos.

No podía evitar que sus pensamientos regresaran a Sebastian. La idea de pisar Cambridge de nuevo sin él la acongojaba. No había vuelto allí desde su muerte.

Iban a menudo para ver a Zoe, y Mariana conservaba recuerdos entrañables de aquellas visitas: como el día que la acompañaron al Saint Christopher's College y la ayudaron a deshacer el equipaje y a instalarse. Había sido uno de los momentos más felices que habían pasado juntos, sintiéndose como los padres orgullosos de su hijita adoptiva, a la que tanto querían.

Zoe parecía tan pequeña y vulnerable cuando se dispusieron a partir... A la hora de la despedida, Mariana vio que Sebastian la miraba con muchísimo cariño, con un amor teñido de preocupación, como si se tratara de su propia hija, cosa que en cierto modo era. Cuando salieron del cuarto de Zoe, decidieron quedarse un poco más en Cambridge y fueron a pasear junto al río, del brazo, como solían hacer cuando eran jóvenes. Los dos habían estudiado allí, y tanto la universidad como la ciudad de Cambridge estaban íntimamente relacionadas con su historia de amor.

Fue allí donde se conocieron, cuando Mariana tenía diecinueve años.

Ocurrió por casualidad. Nada debía haberlo propiciado, ya que no compartían ni colegio universitario ni asignaturas: Sebastian era estudiante de Economía, y Mariana de Literatura Inglesa. Le asustaba la facilidad con que podrían no haberse cruzado siquiera. ¿Y entonces qué? ¿Cómo habría sido su vida? ¿Mejor... o peor?

Últimamente no hacía más que repasar sus recuerdos una y otra vez, rebuscaba en el pasado intentando formarse una imagen clara de él, trataba de entender y contextualizar el viaje que habían hecho juntos. Quería recordar las pequeñas cosas que hacían, recreaba conversaciones olvidadas, imaginaba qué habría dicho o hecho Sebastian en cada momento. Sin embargo, no estaba segura de cuánto de lo que recordaba era real; cuanto más tiempo le dedicaba a los recuerdos, mayor era la sensación de que Sebastian estaba convirtiéndose en un mito. Ahora era todo espíritu, todo historia.

Mariana tenía dieciocho años cuando se trasladó a Inglaterra, un país que había idealizado desde su infancia. Algo quizá inevitable, a causa de todo lo relacionado con él que su británica madre había dejado en aquella casa de Atenas: librerías y estantes repartidos por todas las habitaciones, una pequeña biblioteca abarrotada de libros en inglés —novelas, obras de teatro, poesía—, transportados hasta allí de manera misteriosa antes de que Mariana naciera.

Imaginaba con cariño la llegada de su madre a Atenas: cargada de arcones y maletas llenos de libros en lugar de ropa. Y en su ausencia, la solitaria niña recurría a las lecturas de su madre en busca de consuelo y compañía. Durante las largas tardes de verano, Mariana aprendió a amar el tacto de los libros, el olor del papel, la sensación al pasar una página. Se sentaba en el columpio oxidado, a la sombra, dando mordiscos a una manzana verde y crujiente, o a un melocotón demasiado maduro, y se perdía en la historia.

A través de esos relatos se enamoró de cierta imagen de Inglaterra y de todo lo inglés, de un país que muy probablemente nunca había existido más allá de las páginas de aquellos libros: una Inglaterra de cálidas lluvias veraniegas, vegetación impregnada de rocío y manzanos en flor; de ríos sinuosos y sauces llorones, y de pubs rurales con chimeneas en las que ardía un fuego vivo. La Inglaterra de *Los Cinco,* de Peter Pan y Wendy; del rey Arturo y Camelot; de *Cumbres borrascosas* y Jane Austen, Shakespeare... y Tennyson.

Fue allí donde Sebastian entró en la historia de Mariana, cuando apenas era una niña. Como todos los héroes que se precien, su presencia se hizo notar mucho antes de su aparición. Mariana aún no sabía qué aspecto tenía aquel héroe romántico de su imaginación, pero estaba convencida de que existía.

Estaba allí fuera y algún día lo encontraría.

Diez años después, cuando llegó a Cambridge para cursar sus estudios, todo era tan bello, tan de ensueño, que tuvo la sensación de haber entrado en un cuento de hadas, en una ciudad encantada de un poema de Tennyson, y se convenció de que él debía estar allí, en ese lugar mágico donde encontraría el amor.

Sin embargo, la triste realidad le demostró que Cambridge no era ningún cuento, solo un lugar como cualquier otro. El problema de la tendencia de Mariana a dar rienda suelta a la imaginación —como descubrió años después en terapia— era que ya formaba parte de ella. En el colegio, donde le había costado encajar, deambulaba por los pasillos durante los descansos, solitaria e inquieta como un fantasma, y se veía atraída hacia la biblioteca, donde se sentía a gusto, donde hallaba un refugio. Y el mismo patrón volvió a repetirse como alumna del Saint Christopher's College: Mariana pasaba la mayor parte del tiempo en la biblioteca, donde trabó amistad con algunos estudiantes, pocos, tan tímidos y volcados en los libros como ella. Ese año no atrajo la atención de ningún chico de su curso y nadie la invitó a salir.

¿Quizá no era lo bastante atractiva? Morena y con unos impresionantes ojos oscuros, se parecía mucho más a su padre que a su madre. Años después, Sebastian le repetiría a menudo lo hermosa que era, pero ella nunca lo dio por bueno. Sospechaba que, en el caso de serlo, todo el mérito era de Sebastian, pues solo se abría como una flor al calor que él desprendía. Aunque eso vendría luego; al principio, de adolescente, su aspecto le generaba mucha inseguridad, y las feas gafas de cristales de culo de botella que se veía obligada a llevar desde los diez años por culpa de su miopía tampoco ayudaban. Empezó a ponerse lentillas a los quince, preguntándose si así conseguiría verse o sentirse diferente. Se miraba al espejo y estudiaba su reflejo tratando de distinguirse con claridad, pero en vano. Nunca estaba satisfecha del todo con lo que veía. Ya a esa edad, Mariana era levemente consciente de que el atractivo estaba relacionado con el mundo interior, con una confianza interna de la que carecía.

No obstante, igual que los personajes de ficción que adoraba, creía en el amor. A pesar de aquellos dos primeros trimestres tan poco propicios en la universidad, se negó a abandonar la esperanza.

Igual que Cenicienta, esperó al baile.

El baile del Saint Christopher's College se celebraba en los Backs, los amplios jardines que descendían hasta la orilla del río, donde levantaban unas carpas en las que la gente podía comer y beber, escuchar música y bailar. Mariana había quedado con unos amigos, pero no los encontraba entre la multitud. Había necesitado de todo su valor para ir sola al baile, y ya estaba arrepintiéndose. Permaneció junto a la orilla, sintiéndose completamente fuera de lugar entre aquellas chicas preciosas con vestidos de fiesta y esos jóvenes de etiqueta, que rebosaban sofisticación y seguridad. Lo que sentía, su tristeza y su timidez, no casaba con el ambiente de diversión que la rodeaba. Era evidente que su lugar estaba allí, en los márgenes, contemplando la vida desde la periferia; se había equivocado al imaginar que alguna vez podría cambiar eso. Decidió rendirse y regresar a su habitación.

En ese momento, oyó una zambullida.

Miró a su alrededor. Hubo más chapoteos, además de risas y gritos. Cerca, en el río, unos chicos estaban haciendo el tonto en botes de remos y bateas, y uno de ellos había perdido el equilibrio y había caído al agua.

Mariana vio que el joven daba manotazos y emergía a la superficie. El chico nadó hasta la orilla y salió del río como una extraña criatura mítica, un semidiós nacido de las aguas. Solo tenía diecinueve años, pero parecía un hombre, no un crío. Era alto, musculoso y estaba empapado; la camisa y los pantalones se le pegaban al cuerpo, y el cabello rubio, a la cara, impidiéndole ver nada. Levantó una mano, se apartó el pelo, miró a su alrededor... y vio a Mariana.

Ese primer instante en que se miraron... fue extraño, eterno. El tiempo pareció ralentizarse, aplanarse y estirarse. Mariana estaba embelesada, cautivada por su mirada, era incapaz de apartar los ojos. La sensación resultaba chocante; como si reconociera a alguien, alguien a quien conocía íntimamente, y no pudiera ubicar dónde o cuándo habían perdido el contacto.

El joven hizo oídos sordos a las llamadas burlonas de sus amigos y se acercó a ella con una sonrisa inquisitiva y radiante.

—Hola —dijo—. Me llamo Sebastian.

Y eso fue todo.

«Estaba escrito», que decían los griegos. Lo cual significaba que sus destinos quedaron ligados a partir de entonces, sin más. Mirando atrás, Mariana a menudo trataba de rememorar hasta el último detalle de esa primera noche profética: de qué habían hablado, cuánto tiempo habían bailado, cuándo se habían besado. Pero, por mucho que lo intentaba, los pormenores se le escurrían entre los dedos como granos de arena. Lo único que recordaba era que estaban besándose cuando salió el sol, y que a partir de entonces fueron inseparables.

Pasaron su primer verano juntos, en Cambridge, tres meses envueltos en los brazos del otro, sin preocuparse del mundo exterior. El tiempo se detenía en ese lugar eterno donde siempre hacía sol y ellos pasaban los días haciendo el amor; o disfrutando de largos pícnics en los Backs, borrachos; o en el río, navegando bajo puentes de piedra y dejando atrás sauces llorones y vacas que pastaban en campo abierto. Sebastian, de pie en la parte trasera de la embarcación, se encargaba de la batea y hundía la pértiga en el lecho del río para impulsarlos mientras Mariana, achispada por el alcohol, dibujaba surcos con los dedos en el agua y contemplaba los cisnes que pasaban deslizándose junto a ellos. Aunque entonces no lo sabía, estaba tan profundamente enamorada de Sebastian que ya no habría vuelta atrás.

En cierto sentido se convirtieron el uno en el otro, se unieron como dos gotas de mercurio.

Eso no quería decir que no fueran distintos. En contraste con la educación privilegiada que había recibido Mariana, Sebastian había crecido en un hogar muy humilde. Sus padres estaban divorciados y no se sentía unido a ninguno de los dos. Consideraba que no le habían dado la base para un buen porvenir y que debía labrarse su propio camino, desde abajo. Decía que, en muchos sentidos, se sentía identificado con el padre de Mariana y con sus ansias de triunfar. A Sebastian también le importaba el dinero porque, a diferencia de ella, él nunca lo había tenido, de manera que lo respetaba, y estaba decidido a ganarse bien la vida en la ciudad, «para poder construir algo seguro para nosotros y nuestro futuro... y para nuestros hijos».

Así hablaba con solo veinte años, con una madurez que sonaba ridícula a su edad. Y con la inocencia de dar por sentado que pasarían el resto de la vida juntos. En esa época solo hablaban del futuro, lo planeaban sin descanso y sin mencionar jamás el pasado y los años infelices que habían precedido a su encuentro. En muchos sentidos, las vidas de Mariana y Sebastian empezaron cuando se conocieron, en ese primer instante en que se miraron, en la orilla del río. Mariana creía que su amor sería eterno. Que no moriría jamás...

Mirando atrás, ¿no había algo sacrílego en ese convencimiento? ¿Una especie de soberbia?

Tal vez.

Porque allí estaba, sola, en el tren, en ese viaje que habían hecho juntos miles de veces en distintos momentos de sus vidas, no siempre del mismo humor —casi siempre felices, aunque en ocasiones no—, hablando, leyendo o durmiendo, con la cabeza de ella apoyada en el hombro de él. Esos eran los momentos, normales y corrientes, que daría cualquier cosa por recuperar.

Prácticamente lo imaginaba allí, en el vagón, sentado a su lado. Casi estaba segura de que, si miraba por la ventanilla, vería su rostro reflejado en el cristal, junto al de ella, superpuesto en el paisaje.

Sin embargo, Mariana vio una cara distinta.

El rostro de un hombre que la estudiaba con atención.

Parpadeó, incómoda. Volvió la cabeza y lo miró con disimulo. Estaba sentado frente a ella, comiendo una manzana, y le sonrió.

9.

El hombre no dejaba de mirarla... Aunque llamarlo «hombre», se dijo Mariana, era más bien generoso.

Por su aspecto, parecía haber cumplido apenas veinte años: tenía un rostro infantil, el pelo castaño y rizado, y un montón de pecas que salpicaban sus mejillas barbilampiñas, cosa que le daba un aire más juvenil aún.

Era alto y muy delgado, llevaba una americana de pana oscura, una camisa blanca arrugada y una bufanda universitaria con los colores azul, rojo y blanco. Sus ojos marrones, en parte camuflados tras unas anticuadas gafas de montura metálica, rebosaban inteligencia y curiosidad, y contemplaban a Mariana con evidente interés.

—Hola, ¿qué tal? —dijo.

Ella se lo quedó mirando, algo desconcertada.

—¿Nos... nos conocemos?

El joven sonrió.

—Todavía no, pero eso espero.

Mariana no dijo nada y miró hacia otro lado. Tras una breve pausa, el chico volvió a intentarlo:

—¿Te apetece? —le acercó una bolsa de papel marrón, grande, repleta de fruta: uvas, plátanos y manzanas—. Coge lo que quieras —le ofreció—. ¿Un plátano?

Ella sonrió con educación. Pensó que tenía una voz bonita, pero movió la cabeza de lado a lado.

—No, gracias.

—¿Estás segura?

—Del todo.

Mariana volvió la cara para mirar el paisaje con la esperanza de poner fin a la charla. El reflejo de él seguía en la ventanilla, y entonces vio que se encogía de hombros, decepcionado. Por lo visto, el joven no controlaba del todo sus largas extremidades, porque acabó volcando la taza que llevaba y vertió su contenido. Parte del té se derramó en la mesa, pero la mayoría cayó en su regazo.

—Mierda.

Se levantó de un salto y sacó un pañuelo de papel del bolsillo para empapar el charco de té de la mesa. También intentó secarse a toquecitos la mancha de los pantalones.

—Lo siento mucho. No te he salpicado, ¿verdad? —se dirigió a Mariana con expresión compungida.

—No.

—Menos mal.

Se sentó de nuevo, aunque ella notaba que no dejaba de mirarla.

—¿Eres... estudiante? —preguntó el joven.

—No —ella negó con la cabeza.

—Ah. ¿Trabajas en Cambridge?

—No —volvió a negar con un gesto.

—Entonces... ¿estás de turismo?

—No.

—Hmmm... —arrugó la frente, a todas luces perplejo.

Se produjo un silencio, y al final Mariana se rindió.

—Voy a ver a alguien —explicó—. A mi sobrina.

—Ah, eres... tía —parecía aliviado al haber conseguido catalogarla. Sonrió—. Yo me estoy sacando el doctorado —comentó por iniciativa propia al ver que Mariana no iba a preguntar—. Soy matemático. Bueno, en realidad físico teórico.

Se interrumpió y se quitó las gafas para limpiarlas con un pañuelo de papel. Parecía muy desnudo sin ellas. Fue entonces cuando Mariana, por primera vez, reparó en que era guapo. O que lo sería en cuanto su rostro madurara un poco más.

Volvió a ponerse las gafas y la observó.

—Me llamo Frederick, por cierto. O Fred. ¿Y tú?

A Mariana no le apetecía decirle su nombre. Probablemente porque le había dado la impresión —halagadora pero también incómoda— de que intentaba ligar con ella. Aparte de la obviedad de que el chico era demasiado joven, tampoco estaba preparada. Nunca lo estaría; solo con pensarlo se sentía culpable de una horrible traición.

—Me llamo... Mariana —contestó con educado envaramiento.

—Ah, qué nombre más bonito.

Fred siguió hablando con la esperanza de entablar una conversación, pero las respuestas de ella eran cada vez más monosilábicas. Por dentro, Mariana no dejaba de contar los minutos para poder escapar.

Cuando llegaron a Cambridge, intentó escabullirse y desaparecer entre el gentío, pero Fred la atrapó al salir de la estación, ya en la calle.

—¿Puedo acompañarte a la ciudad? Vas en autobús, ¿no?

—Prefiero ir a pie.

—Estupendo, tengo ahí la bici, así que puedo ir andando contigo. O, si te apetece, te llevo yo —la miró con los ojos llenos de esperanza.

Mariana, a su pesar, sintió lástima por él, pero decidió hablarle con más firmeza.

—Prefiero ir sola. Si no te importa.

—Claro... Claro, ya veo. Tal vez... ¿un café en otro momento? ¿O una copa? ¿Esta noche?

Ella fingió que miraba el reloj.

—No me quedaré aquí tanto tiempo.

—Bueno, entonces, ¿me das tu número de teléfono? —se ruborizó y las pecas de las mejillas adoptaron un tono rojo vivo—. ¿Te parece muy...?

Mariana negó con la cabeza.

—Creo que no...

—¿No?

—No —ella apartó la mirada, incómoda—. Lo siento, es que...

—No lo sientas. No me desanimas. Volveremos a vernos pronto.

Hubo algo en su tono que la irritó un poco.

—Lo dudo mucho.

—Uy, ya lo creo que sí. Es un presentimiento. Tengo un don para estas cosas, ¿sabes? Me viene de familia: clarividencia, premoniciones. Veo cosas que otros no ven.

Fred sonrió y bajó a la calzada. Un ciclista viró bruscamente para esquivarlo.

—¡Cuidado! —exclamó Mariana, tocándole el brazo.

El ciclista insultó a Fred al pasar de largo.

—Lo siento —se disculpó—. Soy un poco torpe, me temo.

—Solo un poco —Mariana sonrió—. Adiós, Fred.

—Hasta la próxima, Mariana.

El chico se fue hacia la hilera de bicicletas aparcadas. Ella lo miró mientras montaba en una y se alejaba, despidiéndose con la mano antes de doblar la esquina y desaparecer.

Mariana soltó un suspiro de alivio y echó a andar hacia la ciudad.

10.

De camino al Saint Christopher's, la inquietud de Mariana sobre lo que podría encontrarse al llegar no hizo más que crecer.

No tenía ni idea de qué esperar. Tal vez estuviera la policía, o la prensa, lo cual resultaba difícil de creer al contemplar las calles de Cambridge: allí no había indicio alguno de que hubiese ocurrido nada malo, nada hacía pensar que se había cometido un asesinato.

Comparado con Londres, aquello era un remanso de paz. Apenas había tráfico, solo se oía el canto de los pájaros, salpicado por un estribillo de alegres timbres de bicicleta cuando los estudiantes pasaban junto a ella como bandadas de aves con sus negras togas académicas.

Mientras caminaba, Mariana tuvo un par de veces la sensación de que alguien la observaba, o la seguía, y se preguntó si podría ser Fred, que hubiera dado la vuelta con su bici y fuera tras ella. Decidió olvidar esa idea tan paranoica.

Aun así, cada poco volvía la cabeza para asegurarse... y, evidentemente, ahí no había nadie.

A medida que se acercaba al colegio, el entorno se hacía más bello a cada paso, con aquellos chapiteles y torrecillas que se alzaban por encima de su cabeza, y las hayas, que bordeaban las calles y dejaban caer unas hojas doradas que se acumulaban a lo largo de la acera. Largas hileras de bicicletas negras aguardaban encadenadas a rejas de hierro forjado. Y, sobre esas rejas, maceteros llenos de geranios daban vida con sus explosiones de rosa y blanco a las paredes de ladrillo rojo del colegio universitario.

Mariana miró a un grupo de alumnos que parecían de primer año. Estaban leyendo con atención unos carteles colgados en las rejas, que anunciaban los actos de la Semana de Bienvenida.

Qué jóvenes eran esos estudiantes, esos novatos... Como niños pequeños. ¿También Sebastian y ella habían sido así de jóvenes en su momento? Le costaba creerlo, y aún más imaginar que algo malo pudiera sucederles nunca a esos rostros inmaculados e inocentes. Sin embargo, se preguntó a cuántos les depararía una tragedia el futuro.

Pensó entonces en esa pobre chica asesinada junto al pantano..., fuera quien fuese. Aunque no se tratara de la amiga de Zoe, Tara, seguía siendo la amiga de alguien, la hija de alguien. Eso era lo trágico. Todos esperamos en secreto que las desgracias les sobrevengan solo a los demás, pero Mariana sabía que, tarde o temprano, te alcanzan.

Ella misma estaba familiarizada con la muerte; había sido su compañera de viaje desde pequeña, siempre pegada a sus talones, acechándola por la espalda. En ocasiones creía que estaba maldita, como si alguna malévola diosa de un mito griego la hubiese condenado a perder a todo aquel al que amara. El cáncer se llevó a su madre cuando ella no era más que una niña. Luego, años después, un terrible accidente de tráfico se cobró las vidas de su hermana y su marido, y convirtió a Zoe en huérfana. Un ataque al corazón sorprendió al padre de Mariana en el olivar y lo dejó muerto sobre un lecho de olivas aplastadas y pringosas.

Y, por último, la mayor de las desgracias: la pérdida de Sebastian.

Lo cierto era que habían disfrutado de muy pocos años juntos. Después de graduarse, se trasladaron a Londres, donde Mariana empezó el tortuoso viaje que la llevó a hacerse terapeuta de grupo mientras Sebastian trabajaba en la City. Pero él tenía un obstinado espíritu emprendedor y quería montar su propio negocio, así que Mariana le propuso que se lo comentara a su padre.

Debería haberlo visto venir, la verdad, pero albergaba la secreta y sentimental esperanza de que su padre acogiera a Sebastian bajo sus alas y lo metiera en el negocio familiar, que le permitiera heredarlo para, algún día, pasárselo a sus hijos. Hasta ahí dejaba llegar su imaginación, aunque sabía muy bien que era mejor no mencionarle nada de todo eso a su padre, y tampoco a Sebastian. En cualquier caso, la primera reunión entre ambos resultó un desastre. Sebastian voló a Atenas con una misión romántica: pedirle la mano de Mariana. Pero al padre le cayó mal desde el primer momento y, lejos de ofrecerle un puesto de trabajo, lo acusó de ser un cazafortunas y le aseguró que desheredaría a Mariana el mismo día en que se casara con él.

Resultó irónico que, con el tiempo, Sebastian se metiera en el negocio del transporte marítimo, solo que en el extremo contrario del mercado en el que operaba el padre de Mariana. En lugar de dedicarse al sector comercial, él montó una empresa para ayudar a transportar bienes mucho más necesarios —alimentos y otros productos básicos— a comunidades vulnerables y desfavorecidas de todo el mundo. Mariana pensaba que, en muchos aspectos, era como una imagen especular de su padre. Y eso, para ella, era una fuente constante de orgullo.

El viejo atribulado volvió a sorprenderlos cuando le llegó la muerte. Al final se lo había dejado todo a Mariana. Un dineral. A Sebastian le impactó que viviera como vivía, disponiendo de semejante fortuna.

—Como un indigente, quiero decir. Nunca disfrutó de lo que tenía. ¿Para qué lo quería, entonces?

Mariana tuvo que pensarlo unos segundos.

—Por seguridad —dijo—. Estaba convencido de que todo ese dinero, de algún modo, lo protegería. Creo... que tenía miedo.

—Miedo... ¿de qué?

Mariana no tenía respuesta para eso. Negó con la cabeza sin saber qué decir.

—No estoy segura de que ni él mismo lo supiera.

A pesar de la generosa herencia, Sebastian y ella se dieron un único y caro capricho y adquirieron una pequeña casa amarilla, al pie de Primrose Hill, de la que se habían enamorado nada más verla. Sebastian insistió en guardar el resto del dinero para el futuro y para sus hijos.

El asunto de los niños era el único tema delicado entre ellos; una llaga en la que Sebastian no podía evitar meter el dedo de vez en cuando. Lo sacaba a relucir cuando se había tomado una copa de más, o durante uno de sus escasos momentos taciturnos. No había nada que deseara más que tener hijos —un niño y una niña— para completar la imagen de familia perfecta que se había formado. Y, aunque Mariana también deseaba tenerlos, prefería esperar. Quería acabar primero su formación y montar su consulta, cosa que podía llevarle unos años. Pero ¿qué problema había? Tenían todo el tiempo del mundo, ¿o no?

Pues no, no lo tenían... Eso era lo único de lo que Mariana se arrepentía: de haber sido tan arrogante y tan tonta como para dar por sentado el futuro.

Acababa de entrar en la treintena cuando accedió a intentarlo y descubrió que tenían dificultades para concebir. Ese repentino e inesperado escollo le provocó ansiedad, lo cual, según su médico, no ayudaba precisamente.

El doctor Beck era un hombre de edad avanzada con un aire paternal que a Mariana le resultaba tranquilizador. Fue él quien les propuso que, antes de embarcarse en pruebas de fertilidad y un posible tratamiento, Mariana y Sebastian se marcharan de vacaciones para olvidarse del estrés.

—Divertíos, relajaos un par de semanas en alguna playa —les dijo el hombre guiñando un ojo—. A ver qué pasa. A menudo, un poco de relax obra maravillas.

A Sebastian no le entusiasmó la idea, tenía muchísimo trabajo acumulado y no le apetecía alejarse de Londres. Mariana descubrió más tarde que ese verano estaba soportando una gran presión económica, ya que varios de sus negocios tenían problemas para salir adelante. Pero él era demasiado orgulloso para pedirle dinero; jamás aceptó que le prestara ni un penique. Así que le partió el corazón enterarse, después de su muerte, de que durante sus últimos meses de vida había cargado con toda esa preocupación innecesaria por el dinero. ¿Cómo no se había dado cuenta ella de nada? La cruda realidad era que, aquel verano, había estado absorbida egoístamente por sus propias preocupaciones tratando de quedarse embarazada.

Por eso había medio obligado a Sebastian a que se tomara dos semanas de vacaciones para viajar a Grecia, donde visitarían la residencia de verano de su familia, una casa en lo alto de un acantilado en la isla de Naxos.

Volaron a Atenas y, una vez en el puerto, subieron al ferry que los llevó a la isla. Fue una travesía llena de buenos augurios, o eso le pareció a ella: no había ni una nube en el cielo y las aguas estaban calmadas y lisas como un espejo.

En el puerto de Naxos alquilaron un coche y recorrieron la costa hasta la casa. Había sido del padre de Mariana, y, aunque ahora les pertenecía a ellos, no la habían usado nunca.

A pesar del aspecto deteriorado y polvoriento, tenía una ubicación magnífica en lo alto de un acantilado desde el que dominaba el intenso azul del mar Egeo. Unos escalones labrados en la roca descendían por la pared vertical y terminaban en la playa que había abajo. Y allí, en la orilla, los infinitos y minúsculos pedazos de coral rosa que habían quedado varados a lo largo de millones de años se mezclaban con los granos de arena y hacían que la playa refulgiera de un tono rosado frente al azul del cielo y del mar.

A Mariana le parecía un lugar idílico... y mágico. Ya sentía cómo empezaba a relajarse, y en su fuero interno esperó que Naxos obrara el pequeño milagro que habían ido a pedirle.

Pasaron el primer par de días descansando, tumbados en la playa sin hacer nada. Sebastian le confesó que al final se alegraba de haber ido; hacía meses que no estaba tan tranquilo. Desde jovencito tenía la costumbre de leer viejas novelas de misterio en la playa, así que se tumbaba en la orilla, justo donde las olas lo acariciaban, para sumergirse en *El misterio de la guía de ferrocarriles,* de Agatha Christie, mientras Mariana dormía bajo una sombrilla en la arena.

Al tercer día de estar allí, ella le propuso subir a las colinas en coche para visitar el templo.

Mariana recordaba cuando lo visitaba de niña y se paseaba entre las antiguas ruinas imaginando que poseían todo tipo de cualidades mágicas. Quería que Sebastian viviera aquella experiencia, así que prepararon un tentempié para llevarse y se pusieron en marcha.

Tomaron la vieja y sinuosa carretera de la montaña, que se iba estrechando cada vez más conforme ascendían, hasta que al final se convertía en una sencilla pista de tierra repleta de excrementos de cabra.

Y allí, en lo alto de la explanada..., el mismísimo templo en ruinas.

Se trataba de una magnífica construcción de la Grecia antigua que se había erigido con mármol de Naxos, antaño reluciente pero ya de un blanco sucio y maltratado por los elementos. Lo único que quedaba después de tres mil años eran unas cuantas columnas rotas cuyas siluetas se recortaban contra el cielo azul.

El templo estaba dedicado a Deméter, diosa de la cosecha, diosa de la vida; y a su hija, Perséfone, diosa de la muerte. A ambas se las solía venerar juntas, pues eran dos caras de la misma moneda: madre e hija, vida y muerte. En griego, a Perséfone se la conocía simplemente como *Kore,* que significaba «doncella».

Era un lugar precioso para un pícnic. Extendieron la manta azul bajo la moteada sombra de un olivo y sacaron el contenido de la nevera portátil: una botella de sauvignon blanc, una sandía y varios trozos de queso griego salado. Se les había olvidado llevar un cuchillo, así que Sebastian partió la sandía en varios trozos golpeándola contra una roca como si fuera un cráneo. Devoraron la carne dulce y escupieron las duras pepitas.

Sebastian le dio un beso pringoso y húmedo.

—Te quiero —susurró—. Por siempre y siempre...

—... y siempre jamás —dijo ella, y lo besó también.

Después del pícnic, pasearon entre las ruinas. Mariana contempló a Sebastian, que se adelantaba trepando por todas partes como un niño emocionado. Y, mientras lo miraba, les rezó una oración muda a Deméter y a la Doncella. Rezó por Sebastian y por sí misma, por su felicidad, por su amor.

Aún susurraba apenas ese ruego cuando, de pronto, una nube se deslizó sinuosamente por delante del sol y lo tapó, y durante un instante el cuerpo de Sebastian quedó cubierto de sombras, recortado contra el cielo azul. Mariana se estremeció y sintió miedo, aunque no sabía por qué.

El momento pasó tan deprisa como había llegado. Un segundo después, el sol volvía a brillar y ella lo olvidó por completo.

Lo recordaría más adelante, por supuesto.

A la mañana siguiente, Sebastian se levantó con el alba. Se puso sus viejas zapatillas verdes y le susurró a Mariana que salía a correr un poco por la playa. Le dio un beso y se marchó.

Ella se quedó en la cama, medio dormida y medio despierta, consciente del paso del tiempo..., escuchando el viento que arreciaba en el exterior. Lo que había empezado como una brisa estaba cobrando fuerza y velocidad, se colaba por entre las ramas de los olivos con una especie de lamento y las hacía repiquetear contra las ventanas como si fueran largos dedos que tamborileaban con impaciencia en el cristal.

Mariana se preguntó un instante si las olas serían muy grandes... y si Sebastian se habría metido en el agua, como hacía a menudo después de correr. Pero no estaba preocupada; era buen nadador, un hombre fuerte. Indestructible, pensaba ella.

El viento se hacía cada vez más intenso, llegaba en rachas desde el mar. Y Sebastian no regresaba.

Mariana, que comenzaba a inquietarse aunque intentaba no hacerlo, salió de la casa.

Bajó los escalones de la pared del acantilado, agarrándose con fuerza a la roca mientras descendía por miedo a que el vendaval se la llevara consigo.

En la playa no había ni rastro de Sebastian. El viento levantaba remolinos de arena rosada y se la lanzaba a la cara; tuvo que protegerse los ojos para buscarlo. Tampoco lo veía en el agua. Lo único que divisaba eran unas gigantescas olas negras que batían todo el mar hasta el horizonte.

Gritó su nombre:

—¡Sebastian! ¡Sebastian! ¡Seb...!

Pero el viento le arrojaba las palabras de vuelta a la cara. Sintió que la invadía el pánico. No era capaz de pensar, no con ese viento que silbaba en sus oídos y, tras él, un coro interminable de cigarras, como chillidos de hienas.

También percibía algo más tenue aún, muy a lo lejos... ¿Era el sonido de una risa?

¿La risa fría y burlona de una diosa?

«No, basta. ¡Basta!» Tenía que centrarse, tenía que prestar atención, tenía que dar con él. ¿Dónde estaba? Era imposible que se hubiera metido en el agua con ese temporal. No habría sido tan estúpido como para...

Y entonces las vio.

Sus zapatillas.

Sus viejas zapatillas verdes, bien colocadas en la arena, juntas... muy cerca de la orilla.

Después de eso, sus recuerdos se desdibujaban. Mariana se metió en el agua, histérica, aullando como una arpía, gritando, gritando sin cesar...

Y después... nada.

Tres días más tarde, las corrientes arrastraron el cuerpo de Sebastian a la orilla, costa arriba.

11.

Habían pasado casi catorce meses desde entonces, desde la muerte de Sebastian, pero en muchos aspectos Mariana seguía allí, atrapada todavía en esa playa de Naxos, y allí estaría para siempre.

Se encontraba atascada, paralizada. Igual que lo estuvo Deméter cuando Hades secuestró a su querida hija, Perséfone, y se la llevó al inframundo para que fuera su esposa. Superada por la pena, Deméter se derrumbó. Se negó a moverse, o incluso a que la movieran. Permaneció inmóvil sin hacer nada más que llorar, y a su alrededor el mundo natural lloró con ella: el verano se convirtió en invierno, el día se convirtió en noche. La tierra cayó en un duelo o, mejor dicho, en la melancolía.

Mariana conocía aquello muy bien. De pronto, a medida que se acercaba al Saint Christopher's, sintió que la invadía un temor creciente, ya que esas calles tan familiares le hacían muy difícil contener los recuerdos que acudían a su memoria; en todas las esquinas la esperaban fantasmas de Sebastian. Trató de no apartar la mirada del suelo, como un soldado que intenta pasar desapercibido en territorio enemigo. Tenía que hacer de tripas corazón si quería servirle de algo a Zoe.

Por eso estaba allí, por Zoe. Dios sabía que Mariana habría preferido no volver a poner un pie en Cambridge nunca más. Estaba resultándole más duro de lo que había creído, pero lo haría por su sobrina. Zoe era todo lo que le quedaba.

Dejó King's Parade para tomar una travesía de adoquines irregulares que conocía muy bien, y avanzó por el empedrado hasta llegar a una vieja puerta de madera que había al final de la calle. Levantó la cabeza para mirarla.

La puerta exterior del Saint Christopher's College era por lo menos el doble de alta que ella y se abría en una antigua tapia de ladrillo rojo cubierta de hiedra. Mariana recordaba la primera vez que se había visto ante esa puerta, cuando llegó de Grecia para realizar la entrevista de admisión, con apenas diecisiete años recién cumplidos. Qué pequeña y farsante se había sentido, qué sola y asustada...

Era curioso volver a sentirse exactamente igual, casi veinte años después.

Empujó la puerta y entró.

12.

El Saint Christopher's College estaba tal como lo recordaba.

Mariana temía verlo de nuevo, encontrarse en el escenario de su historia de amor, pero agradeció que la belleza del edificio acudiera a su rescate. En lugar de partírsele, el corazón se le llenó de alegría.

El Saint Christopher's era uno de los colegios universitarios más antiguos y bonitos de Cambridge. Se componía de varios patios y jardines que llegaban hasta el río, y estaba construido en una mezcla de estilos arquitectónicos —gótico, neoclásico, renacentista—, ya que habían ido remodelándolo y expandiéndolo a lo largo de los siglos. El conjunto crecía de una forma azarosa y orgánica, y por eso, para Mariana, su belleza era aún mayor.

Se detuvo junto a la oficina del bedel, en el Patio Mayor, el primero y más extenso de todos. Un inmaculado césped verde se extendía ante ella hasta la pared cubierta de glicinia verde oscuro del extremo contrario. La vegetación, salpicada de rosas trepadoras blancas, se aferraba a los ladrillos formando un intrincado tapiz hasta alcanzar los muros de la capilla. Allí, los vitrales lanzaban destellos verdes, azules y rojos cuando les daba la luz del sol, y se oía al coro del colegio practicando y elevando sus armoniosas voces en el interior.

Un susurro —¿la voz de Sebastian, quizá?— le dijo que estaría a salvo en ese lugar. Podía descansar y encontrar la paz que tanto anhelaba.

Su cuerpo se relajó y casi soltó un suspiro. Mariana sintió una repentina oleada de satisfacción a la que no estaba acostumbrada: la edad de esas paredes, esas columnas y esos arcos, ajenos a los años y los cambios, consiguió que por un momento fuera capaz de ver su pérdida con cierta perspectiva. Comprendió que aquel lugar mágico no les pertenecía a Sebastian y a ella; no era suyo, no tenía dueño. Su historia solo había sido una entre los millones que habían tenido lugar allí, y no era más importante que las demás.

Paseó la mirada con una sonrisa a su alrededor y contempló la frenética actividad que la rodeaba. Aunque el trimestre había empezado hacía poco, los preparativos de última hora aún seguían en marcha, y también se respiraba cierta sensación de impaciencia, como en un teatro justo antes de alzar el telón. Un jardinero cortaba la hierba en un extremo del césped. Un bedel del colegio, con traje negro, bombín y un gran delantal verde, intentaba alcanzar los altos rincones y las innumerables ranuras de los arcos usando una larga pértiga con un plumero al final para retirar las telarañas. Varios bedeles más estaban alineando largos bancos de madera en el césped, seguramente para las fotografías de la matrícula.

Mariana vio a un adolescente de aspecto nervioso, sin duda un novato de primer año, que justo en ese instante cruzaba el patio en compañía de sus padres, quienes no dejaban de reñir mientras aferraban sus maletas. Les sonrió con afecto.

Y entonces, al otro lado del patio, vio algo más: una siniestra reunión de agentes de policía uniformados.

Su sonrisa se desvaneció poco a poco.

Los agentes salían del despacho del decano acompañados por este. A pesar de la distancia, Mariana vio que el hombre tenía el rostro congestionado y estaba algo nervioso.

Eso solo podía significar una cosa. Había ocurrido lo peor. La policía estaba allí, o sea que Zoe había acertado: Tara estaba muerta, y era su cadáver el que había aparecido en los pantanos.

Mariana tenía que encontrar a su sobrina. Ya. Dio media vuelta y se apresuró hacia el siguiente patio.

Como iba perdida en sus pensamientos, no oyó al hombre que la llamaba hasta que repitió su nombre.

—¿Mariana? ¡Mariana!

Se dio la vuelta. Estaba saludándola con la mano. Ella entornó los ojos, no acababa de ver quién era, aunque él sí parecía conocerla.

—Mariana —dijo de nuevo el hombre, con más seguridad en esta ocasión—. ¡Espera!

Mariana se detuvo y aguardó a que cruzara los adoquines hacia ella con una amplia sonrisa.

«Pues claro —pensó—. Es Julian».

Lo reconoció por la sonrisa, que había acabado haciéndose bastante famosa.

Julian Ashcroft y Mariana habían estudiado Psicología juntos en Londres. Ella llevaba años sin verlo, salvo por televisión, a la que solían invitarlo para participar como tertuliano en programas informativos o colaborar en reportajes sobre crímenes reales. Se había especializado en Psicología Forense y había escrito un superventas sobre asesinos en serie británicos y sus madres. Por lo visto, tenía un interés obsceno en la locura y la muerte, algo que a Mariana le parecía de bastante mal gusto.

Lo observó mientras se acercaba. A Julian debía de faltarle poco para cumplir los cuarenta. Era de estatura media, vestía una elegante americana azul, una camisa blanca bien planchada y vaqueros azul marino. Llevaba el pelo alborotado con estilo y tenía unos impresionantes ojos azules... y una sonrisa radiante y perfecta, a la que recurría con frecuencia. Todo él resultaba algo artificial, pensó Mariana, lo cual sin duda lo hacía idóneo para la televisión.

—Hola, Julian.

—Mariana —repuso él al alcanzarla—. Menuda sorpresa. Me había parecido que eras tú. ¿Qué estás haciendo aquí? No habrás venido con la policía, ¿verdad?

—No, no. Mi sobrina estudia en esta facultad.

—Ah, qué bien. Vaya. Pensaba que íbamos a trabajar juntos —Julian le lanzó una de sus sonrisas encantadoras. Bajó la voz, como si intercambiara una confidencia—: Me han llamado para que les eche una mano.

Mariana imaginaba de qué estaba hablando, pero de todas formas sintió un escalofrío. No quería que se lo confirmaran, aunque no tenía otra opción.

—Es Tara Hampton, ¿verdad?

Julian la miró con cierta sorpresa y asintió.

—Exacto. Acaban de identificarla. ¿Cómo lo sabías?

Ella se encogió de hombros.

—Llevaba desaparecida algo más de un día, según me ha dicho mi sobrina.

Se dio cuenta de que estaban a punto de desbordarla las lágrimas, así que las secó enseguida y miró a Julian a los ojos.

—¿Ya tienen alguna pista?

—No —él negó con la cabeza—. Todavía no. Pronto, espero. Cuanto antes mejor, sinceramente. Ha sido una muerte muy violenta.

—¿Crees que conocía al asesino?

Asintió.

—Parece probable. Solemos reservar ese grado de agresividad para nuestros seres más queridos y cercanos, ¿no te parece?

—Es posible —Mariana tomó nota mental.

—Diez a uno a que ha sido su novio.

—Creo que no salía con nadie.

Julian consultó su reloj.

—Ahora mismo tengo que reunirme con el inspector jefe, pero, ¿sabes qué?, me encantaría seguir hablando de esto... ¿mientras tomamos algo? —sonrió—. Me he alegrado de verte, Mariana. Hacía años. Tenemos que ponernos al día...

Pero Mariana ya había echado a andar.

—Lo siento, Julian, tengo que ir a buscar a mi sobrina.

13.

La habitación de Zoe estaba en Eros Court, uno de los patios más pequeños, que consistía en un césped rectangular alrededor del cual se habían construido alojamientos para los estudiantes.

En el centro del césped había una deslavazada estatua de Eros aferrando un arco y una flecha. Siglos de lluvia y herrumbre lo habían avejentado considerablemente y habían convertido al querubín en un viejo hombrecillo verde.

Alrededor de todo el patio, varias escaleras subían hacia las habitaciones de los estudiantes, y en cada esquina había una alta torrecilla de piedra gris. Cuando Mariana se acercó a una de ellas, alzó la mirada a la ventana de la tercera planta, y vio allí sentada a Zoe.

Su sobrina no la había visto, así que Mariana se detuvo a contemplarla un instante. Las ventanas en arco tenían paneles de cristal en forma de diamante engarzados en plomo; los pequeños rombos descomponían la imagen de Zoe, la fracturaban hasta convertirla en un puzle adiamantado... y, por un segundo, con sus piezas Mariana formó otra figura: no la de una joven de veinte años, sino la de una niña de seis, dulce y tontorrona, con la cara colorada y dos trenzas.

Sintió un afecto y una preocupación enormes por esa niña. La pobre Zoe, que ya había pasado tantas otras cosas. Mariana detestaba causarle más dolor al darle la terrible noticia. Sacudió la cabeza, dejó de aplazar lo inaplazable y se apresuró hacia la torrecilla.

Subió a la habitación de su sobrina por la vieja escalera de caracol, de madera alabeada. La puerta estaba entornada, así que entró.

Zoe tenía un alojamiento minúsculo pero acogedor, algo desordenado en esos momentos, con ropa tirada sobre los sillones y tazas sucias en el lavamanos. Había un escritorio, una pequeña chimenea y un asiento con cojines en la ventana en saliente, donde se había acomodado rodeada de libros.

Al ver a Mariana soltó un gritito, se puso en pie de un salto y enseguida corrió a los brazos de su tía.

—Estás aquí. No pensaba que fueras a venir.

—Claro que estoy aquí.

Mariana intentó retroceder un paso, pero Zoe no la soltaba, así que no tuvo más remedio que rendirse al abrazo. Sintió su calidez, su afecto. Qué poco acostumbrada estaba a que la tocaran así... Se dio cuenta de lo mucho que se alegraba de ver a su sobrina; de pronto se notó muy emotiva.

Después de Sebastian, Zoe siempre había sido la persona que más apreciaba en el mundo. Su sobrina había estudiado en un internado en Inglaterra, así que Mariana y Sebastian la habían adoptado extraoficialmente; tenía su propia habitación en la casita amarilla y se quedaba con ellos durante las vacaciones de primavera y las fiestas. Estaba escolarizada en Inglaterra porque su padre era inglés. De hecho, Zoe solo tenía una cuarta parte griega. De su padre había heredado la tez clara y los ojos azules, así que ese cuarto griego apenas asomaba la cabeza. Mariana se solía preguntar si llegaría a manifestarse algún día, y cómo; eso si no había quedado asfixiado por la envarada apisonadora de la educación en una escuela privada inglesa.

Cuando Zoe la liberó por fin de su abrazo, Mariana, con toda la delicadeza posible, le dio la noticia de que habían identificado el cadáver de Tara.

Su sobrina no apartó la mirada de ella. Las lágrimas le resbalaban por las mejillas mientras lo asimilaba. Mariana volvió a estrecharla entre sus brazos y Zoe se aferró a ella sin dejar de llorar.

—No pasa nada —le susurró su tía—. Todo irá bien.

La llevó despacio a la cama y la sentó allí. Cuando la chica consiguió dejar de sollozar, Mariana se puso a preparar un té. Lavó un par de tazas en el pequeño lavamanos y encendió el hervidor de agua.

Durante todo ese rato, Zoe estuvo sentada en la cama, erguida, con las rodillas pegadas al pecho y mirando al vacío. Ni siquiera se molestaba en secarse las lágrimas que le caían por las mejillas. También aferraba su viejísimo peluche, una maltrecha cebra con rayas blancas y negras. A Cebra le faltaba un ojo y ya se le estaban abriendo las costuras. Como había acompañado a Zoe desde que era una niña, había soportado mucho trote, pero también había recibido mucho amor. En esos momentos, la joven se aferraba a ella y la apretaba con fuerza mientras se balanceaba adelante y atrás.

Mariana dejó la humeante taza de té dulce en la abarrotada mesita de café y miró a su sobrina con preocupación. La verdad era que Zoe lo había pasado muy mal de adolescente, afectada por la depresión. Tenía accesos de llanto que se alternaban con estados de un ánimo bajo, apático y carente de emociones en los que incluso se sentía demasiado deprimida para llorar, y a los que a Mariana le resultaba más difícil enfrentarse que a las lágrimas. En aquella época le había costado un mundo llegar hasta su sobrina, aunque sus problemas no eran ni mucho menos sorprendentes, teniendo en cuenta la traumática pérdida de sus padres a tan corta edad.

Aquel abril en que recibieron la llamada que cambiaría la vida de Zoe para siempre, la niña estaba pasando con ellos las vacaciones de primavera. Sebastian contestó al teléfono y tuvo que comunicarle que sus padres —la hermana de Mariana y su marido— habían muerto en un accidente de tráfico. Zoe se vino abajo y Sebastian se acercó a ella y la abrazó. A partir de entonces, Mariana y él se desvivieron por su sobrina; seguramente demasiado, pero, al haber perdido a su propia madre, Mariana estaba decidida a darle a Zoe todo lo que ella misma había echado en falta a tan tierna edad: amor maternal, calidez, afecto. Ese amor era algo correspondido, por supuesto, y sentía que Zoe les devolvía tanto como recibía.

Con el tiempo, para gran alivio de ambos, la niña fue reponiéndose poco a poco. A medida que maduraba, los episodios depresivos fueron cada vez más esporádicos, logró aplicarse en los estudios y llegar al final de la adolescencia mucho mejor de como la había empezado. Aun así, tanto a Mariana como a Sebastian les preocupaba que Zoe reaccionara mal a las presiones sociales de la universidad, así que, cuando se hizo amiga íntima de Tara, se sintieron mucho más tranquilos. Algo después, tras la muerte de Sebastian, Mariana agradeció que Zoe pudiera contar con el apoyo de alguien que significaba tanto para ella. Ella misma no tenía a nadie así; acababa de perderlo.

Sin embargo, ¿cómo afectaría a Zoe esa nueva pérdida? ¿La espantosa pérdida de una buena amiga? Aún estaba por ver.

—Zoe, toma, bebe un poco de té. Te ayudará a reponerte.

No hubo respuesta.

—¿Zoe?

La chica pareció oírla de repente y levantó la mirada hacia ella con los ojos vidriosos, llenos de lágrimas.

—Es culpa mía —susurró—. Yo tengo la culpa de que esté muerta.

—No digas eso, no es verdad.

—Sí, sí que lo es. En serio. Tú no lo entiendes.

—¿No entiendo el qué?

Mariana se sentó en el borde de la cama y esperó a que Zoe continuara.

—Ha sido culpa mía, Mariana. Debería haber hecho algo. Esa noche, después de ver a Tara, debería habérselo contado a alguien... Tendría que haber llamado a la policía. Así, tal vez seguiría con vida...

—¿A la policía? ¿Por qué?

Zoe no contestó, así que Mariana arrugó la frente.

—¿Qué te dijo Tara? Me contaste que..., ¿que decía tonterías?

Las lágrimas desbordaron los ojos de Zoe, que volvió a mecerse adelante y atrás en un silencio taciturno. Mariana sabía que la mejor manera de abordar la situación era estando presente, sin más, y aguardar con paciencia para dejar que Zoe expresara lo que le preocupaba a su debido tiempo. Pero ella no disponía de ese tiempo. Le habló en voz baja, tranquilizadora pero firme:

—¿Qué te dijo, Zoe?

—No debería haberte comentado nada. Tara me hizo jurar que no se lo contaría a nadie.

—Lo entiendo. No quieres traicionar su confianza, pero me temo que ya es tarde para eso.

Zoe la miró fijamente. Cuando Mariana contempló aquel rostro de mejillas sonrojadas y ojos muy abiertos, vio a una niña, una niñita asustada y a punto de estallar a causa de un secreto que no quería guardar, pero que a la vez le daba miedo desvelar.

Y entonces, por fin, se rindió:

—Anteayer por la noche, Tara vino a verme a mi habitación. No sabía lo que se hacía, iba colocada, no sé de qué. Estaba muy disgustada y me dijo que..., que tenía miedo...

—¿Miedo? ¿De qué?

—Dijo... que alguien iba a matarla.

Mariana se quedó mirando a Zoe un segundo.

—Continúa.

—Me hizo prometer que no se lo contaría a nadie. Me aseguró que, si me iba de la lengua, él lo descubriría y la mataría.

—¿Él? ¿De quién estaba hablando? ¿Te dijo quién amenazaba con matarla?

Zoe asintió, pero se negó a contestar.

Mariana repitió la pregunta.

—¿De quién hablaba, Zoe?

Ella movió de lado a lado la cabeza, dubitativa.

—Es que parecía un disparate...

—No importa. Tú dímelo.

—Dijo... que era uno de los tutores de aquí. Un profesor.

Mariana parpadeó con asombro.

—¿De aquí, del Saint Christopher's?

Su sobrina asintió.

—Sí.

—Vale. ¿Y cómo se llama?

Zoe calló un momento y luego respondió en un susurro:

—Edward Fosca.

14.

Menos de una hora después, Zoe estaba repitiendo su historia al inspector jefe Sadhu Sangha.

El policía había tomado posesión del despacho del decano, una habitación espaciosa que daba al Patio Mayor. Una estantería de caoba bellamente labrada y repleta de libros encuadernados en cuero ocupaba una de las paredes. Las demás estaban cubiertas de retratos de antiguos decanos, que observaban a los agentes de policía con un recelo mal disimulado.

El inspector jefe Sangha, sentado al imponente escritorio, abrió el termo que llevaba consigo y se sirvió una taza de té. Pasaba de los cincuenta, tenía ojos oscuros y una barbita recortada salpicada de canas, y lucía una elegante americana gris, corbata y un turbante de un llamativo azul marino que delataba su origen sij. Era un hombre de presencia imponente e imperiosa, pero el tamborileo constante de sus dedos o los golpecitos que daba con el pie transmitían cierto nerviosismo, un aire sobrio e impaciente.

Mariana lo encontró un tanto irritable, y tuvo la impresión de que no daba importancia a lo que Zoe estaba diciendo, como si no le interesara. «No la está tomando en serio», pensó.

Sin embargo, se equivocaba. Le prestaba toda su atención. El inspector jefe dejó el té en la mesa y clavó sus ojos grandes y oscuros en Zoe.

—¿Y usted qué pensó cuando le dijo eso? —preguntó—. ¿La creyó?

—No sé... —contestó Zoe—. Iba fatal, o sea, iba colocada. Pero siempre iba colocada, así que... —se encogió de hombros y meditó un segundo—. Es decir, todo era muy raro...

—¿Mencionó por qué el profesor Fosca la había amenazado de muerte?

Zoe pareció un poco incómoda.

—Dijo que se acostaban. Y que se habían peleado o algo así... Que ella lo había amenazado con informar a la facultad y hacer que lo despidieran. Y él le dijo que si lo hacía...

—¿La mataría?

Zoe asintió, aliviada de habérselo quitado de encima.

—Sí.

Tras meditarlo un segundo, el inspector se levantó con brusquedad.

—Voy a hablar con el profesor Fosca. Esperen aquí, hagan el favor. Y, Zoe, necesitaremos que preste declaración.

Salió de la habitación y, en su ausencia, Zoe le repitió la historia a un subalterno, que fue tomando nota. Mariana esperó inquieta, preguntándose qué estaba ocurriendo.

El inspector Sangha apareció al cabo de una larga hora. Tomó asiento de nuevo.

—El profesor Fosca se ha mostrado muy cooperativo —anunció—. Le he tomado declaración y dice que a las diez de la noche, la hora de la muerte de Tara, estaba acabando una tutoría en sus dependencias. Se impartía de ocho a diez, y asistieron seis alumnas. Me ha proporcionado sus nombres. Hasta el momento hemos hablado con dos de ellas y ambas corroboran la historia —el inspector miró a Zoe, pensativo—. Por consiguiente, no voy a acusarlo de ningún delito; estoy totalmente convencido de que, a pesar de lo que Tara pudo haber dicho, él no es responsable de su muerte.

—Ya —susurró Zoe sin alzar la vista, que mantenía clavada en su regazo.

Mariana se dijo que parecía preocupada.

—Estaba pensando que tal vez podría hablarme de Conrad Ellis —prosiguió el inspector—. No es estudiante de esta universidad, vive en la ciudad, creo. ¿Era el novio de Tara?

Zoe negó con la cabeza.

—No era su novio. Salían de vez en cuando, nada más.

—Entiendo —el inspector consultó sus notas—. Parece que tiene dos condenas previas, una por tráfico de drogas y otra por agresión con agravantes... —echó un vistazo a Zoe—. Y más de una vez sus vecinos los oyeron mantener discusiones violentas.

Zoe se encogió de hombros.

—Es un desastre, igual que ella, pero... Él jamás le haría daño, si es lo que insinúa. Él no es así. Es un buen tipo.

—Hmmm... Sí, tiene pinta de ser un encanto.

El inspector no parecía muy convencido. Vació el termo y volvió a enroscar la tapa.

«Caso cerrado», pensó Mariana.

—No sé, inspector, pero creo que debería escucharla —intervino, indignada por Zoe.

—¿Disculpe? —el inspector Sangha parpadeó, como si le sorprendiera oírla hablar—. Refrésqueme la memoria, ¿usted era...?

—La tía de Zoe, y su tutora. Y, si es necesario, también su defensora.

El inspector Sangha la miró con un gesto un tanto divertido.

—Por lo que he visto hasta ahora, su sobrina es perfectamente capaz de defenderse solita.

—Bueno, Zoe tiene buen ojo para juzgar a la gente, siempre lo ha tenido. Si dice que conoce a Conrad y que cree que es inocente, debería hacerle caso.

La sonrisa del inspector se desvaneció.

—Si no le importa, me formaré mi propia opinión cuando me entreviste con él. Para que quede claro: aquí el que manda soy yo, y no suelo reaccionar bien cuando me dicen lo que debo hacer...

—No estoy diciéndole lo que debe...

—Ni cuando me interrumpen. Así que le recomiendo encarecidamente que no lo empeore. No se inmiscuya en mis asuntos ni en mi investigación. ¿Lo ha entendido?

Mariana estaba a punto de replicar, pero se contuvo. Se obligó a sonreír.

—A la perfección —dijo.

15.

Tras abandonar el despacho del decano, Zoe y Mariana atravesaron la columnata que recorría el otro extremo del patio, una serie de doce columnas de mármol que sostenían la biblioteca de arriba. Eran muy antiguas, estaban descoloridas y tenían unas grietas que las recorrían como si fueran venas. Los fustes proyectaban largas sombras en el suelo y sumergían a ambas mujeres en una oscuridad intermitente mientras paseaban entre ellas.

Mariana rodeó a Zoe con un brazo.

—Cariño, ¿estás bien? —preguntó.

Zoe se encogió de hombros.

—No... No sé.

—¿Crees que Tara pudo mentirte?

Zoe la miró apenada.

—No lo sé. Ya...

La chica se interrumpió de pronto y se detuvo en seco cuando un hombre apareció delante de ellas como surgido de la nada, asomando por detrás de una columna.

Se quedó allí plantado, cerrándoles el paso, y la miró con atención.

—Hola, Zoe.

—Profesor Fosca —dijo la chica apenas en un susurro.

—¿Cómo estás? ¿Estás bien? No me puedo creer lo que ha ocurrido. Estoy conmocionado.

Mariana advirtió que tenía acento estadounidense; empleaba una entonación suave y rítmica con un ligerísimo toque anglicanizado.

—Pobre —prosiguió Fosca—, lo siento muchísimo, Zoe. Debes de estar destrozada...

Por la vehemencia del tono, su preocupación parecía sincera. Aun así, la chica hizo el leve e involuntario ademán de apartarse cuando él alargó la mano hacia ella. Mariana sí reparó en el gesto, igual que el profesor, que la miró incomodado.

—Mira, voy a contarte lo que le he dicho al inspector, ni más ni menos. Es importante que lo sepas por mí, y cuanto antes mejor.

Fosca solo se dirigía a Zoe, como si Mariana no estuviera allí, así que esta tuvo oportunidad de estudiarlo mientras hablaba. Era más joven de lo que había esperado, y considerablemente más atractivo. Debía de rondar la cuarentena, alto, de constitución atlética, con pómulos marcados y ojos de un sorprendente negro azabache. Todo cuanto tenía que ver con él era oscuro: los ojos, la barba, la ropa. El pelo largo y negro recogido en la nuca de cualquier manera. Y vestía una toga negra, con la camisa por fuera y la corbata medio desanudada. El efecto general tenía cierto toque carismático, incluso byroniano.

—Lo cierto es que quizá no supe manejar la situación —reconoció—. Estoy seguro de que tú puedes dar fe de ello, Zoe, pero a Tara no le iban muy bien los estudios. En realidad, lo estaba suspendiendo todo, a pesar de que yo no paraba de insistirle para que no descuidara la asistencia y entregara los trabajos. No me dejó alternativa. Tuve una conversación muy seria con ella. Le dije que no sabía si estaba relacionado con las drogas, o si tenía problemas con su pareja, pero con su rendimiento no bastaba para pasar de curso. Le comenté que tendría que repetir. Era eso o expulsarla —negó con la cabeza, cansado—. Cuando la informé de esto último, se puso histérica. Dijo que su padre la mataría. Me suplicó que me lo pensara, pero no había nada que discutir. Y entonces cambió de actitud. Se puso muy agresiva. Me amenazó. Aseguró que arruinaría mi carrera y que haría que me despidieran —suspiró—. Creo que era eso lo que trataba de conseguir. Todo lo que te contó, la acusación de que había mantenido relaciones sexuales con ella, responde a un claro intento de dañar mi reputación —bajó la voz—: Jamás me acostaría con mis alumnas, sería una gravísima traición de la confianza y un abuso de poder. Como sabes, le tenía un profundo aprecio. Por eso me duele tanto enterarme de que hizo esas acusaciones.

A su pesar, a Mariana le resultó muy convincente. No había nada en su actitud que insinuara que mintiera. Todo lo que decía tenía un tinte de verdad. Tara hablaba a menudo de su padre con miedo, y Zoe le había confesado que el hombre había demostrado ser un anfitrión estricto, incluso severo, cuando había pasado unos días de visita en la casa que tenían en Escocia. A Mariana no le costaba nada imaginar cómo habría reaccionado ante el suspenso general de Tara. Como tampoco le extrañaba que la idea de tener que informar a su padre motivara la histeria y la desesperación de Tara.

Mariana echó un vistazo a Zoe para ver cómo estaba tomándoselo, pero no supo qué pensar. Era evidente que estaba tensa, miraba el suelo de piedra como si estuviera avergonzada.

—Espero que esto lo aclare todo —dijo Fosca—. Ahora lo importante es ayudar a la policía a atrapar a quien lo hizo. Les he sugerido que investiguen a Conrad Ellis, ese tipo con el que estaba liada. Según dicen, es un pájaro de cuidado.

Zoe no contestó. Fosca la miró atentamente.

—¿Zoe? ¿Todo bien entre tú y yo? Bastante tenemos que afrontar para que además sospeches que yo haya podido hacer algo así.

La chica alzó la vista y le sostuvo la mirada. Asintió despacio.

—Todo bien —aseguró.

—Me alegro —aunque no parecía muy satisfecho—. Tengo que irme. Nos vemos luego. Cuídate, ¿de acuerdo?

Fosca se fijó en Mariana por primera vez y la saludó con un leve movimiento de cabeza. Luego dio media vuelta y se alejó, hasta que desapareció detrás de una columna.

Se hizo un silencio. Zoe se volvió hacia Mariana con gesto preocupado.

—Bueno... —dijo, con un leve suspiro—. ¿Y ahora qué?

Mariana lo pensó un momento.

—Voy a hablar con Conrad.

—Pero ¿cómo? Ya has oído al inspector.

No contestó, aunque entonces vio que Julian Ashcroft salía del despacho del decano y atravesaba el patio, y asintió para sí.

—Tengo una idea.

16.

Esa misma tarde, Mariana consiguió ver a Conrad Ellis en la comisaría.

—Hola, Conrad —dijo—. Me llamo Mariana.

La policía había procedido a su detención justo después de su entrevista con el inspector jefe Sangha. A pesar de la falta de pruebas, ni circunstanciales ni de ninguna otra clase, estaban convencidos de que era su hombre.

El señor Morris, el jefe de bedeles, era la última persona que había visto a Tara con vida, a las ocho de la tarde, cuando esta salía por la puerta principal del colegio. Según Conrad, estuvo esperándola en su apartamento, pero Tara no llegó a presentarse, aunque solo tenían su palabra, ya que no disponía de coartada para esa noche.

No se descubrió ningún arma homicida en el apartamento, a pesar del minucioso registro. Aun así, se habían llevado su ropa y otras pertenencias para realizar las pruebas forenses pertinentes con la esperanza de encontrar algo que lo relacionara con el asesinato.

Para sorpresa de Mariana, Julian se prestó de inmediato a ayudarla para que pudiera verlo.

—Puedo meterte con mi pase. Al fin y al cabo, tengo que hacer la evaluación psiquiátrica. Puedes observar, si quieres —le guiñó un ojo—. Siempre que Sangha no nos pille.

—Gracias. Te debo una.

Julian parecía encontrar divertida esa pequeña transgresión. Volvió a guiñarle un ojo cuando entraron en la comisaría y solicitó que sacaran a Conrad Ellis del calabozo.

Unos minutos después, estaban sentados frente al chico en la sala de interrogatorio, una habitación fría, sin ventanas ni ventilación. No era un lugar donde uno quisiera estar, aunque quizá esa era la intención.

—Conrad, soy psicoterapeuta —dijo Mariana—. Y la tía de Zoe. Conoces a Zoe, ¿verdad? Del Saint Christopher's.

Por un momento, el joven pareció confuso, pero luego se le iluminó levemente la mirada y asintió con aire distraído.

—Zoe... ¿La colega de Tara?

—Exacto. Quiere que sepas que siente mucho... lo de Tara.

—Zoe es una buena tía... Me cae bien. No es como las demás.

—¿Las demás?

—Las colegas de Tara —Conrad hizo una mueca—. Yo las llamo «las brujas».

—¿De verdad? ¿No te caen bien sus amigas?

—A ellas no les caigo bien yo.

—¿Y eso por qué?

Conrad se encogió de hombros. Inexpresivo, inmutable. Mariana había esperado obtener algún tipo de respuesta emocional por su parte, algo que la ayudara a conocerlo mejor, pero no recibía ninguna. Le recordó a su paciente, a Henry, con aquella misma mirada turbia tras años de un consumo excesivo de alcohol y drogas.

Parte del problema radicaba en su aspecto, que jugaba en su contra. Era torpe, grandote e iba tatuado de pies a cabeza. Aun así, Zoe tenía razón: transmitía cierta dulzura y amabilidad. Cuando hablaba, lo hacía de manera lenta y confusa, como si no supiera muy bien qué estaba ocurriendo.

—No lo entiendo, ¿por qué creen que le he hecho algo? Yo no he sido. Yo la quier... La quería.

Mariana miró a Julian para ver cómo reaccionaba. No parecía conmovido en lo más mínimo. Julian procedió a formularle todo tipo de preguntas indiscretas sobre su vida y su educación; cuanto más se alargaba la entrevista, más angustiante se volvía, más negras parecían las perspectivas de Conrad.

Y más se convencía Mariana de que era inocente. Conrad no mentía, el hombre estaba destrozado. En cierto momento, agotado por el interrogatorio de Julian, se vino abajo, se sujetó la cabeza con las manos y se echó a llorar en silencio.

Al final de la entrevista, Mariana intervino de nuevo.

—¿Conoces al profesor Fosca? —preguntó—. El tutor de Tara.

—Sí.

—¿Y de qué lo conoces? ¿Por Tara?

—Sí —asintió—. Le he pasado material varias veces.

Mariana parpadeó. Miró a Julian.

—¿Te refieres a drogas?

—¿De qué tipo? —preguntó Julian.

Conrad hizo un gesto de indiferencia.

—Depende de lo que quisiera.

—Entonces, ¿lo veías con regularidad? ¿Al profesor Fosca?

Volvió a encogerse de hombros.

—Con bastante frecuencia.

—¿Qué pensabas de su relación con Tara? ¿Había algo que te pareciera raro?

—Bueno, a ver, el tipo iba detrás de ella, ¿no? —contestó, encogiéndose de hombros.

Mariana intercambió una mirada con Julian.

—¿Ah, sí?

Iba a insistir en la cuestión cuando Julian dio la entrevista por terminada de manera abrupta. Dijo que tenía suficiente para elaborar el informe.

—Espero que te haya parecido instructivo —comentó cuando salían de comisaría—. Menuda actuación, ¿no crees?

Mariana lo miró asombrada.

—No ha fingido. Es incapaz de fingir todo eso.

—Créeme, las lágrimas forman parte del numerito. Eso o que se compadece de sí mismo. No es la primera vez que lo veo. Cuando llevas en esto tanto tiempo como yo, te das cuenta de que todos los casos son de un parecido deprimente.

Mariana se volvió hacia él.

—¿No te parece preocupante que vendiera drogas al profesor Fosca?

Julian le restó importancia con un gesto.

—Comprar un poco de hierba de vez en cuando no lo convierte en asesino.

—¿Y lo que ha dicho Conrad acerca de que Fosca se sentía atraído por ella?

—¿Y qué si era así? Por lo que dicen, la chica era un bellezón. Tú la conocías, ¿no? ¿Qué hacía con ese imbécil?

Mariana negó con la cabeza, apenada.

—Supongo que Conrad no era más que un medio para conseguir un fin.

—¿Drogas?

Mariana asintió con un suspiro.

Julian la miró.

—Venga, te llevo, salvo que te apetezca ir a tomar algo.

—No puedo, tengo que volver al colegio. A las seis se celebra un servicio especial en honor a Tara.

—Bueno, pues otra noche, espero —le guiñó un ojo—. Me debes una, ¿recuerdas? ¿Mañana?

—Ya no estaré aquí, lo siento, mañana me voy.

—Vale, pues ya encontraremos el momento. Puedo ir a buscarte a Londres si es necesario.

Julian se echó a reír, pero Mariana advirtió que sus ojos permanecían fríos, duros, crueles. Algo en la forma en que la miraba le hizo sentirse muy incómoda.

Fue un alivio cuando volvieron al Saint Christopher's y pudo librarse de él.

17.

El servicio especial en honor de Tara se ofició a las seis, en la capilla.

La capilla del colegio databa de 1612 y estaba construida en piedra y madera. Tenía suelos de mármol negro; vitrales de azules, verdes y rojos brillantes que ilustraban pasajes de la vida de san Cristóbal, y un techo alto y con molduras, decorado con escudos heráldicos y lemas en latín pintados en oro.

Académicos y estudiantes ocupaban todos los bancos. Mariana y Zoe estaban sentadas cerca de las primeras filas. El decano y el rector acompañaban a los padres de Tara, lord y lady Hampton, que habían volado desde Escocia para identificar el cadáver.

Mariana imaginaba la tortura psicológica que debía de haber supuesto para ellos el viaje hasta allí desde la remota propiedad rural, el largo camino hasta el aeropuerto de Edimburgo, luego el vuelo a Stanstead, durante el que habrían tenido tiempo para pensar —para albergar esperanzas, temores y preocupaciones— antes de que el trayecto final a la morgue de Cambridge resolviera el suspense con crueldad al reunirlos con su hija... y mostrarles lo que le había ocurrido.

Lord y lady Hampton estaban muy envarados, con el rostro lívido, agarrotado, hierático. Mariana los observaba fascinada. Recordaba esa sensación; era como si te metieran en un congelador, helada, aturdida por la conmoción. No duraba mucho, y resultaba una bendición comparado con lo que vendría después, cuando la escarcha se derritiera y la conmoción pasara, y empezaran a ser conscientes de la magnitud de la pérdida.

Mariana vio que el profesor Fosca entraba en la capilla y recorría el pasillo tras un grupo de seis chicas singulares, tanto por su enorme belleza como porque todas lucían largos vestidos blancos. Caminaban con paso confiado, aunque también un tanto cohibidas, conscientes de que las observaban. Los demás estudiantes las seguían con la mirada cuando pasaban por su lado.

Mariana se preguntó si serían las amigas de Tara, esas a las que Conrad les tenía tanta antipatía. Las «brujas».

Un silencio lúgubre se instaló entre los asistentes cuando empezó el servicio. Acompañados por un órgano y vestidos con túnicas rojas y gorgueras blancas, los niños del coro cantaron un himno en latín a la luz de las velas. Sus voces angelicales ascendían entrelazadas hacia la oscuridad.

No era un funeral; el verdadero entierro tendría lugar en Escocia. No había un cuerpo presente que llorar. Mariana pensó en aquella pobre chica, destrozada y sola en la morgue.

Y no pudo evitar el recuerdo de cómo le habían devuelto al amor de su vida, sobre el hormigón de una mesa de autopsias del hospital de Naxos. El cuerpo de Sebastian aún estaba empapado cuando lo vio, goteaba agua en el suelo, tenía el pelo y los ojos llenos de arena. Su piel estaba comida a hoyitos de los pedazos de carne que habían arrancado los peces. Y le faltaba la yema de un dedo, reclamada por el mar.

En cuanto vio aquel cuerpo cetrino y sin vida, supo que no era Sebastian. Aquello solo era una carcasa. Sebastian se había ido... Pero ¿adónde?

Los días posteriores a la muerte de su marido, Mariana no sentía nada. Se sumió en un estado de conmoción prolongado, incapaz de aceptar lo que había ocurrido... o de creerlo. Era imposible que no fuese a verlo ni a oír su voz nunca más, que no pudiera tocarlo de nuevo.

«¿Dónde está? —se repetía una y otra vez—. ¿Adónde ha ido?».

Y entonces, cuando la realidad empezó a abrirse camino en su conciencia, sufrió una especie de crisis postergada y, como una presa cuando se rompe, las lágrimas acudieron en torrente y una cascada de dolor arrambló con su vida y con la concepción que tenía de sí misma.

Luego llegó la rabia.

Una ira incontenible, una furia ciega que amenazó con consumirla, a ella y a quien estuviera cerca. Por primera vez en su vida, deseaba causar dolor físico, quería arremeter contra quien fuera y hacerle daño, principalmente a sí misma.

Se culpaba, ¿cómo no iba a culparse? Era ella quien había insistido en ir a Naxos. Si se hubieran quedado en Londres, como quería Sebastian, él aún estaría vivo.

Y también lo culpaba a él. ¿Cómo se le ocurría ser tan imprudente? ¿Cómo se le ocurría salir a nadar con ese tiempo y tener tan poco aprecio por su vida... y por la de ella?

Los días eran malos, pero las noches eran aún peores. Al principio, la combinación idónea de alcohol y somníferos le ofreció una especie de refugio temporal medicado, aunque poblado de pesadillas recurrentes, plagadas de desastres como barcos que se hundían, choques de trenes e inundaciones. Soñaba con viajes interminables, expediciones por paisajes árticos desiertos en los que se abría paso a través de la nieve y los vientos helados, buscando a Sebastian sin descanso, pero sin encontrarlo jamás.

Con el tiempo, las pastillas dejaron de hacer efecto, y Mariana permanecía despierta hasta las tres o las cuatro de la mañana, tumbada en la cama, añorándolo, sin nada con que saciar su sed salvo los recuerdos proyectados en la oscuridad, imágenes parpadeantes de los días que habían pasado juntos, de las noches, los inviernos y los veranos. Finalmente, a punto de perder la cordura por el dolor y la falta de sueño, visitó de nuevo a su médico. Ante el abuso evidente de los somníferos, el doctor Beck se negó a extenderle otra receta y, en contrapartida, le propuso un cambio de aires:

—Eres una mujer rica —sin el menor tacto añadió—: y sin hijos a tu cargo. ¿Por qué no te vas de viaje? Sal al extranjero, conoce mundo.

Teniendo en cuenta que la última salida que le había recomendado el doctor Beck se había saldado con la muerte de su marido, decidió no seguir su consejo y, por el contrario, se refugió en su imaginación.

Cerraba los ojos y pensaba en el templo en ruinas de Naxos —en las columnas blancas y sucias recortadas contra el cielo azul— y recordaba la oración que había susurrado a la Doncella, rogándole por su felicidad, por su amor.

¿Fue un error? ¿La diosa se había ofendido por algún motivo? ¿Perséfone estaba celosa? ¿O quizá se había enamorado a primera vista de aquel hombre apuesto y lo había reclamado para sí, igual que le había sucedido a ella, y se lo había llevado al inframundo?

En cierta manera, así resultaba más fácil de sobrellevar, culpando de la muerte de Sebastian a lo sobrenatural, a los caprichos de una diosa. La otra alternativa —que el accidente fuera fortuito, casual, que no significara nada— superaba lo soportable.

«Basta —pensó—. Basta, basta ya». Sintió que los ojos se le llenaban de lágrimas cargadas de lástima y autocompasión, y se las secó. No quería echarse a llorar, allí no. Tenía que salir de la capilla.

—Necesito un poco de aire —le susurró a Zoe.

Su sobrina asintió y le apretó la mano un momento, comprensiva. Mariana se levantó y se apresuró hacia la salida.

En cuanto abandonó la capilla atestada y en penumbra y se encontró en el patio desierto, la invadió una inmediata sensación de alivio.

No había nadie a la vista. El Patio Mayor estaba tranquilo y en silencio. Había anochecido y la única luz procedía de las altas farolas distribuidas alrededor del espacio, que resplandecían en la oscuridad, rodeadas por un halo. Una neblina densa avanzaba desde el río, deslizándose palmo a palmo por todo el colegio.

Mariana se secó las lágrimas y alzó la vista al firmamento. Las estrellas, invisibles en Londres, allí brillaban con fuerza: miles de millones de diamantes relucientes en una negrura infinita.

Él debía de estar allí, en alguna parte.

—¿Sebastian? —susurró—. ¿Dónde estás?

Esperó, atenta a cualquier señal: una estrella fugaz, una nube pasando frente a la luna, algo, lo que fuera.

Pero no hubo nada.

Solo oscuridad.

18.

Tras el servicio religioso, la gente se reunió en el patio, charlando en pequeños grupos. Mariana y Zoe se mantuvieron apartadas de los demás mientras Mariana le resumía a su sobrina la visita a Conrad y reconocía que estaba de acuerdo con su valoración.

—¿Lo ves? —dijo Zoe—. Conrad es inocente, él no lo hizo. Hay que ayudarlo como sea.

—No sé qué más podemos hacer —se lamentó Mariana.

—Pues tenemos que hacer algo. Estoy segurísima de que Tara se acostaba con alguien más, aparte de Conrad. Lo insinuó un par de veces... ¿Y si hay alguna pista en su teléfono? ¿O en el portátil? Entremos en su habitación.

Mariana movió la cabeza de lado a lado.

—No podemos hacer eso, Zoe.

—¿Por qué no?

—Creo que eso es cosa de la policía.

—Pero ya oíste al inspector. No van a investigar nada, ya tienen a su culpable. No podemos quedarnos de brazos cruzados —exhaló un profundo suspiro—. Ojalá Sebastian estuviera aquí, él sabría qué hacer.

Mariana aceptó el reproche implícito.

—Sí, yo también querría que estuviera aquí —guardó silencio un momento—. Estaba pensando... ¿Y si vuelves conmigo y te quedas unos días en Londres?

Tan pronto como lo dijo supo que no debería haberlo dicho. Zoe la miró con incredulidad.

—¿Qué?

—Tal vez te iría bien alejarte de aquí.

—No puedo salir corriendo. No cambiaría nada. ¿Eso es lo que crees que propondría Sebastian?

—No —reconoció Mariana, irritada de pronto—, pero yo no soy él.

—No, no lo eres —replicó Zoe, igualmente molesta—. Sebastian querría que te quedaras. Eso es lo que propondría.

Mariana guardó silencio un segundo y al final decidió verbalizar una preocupación que llevaba rondándola desde la llamada de la noche anterior.

—Zoe. ¿Estás segura de que me lo has contado todo?

—¿Sobre qué?

—No lo sé. Sobre esto, sobre Tara. No dejo de pensar... Tengo la sensación de que me ocultas algo.

Su sobrina apartó la vista.

—No, nada.

Mariana seguía sin estar convencida. La inquietaba.

—Zoe, ¿confías en mí?

—Eso no hace falta ni preguntarlo.

—Entonces, escúchame. Es importante. Hay algo que no me has contado. Lo sé. Lo noto. Así que confía en mí, por favor...

Zoe vaciló y acabó dando su brazo a torcer.

—Mariana, oye...

Pero entonces la chica vio algo detrás de su tía, algo que la hizo callar. Por un momento, Mariana percibió en sus ojos un extraño atisbo de temor que desapareció en el acto. La joven la miró de nuevo y negó con la cabeza.

—No hay... nada. De verdad.

Mariana se dio la vuelta para ver qué había atraído la atención de Zoe. Allí, junto a la entrada de la capilla, se encontraba el profesor Fosca con su séquito, las bellezas vestidas de blanco, que mantenían una animada conversación entre susurros.

Fosca estaba encendiéndose un cigarrillo. Sus miradas coincidieron a través del humo, y se observaron unos instantes.

A continuación, el profesor se alejó del grupo y se acercó a ellas, sonriendo. Mariana notó que a Zoe se le cortaba ligeramente la respiración al verlo aproximarse.

—Hola —las saludó al llegar a su altura—. Antes no tuve oportunidad de presentarme, me llamo Edward Fosca.

—Mariana... Andros —no tenía ningún motivo en especial para usar su apellido de soltera, pero le había salido así—. Soy la tía de Zoe.

—Sé quién es. Zoe me ha hablado de usted. Siento mucho lo de su marido.

—Ah —dijo Mariana, un tanto desconcertada—. Gracias.

—Y también lo lamento por Zoe —añadió, mirando a la joven—. Tener que llorar ahora a Tara después de haber perdido a su tío...

Zoe no contestó; se encogió de hombros evitando los ojos de Fosca.

Allí había algo que la chica se callaba, algo que intentaba silenciar. «Le tiene miedo —pensó Mariana de pronto—. ¿Por qué?».

Para ella, Fosca distaba mucho de resultar amenazador. Su pésame le parecía del todo sincero y cargado de empatía. El hombre la miró con franqueza.

—No sabe cuánto lo lamento por los estudiantes —comentó—. Es un duro golpe para todo el curso, por no decir para todo el colegio.

Zoe se volvió con brusquedad hacia Mariana.

—Tengo que irme, he quedado con unos amigos para tomar algo. ¿Quieres venir?

Ella declinó la propuesta.

—Le he dicho a Clarissa que me pasaría por allí. Ya te veré luego.

Zoe asintió y echó a andar.

Mariana se volvió hacia Fosca, pero, para su sorpresa, él también había partido y atravesaba el patio con paso firme.

En el lugar que había ocupado solo quedaba un rastro de humo de cigarrillo, formando volutas antes de desvanecerse en el aire.

19.

—Háblame del profesor Fosca —pidió Mariana.

Clarissa la miró intrigada mientras servía un té ambarino en dos delicadas tazas de porcelana con una tetera de plata; le ofreció una de ellas.

—¿El profesor Fosca? ¿Por qué me preguntas por él?

Mariana decidió que era mejor no entrar en detalles.

—Por nada en concreto —aseguró—. He oído que Zoe lo mencionaba.

Clarissa se encogió de hombros.

—Tampoco es que lo conozca en profundidad, solo lleva un par de años con nosotros. Un hombre brillante. Estadounidense. Hizo el doctorado con Robertson en Harvard.

Se sentó frente a su invitada, en el sillón verde lima descolorido situado junto a la ventana, y le sonrió con cariño. La profesora Clarissa Miller tenía cerca de ochenta años, y medio ocultaba un rostro sin edad bajo una rebelde melena gris. Vestía una camisa blanca de seda y una falda de *tweed*, con una chaqueta de punto de color verde y poco tupida que seguramente tenía más años que la mayoría de sus alumnos.

Clarissa había sido la directora de estudios de Mariana en sus tiempos de estudiante. En el Saint Christopher's, la enseñanza solía ser individualizada, tenía lugar entre académico y alumno, y por lo general las clases se impartían en las dependencias del profesor. Y a partir del mediodía sin falta, o incluso antes, se servía alcohol a discreción del académico en cuestión —un beaujolais excelente en el caso de Clarissa, hecho llegar a sus habitaciones desde el laberinto de bodegas que se extendían bajo el colegio—, fomentando así el gusto por la bebida tanto como por la literatura.

Ese tipo de educación también facilitaba que las tutorías asumieran un cariz más personal, y las líneas entre el maestro y el pupilo se desdibujaban hasta el punto de que compartían confidencias e intercambiaban intimidades. La solitaria chica griega huérfana de madre conmovió a Clarissa y quizá también la intrigó, así que le prestó una atención maternal mientras estuvo en el Saint Christopher's. En cuanto a Mariana, Clarissa resultó ser una inspiración, no solo por los notables logros académicos de la profesora en un campo dominado por hombres, sino por sus conocimientos y su entusiasmo a la hora de impartirlos. La paciencia y la atención de Clarissa —y en ocasiones su irascibilidad— consiguieron que Mariana aprendiera mucho más con ella que con ningún otro tutor de los que tuvo.

Mantuvieron el contacto tras su graduación mediante cartas y postales, hasta que un día llegó un inesperado correo electrónico de Clarissa anunciando que, contra todo pronóstico, se había unido a la era de internet. Tras la muerte de Sebastian, Clarissa le envió un precioso y emotivo correo que Mariana encontró profundamente conmovedor, por lo que lo guardó y lo releyó muchas veces.

—Según tengo entendido, el profesor Fosca daba clases a Tara —dijo Mariana.

Clarissa asintió.

—Así es, sí. Pobre chica... Sé que Fosca estaba muy preocupado por esa muchacha.

—¿Ah, sí?

—Sí, decía que Tara iba muy justa en los estudios. Según él, estaba bastante angustiada —suspiró y meneó la cabeza—. Una tragedia lo de esa chica. Una verdadera tragedia.

—Sí, sí que lo es.

Mariana bebió un sorbo de té y vio que Clarissa llenaba la pipa con tabaco. Era una cazoleta preciosa, de madera oscura de cerezo.

Había heredado el hábito de fumar en pipa de su difunto marido. Sus dependencias olían a humo y a una intensa y aromática picadura de tabaco que, con los años, había impregnado las paredes, el papel de los libros e incluso a la propia Clarissa. A veces resultaba abrumador, y Mariana sabía de antiguos alumnos que habían puesto objeciones a que la profesora fumara durante las tutorías, hasta que un día esta se vio obligada a cumplir las cambiantes normas de seguridad e higiene y no pudo seguir imponiendo sus costumbres a los estudiantes.

Sin embargo, a Mariana no le importaba; de hecho, mientras estaba allí sentada se dio cuenta de lo mucho que había echado de menos aquel olor. En las raras ocasiones en que tropezaba con una pipa fuera de allí, al instante la embargaba una sensación reconfortante, porque asociaba ese aromático humo oscuro y ondulante con la sabiduría y el conocimiento. Y la bondad.

Clarissa encendió la pipa, la chupó con fruición y desapareció detrás de nubecillas de humo.

—Me cuesta hacerme a la idea de lo que está ocurriendo —comentó—. Me siento desvalida, no sé si me explico. Estas cosas me recuerdan que en el claustro llevamos una vida protegida..., cándida, quizá incluso deliberadamente desconocedora de los horrores del mundo exterior.

En el fondo, Mariana estaba de acuerdo. Leer sobre la vida no te preparaba para vivirla; era algo que había aprendido por las malas. Aun así, no dijo nada. Se limitó a asentir.

—Que alguien sea capaz de ejercer tanta violencia es espeluznante, es algo que nunca llegaré a entender —Clarissa la señaló con la pipa. Solía utilizarla de apoyo, un gesto con el que enviaba por los aires hebras de tabaco que dejaban agujeritos negros en las alfombras y allí donde cayeran las briznas encendidas—. Los griegos tenían una palabra para eso, ¿sabes? Para ese tipo de ira.

Aquello despertó la curiosidad de Mariana.

—¿Ah, sí?

—*Menis*. No tiene una equivalencia exacta en inglés. Como recordarás, Homero empieza la *Ilíada* con: «μῆνιν ἄειδε θεὰ Πηληϊάδεω Ἀχιλῆος». «Canta, oh, diosa, la *menis* de Aquiles.»

—Ah, ¿y qué quiere decir exactamente?

Clarissa lo meditó unos segundos.

—Supongo que la traducción que más se le acerca es una especie de ira incontrolable, una cólera aterradora, una enajenación.

Mariana asintió.

—Una enajenación, sí... Fue propio de un momento de enajenación mental.

Clarissa dejó la pipa en una bandejita de plata y dedicó a su invitada una leve sonrisa.

—Me alegro mucho de que estés aquí, querida. Serás de gran ayuda.

—Solo me quedo esta noche, he venido por Zoe.

Clarissa pareció decepcionada.

—¿Y ya está?

—Bueno, he de volver a Londres. Tengo pacientes...

—Claro, pero... —Clarissa se encogió de hombros—. ¿De verdad no podrías quedarte unos días? Por el colegio.

—No sé cómo podría ayudar. Soy psicóloga, no detective.

—Eso ya lo sé. Eres psicoterapeuta especializada en grupos... ¿Y qué tenemos aquí sino algo que afecta a un grupo?

—Sí, pero...

—Además, también fuiste alumna del Saint Christopher's, lo que te ofrece una percepción y un conocimiento del entorno que la policía no tiene, por mucho que quiera.

A Mariana no le hizo demasiada gracia verse otra vez en un compromiso.

—No soy criminóloga. No es mi campo.

Clarissa parecía desilusionada, pero no insistió. Solo la miró un momento con atención.

—Discúlpame, querida —dijo en un tono más suave—. Acabo de caer en que ni siquiera te he preguntado cómo lo llevas.

—¿El qué?

—Estar aquí... sin Sebastian.

Era la primera referencia a él que hacía su antigua tutora. Mariana se sintió un poco desconcertada y no supo qué contestar.

—La verdad es que no lo sé.

—Debe de ser raro.

Ella asintió.

—Sí, podría decirse así.

—Para mí lo fue cuando murió Timmy. Siempre estaba ahí... y un día, de pronto, dejó de estarlo. Todo el rato esperaba que saliera de repente de detrás de una columna para darme una sorpresa... Aún me pasa.

Clarissa había estado casada durante treinta años con el profesor Timothy Miller. A menudo se veía a aquellos dos famosos excéntricos de Cambridge yendo juntos de aquí para allá por la ciudad, con libros bajo el brazo, medio despeinados, luciendo calcetines desparejados, enfrascados en una conversación. Eran una de las parejas más felices que Mariana había conocido, hasta que Timmy murió diez años atrás.

—El tiempo todo lo cura —dijo Clarissa.

—¿De verdad?

—Es importante mantener la vista al frente. No puedes pasarte la vida mirando atrás. Piensa en el futuro.

Mariana negó con la cabeza.

—Si te soy sincera, no veo ningún futuro... Ni eso ni nada. Todo está... —buscó la expresión adecuada, y le vino a la memoria—: Tras un velo. ¿De dónde es lo de «Tras el velo, tras el velo...»?

—Es de Tennyson —contestó Clarissa sin vacilar—. *In Memoriam,* estrofa cincuenta y seis, si no me equivoco.

Mariana sonrió. Casi todos los académicos tenían una enciclopedia por cerebro; Clarissa, una biblioteca entera. La profesora cerró los ojos y procedió a recitarla de memoria.

—¡Oh, vida, tan fútil y al fin duelo! / ¡Oh, tu voz, consuelo y elación! / ¿Habrá respuesta o reparación? / Tras el velo, tras el velo...

Mariana asintió con tristeza.

—Sí... Sí, era eso.

—Qué lástima que Tennyson esté tan infravalorado hoy día —Clarissa sonrió, y luego miró la hora—. Si te quedas esta noche, habrá que buscarte un sitio donde dormir. Llamaré a la oficina del bedel.

—Gracias.

—Espera un momento.

La anciana tomó impulso para levantarse y se acercó a la librería abarrotada de libros, por cuyos lomos fue pasando un dedo hasta que dio con el que buscaba. Lo sacó del estante y se lo puso en las manos a Mariana.

—Toma. Hallé un gran consuelo en él tras la muerte de Timmy.

Se trataba de un fino ejemplar encuadernado en cuero negro, con las palabras *IN MEMORIAM A. H. H., de Alfred Tennyson* grabadas en la cubierta en letras doradas y descoloridas.

Clarissa la miró con firmeza.

—Léelo.

20.

El señor Morris, el jefe de bedeles, le encontró una habitación.

Mariana se llevó una sorpresa cuando acudió a su oficina. Recordaba muy bien al viejo señor Morris: un hombre de edad avanzada y trato paternal, muy conocido en el colegio, y con fama de ser indulgente con los estudiantes.

Sin embargo, el señor Morris que la recibió esta vez era joven, aún no había cumplido la treintena. Era alto, de complexión fuerte, mandíbula marcada y pelo castaño oscuro, repeinado con la raya al lado. Vestía traje y bombín negros, y una corbata en colores azul y verde.

El joven sonrió ante la expresión sorprendida de Mariana.

—Parece que esperaba a otra persona, señorita.

Ella asintió, avergonzada.

—En realidad, sí... El señor Morris...

—Era mi abuelo. Falleció hace unos años.

—Ah, claro. Lo siento...

—No se preocupe. Ya estoy acostumbrado; no le llego a los talones, como suelen recordarme los demás bedeles —guiñó un ojo y se tocó el ala del bombín—. Por aquí, señorita. Acompáñeme.

Mariana se dijo que aquellos modales, tan educados y formales, parecían pertenecer a otra época. A una mejor, quizá.

A pesar de sus protestas, el bedel insistió en llevarle la bolsa de viaje.

—Así es como se hacen las cosas aquí, ya lo sabe. El Saint Christopher's es de esos lugares por los que no pasa el tiempo.

El joven le sonrió. Parecía muy a gusto consigo mismo, con un aire de absoluta seguridad, una especie de señor en sus dominios, algo que, en experiencia de Mariana, era común a todos los bedeles de los colegios universitarios. Y con todo el derecho, pues sin ellos el funcionamiento diario de un colegio no tardaría en venirse abajo.

Siguió a Morris hasta una habitación en Gabriel Court, el mismo patio en el que había vivido durante el último curso cuando era estudiante. Miró de soslayo la vieja escalera cuando pasaron por allí, los peldaños de piedra que Sebastian y ella habían subido y bajado a la carrera un millón de veces.

Siguió al bedel hasta un rincón del patio, una torrecilla octogonal construida con bloques de granito desgastado donde una escalera de caracol revestida de paneles de roble conducía a las habitaciones de invitados del colegio. Entraron y subieron al segundo piso.

Morris abrió una puerta y entregó la llave a Mariana.

—Aquí tiene, señorita.

—Gracias.

Ella entró y miró a su alrededor. Era pequeña, con una ventana en saliente, una chimenea y una cama de roble de columnas salomónicas, enmarcada por un pesado dosel de cretona y envuelta por cortinas. El efecto le resultó un poco asfixiante.

—Es una de las habitaciones más bonitas destinadas a antiguos alumnos —comentó Morris—. Un poco reducida, quizá —dejó la bolsa de viaje en el suelo, junto a la cama—. Espero que esté cómoda.

—Gracias, es muy amable.

No habían hablado del asesinato, pero Mariana creyó que debía sacarlo a colación, más que nada porque no podía quitárselo de la cabeza.

—Qué horrible lo de esa chica.

Morris asintió.

—Y que lo diga.

—Todo el mundo en el colegio debe de estar muy afectado.

—Sí, desde luego. Me alegro de que mi abuelo no haya llegado a verlo. Lo habría destrozado.

—¿La conocía?

—¿A Tara? —Morris negó con la cabeza—. Solo de oídas. Era... muy popular, por decirlo así. Sus amigas y ella.

—¿Sus amigas?

—Así es. Un grupo de jovencitas bastante... provocador.

—¿Provocador? Una palabra curiosa.

—Si usted lo dice.

Mariana se preguntó por qué el joven se mostraba tan ostensiblemente prudente.

—¿A qué se refiere con lo de provocador?

Morris sonrió.

—Solo a que son un poco... escandalosas, no sé si me entiende. Hemos tenido que estar muy pendientes de ellas, y de sus fiestas. Me he visto obligado a ponerles fin varias veces. Las cosas que se les ocurren...

—Entiendo.

Mariana no sabía cómo interpretar su expresión, y se preguntó qué habría debajo de aquella educación exquisita y aquella conducta afable. ¿Qué pensaba en realidad?

Morris sonrió.

—Si quiere saber algo de Tara, yo hablaría con una camarera. Ellas siempre están al tanto de todo lo que ocurre en el colegio. De lo que corre por ahí.

—Lo tendré presente, gracias.

—Si no necesita nada más, señorita, dejaré que se instale tranquila. Buenas noches.

Morris salió de la habitación y cerró la puerta sin hacer ruido.

Por fin estaba sola, tras un largo y extenuante día. Se sentó en la cama, agotada.

Miró la hora. Eran las nueve. Tendría que irse a dormir, pero sabía que le sería imposible conciliar el sueño. Estaba demasiado inquieta, demasiado alterada.

Mientras deshacía la bolsa de viaje, se topó con el fino ejemplar de poesía que Clarissa le había dado.

In Memoriam.

Se sentó en la cama y lo abrió. Los años habían resecado las páginas, que estaban rígidas y abarquilladas, recorridas de ondulaciones. El libro crujió al abrirlo, y Mariana acarició el áspero papel con la punta de los dedos.

¿Qué había dicho Clarissa acerca de aquel poemario? Que esta vez lo interpretaría de otro modo. ¿Por qué? ¿Por Sebastian?

Recordaba haberlo leído en su época de estudiante. Como a la mayoría, su vasta extensión la había desmotivado. Constaba de más de tres mil versos, y solo acabarlo ya le había parecido una proeza. En su momento pasó sin pena ni gloria, pero entonces era más joven, feliz y estaba enamorada; no necesitaba poesía triste.

En la introducción, escrita por un especialista en Alfred Tennyson, se comentaba que el poeta no había tenido una infancia feliz; la «sangre negra» de los Tennyson arrastraba mala reputación. Su padre era alcohólico, drogadicto y un maltratador. Los hermanos de Tennyson sufrieron depresión y enfermedades mentales, y o bien fueron internados o se suicidaron. Alfred huyó de su hogar a los dieciocho años. Y como Mariana, en Cambridge halló un mundo de libertad y belleza, donde también encontró el amor. Fuera o no sexual la relación que mantuvo con Arthur Henry Hallam, lo innegable es que fue romántica: se hicieron inseparables desde el día que se conocieron, a finales del primer curso en la universidad. A menudo se los veía pasear de la mano, hasta que unos años después, en 1833, Hallam murió de manera repentina a causa de un aneurisma.

Podría decirse que Tennyson nunca logró recuperarse por completo de la pérdida de Hallam. Deprimido, desaliñado, sucio, Tennyson se rindió a su dolor. Se desmoronó. Lloró la muerte de su amado durante los siguientes diecisiete años, en los que solo escribiría fragmentos de poesía —líneas, versos, elegías— sobre Hallam. Más adelante, esos versos se reunieron en un único y extenso poema que se publicó bajo el título de *In Memoriam A. H. H.*, y que enseguida fue reconocido como uno de los mejores poemas jamás escritos en lengua inglesa.

Mariana se recostó en la cama y empezó a leer. No tardó en descubrir lo dolorosamente auténtica y familiar que le resultaba la voz del autor; tenía la extraña sensación de que era la suya, no la de Tennyson, de que el poeta estaba articulando unos sentimientos que ella era incapaz de expresar: «A veces creo que casi es pecado / expresar con palabras mi tristeza; / pues estas, como la Naturaleza, / del alma ocultan y muestran solo un lado». Igual que Mariana, un año después de la muerte de Hallam, Tennyson viajó de vuelta a Cambridge. Recorrió las mismas calles por las que había paseado con él, descubrió que todo «parecía lo mismo, pero no lo era», se detuvo delante de la habitación de Hallam y vio que «había otro nombre en la puerta».

Y entonces Mariana se topó con esos versos que, de tan famosos, incluso habían pasado al acervo popular. A pesar de tropezarse con ellos allí, enterrados entre muchos otros, no perdieron su capacidad para emboscarla con sigilo por detrás, sorprenderla y cortarle la respiración:

Así lo creo, indiferente al azar;
así lo siento, aun en la pena hundido;
es mejor haber amado y perdido
que no haber amado jamás...

Se le empañaron los ojos. Bajó el libro y se volvió hacia la ventana, pero era de noche y solo vio su reflejo en el cristal. Contempló su propia imagen mientras las lágrimas resbalaban por sus mejillas. «¿Y ahora qué? —pensó—. ¿Adónde vas? ¿Qué estás haciendo?».

Zoe tenía razón: huía. Pero ¿adónde? ¿De vuelta a Londres? ¿De vuelta a la casa encantada de Primrose Hill? Ya no era un hogar, sino un agujero en el que esconderse.

Zoe la necesitaba allí, tanto si quería reconocerlo como si no, y ella no podía abandonarla; eso era indiscutible.

De pronto recordó lo que su sobrina había dicho junto a la capilla: que Sebastian le habría pedido que se quedara. Zoe tenía razón.

Sebastian habría querido que se mantuviera firme y luchara.

¿Y bien?

Pensó de nuevo en cómo había actuado el profesor Fosca en el patio. Tal vez «actuar» fuera la palabra adecuada. ¿No había algo demasiado pulido en su forma de hablar? ¿No parecía su discurso un tanto ensayado? En cualquier caso, tenía coartada. Y salvo que hubiera convencido a seis alumnas para que mintieran por él, cosa poco probable, debía de ser inocente...

Aun así...

Había algo que no encajaba. Algo que no tenía sentido.

Tara había acusado a Fosca de amenazarla de muerte. Luego, unas horas después, había aparecido asesinada.

Mariana no perdía nada quedándose unos días en Cambridge, así podría averiguar algo más sobre la relación de Tara con ese profesor. Seguro que valía la pena investigar a Fosca un poco más.

Y si la policía no iba tras él, tal vez Mariana —para hacerle justicia a la amiga de Zoe— podía recoger la historia de aquella joven... y tomársela en serio.

Aunque solo fuera porque nadie más estaba dispuesto a hacerlo.

Segunda parte

Mi gran problema con el psicoanálisis es la idea preconcebida de que el sufrimiento es un error, o una señal de debilidad, o incluso señal de enfermedad. Cuando, de hecho, tal vez las mayores verdades que conocemos proceden del sufrimiento personal.

ARTHUR MILLER

Ni a los lestrigones ni a los cíclopes,
ni al fiero Poseidón podrás encontrar,
si no los llevas ya dentro del alma,
si no es tu alma quien los erige ante ti.

C. P. CAVAFIS, *Ítaca*

1.

Otra vez no he podido dormir. Anoche tenía demasiada energía, estaba demasiado nervioso. Sobreexcitado, que diría mi madre.

Así que dejé de intentarlo y salí a dar un paseo.

Mientras caminaba por las calles desiertas de la ciudad, me crucé con un zorro. No me había oído llegar y levantó la cabeza, espantado.

Fue lo más cerca que he estado nunca de uno. ¡Qué magnífica criatura! Ese pelaje, esa cola... y esos ojos oscuros que me devolvían la mirada.

Los observé bien y... ¿qué vi en ellos?

Es difícil describirlo: vi el milagro de la creación, el milagro del universo, ahí, en los ojos de ese animal, en ese instante. Fue como ver a Dios. Y, por un segundo, tuve una sensación extraña. Noté una especie de presencia. Como si Dios estuviera allí, en esa calle, a mi lado, dándome la mano.

De repente me encontré a salvo. Me sentí tranquilo, y en paz; como si una fiebre altísima hubiera remitido al fin, o un delirio se hubiera aplacado. Sentí a la otra parte de mí, la parte buena, alzarse con el alba...

Pero entonces el zorro se escabulló. Desapareció en las sombras y el sol salió... y Dios ya no estaba. Me vi solo y partido en dos.

No quiero ser dos personas. Quiero ser una sola. Quiero estar completo, pero no tengo elección, según parece.

Cuando estaba ahí fuera, en la calle, mientras salía el sol, me invadió una horrible sensación de recuerdo: otro amanecer, años atrás. Otra mañana, igual que esa.

La misma luz amarillenta. La misma sensación de estar dividido en dos.

Pero ¿dónde?

¿Cuándo?

Sé que lograré recordarlo si lo intento. Pero ¿de verdad quiero? Me da la impresión de que es algo que he deseado olvidar con todas mis fuerzas. ¿De qué tengo tanto miedo? ¿Es de mi padre? ¿Todavía creo que saldrá por una trampilla, como un villano de pantomima, y acabará conmigo?

¿O es de la policía? ¿Temo una repentina mano en el hombro, una detención y un castigo? ¿El pago por mis crímenes?

¿Por qué estoy tan asustado?

La respuesta debe de esconderse en algún lugar.

Y sé dónde debo buscarla.

2.

A primera hora de la mañana siguiente, Mariana fue a ver a Zoe.

Su sobrina acababa de despertarse y aún estaba adormilada. Aferraba a Cebra con una mano mientras se apartaba el antifaz de los ojos con la otra.

Parpadeó al ver a Mariana, que abrió las cortinas para que entrara la luz. Zoe tenía mal aspecto, los ojos enrojecidos, y se la veía agotada.

—Lo siento, no he dormido bien. No dejaba de tener pesadillas.

Mariana le acercó una taza de café.

—¿Has soñado con Tara? Creo que yo también.

Su sobrina asintió y dio un sorbo de café.

—Todo esto parece un mal sueño. No puedo creer que de verdad esté... muerta.

—Lo sé.

Los ojos de Zoe se llenaron de lágrimas. Mariana no sabía si consolarla o distraerla. Se decidió por lo segundo. Alcanzó una pila de libros que había en el escritorio y leyó los títulos: *La duquesa de Amalfi*, *La tragedia del vengador*, *La tragedia española*.

—Déjame que adivine. ¿Este trimestre toca tragedia?

—Tragedia «de venganza» —contestó Zoe con un leve quejido—. Menuda bobada.

—¿No te está gustando?

—*La duquesa de Amalfi* está bien, es divertido. Vamos, que es de locos.

—La recuerdo. Biblias envenenadas y hombres lobo. Pero tiene algo que hace que funcione, ¿verdad? Al menos a mí siempre me lo pareció —Mariana miró *La duquesa de Amalfi*—. La leí hace años.

—Van a representarla en el ADC Theatre este trimestre. Ven a verla.

—Iré, sí. Es una buena obra. ¿Por qué no te presentas a las audiciones?

—Ya lo hice, y no me cogieron —Zoe suspiró—. La historia de mi vida.

Mariana le dedicó una sonrisa, y entonces ese pequeño teatrillo de que todo iba bien se vino abajo. Zoe la miró con una expresión cada vez más consternada.

—¿Te marchas ya? ¿Has venido a despedirte?

—No, no me marcho. He decidido quedarme, al menos unos días más... Para hacer algunas preguntas y ver si puedo ayudar en algo.

—¿De verdad? —a Zoe se le iluminaron los ojos. Relajó el ceño—. Es genial. Gracias —vaciló un instante—. Oye. Lo que dije ayer... Eso de que ojalá fuese Sebastian el que estuviera aquí... Lo siento.

Mariana negó con la cabeza. Lo entendía. Zoe y Sebastian siempre habían tenido un vínculo especial. Cuando ella era muy pequeña, era a Sebastian a quien acudía corriendo siempre que se hacía un rasguño en la rodilla o un corte, o necesitaba consuelo. A Mariana no le importaba; sabía lo importante que era tener un padre, y Sebastian era lo más parecido a una figura paterna que Zoe había tenido desde que se quedó huérfana. Sonrió.

—No hace falta que te disculpes. Sebastian siempre supo actuar mucho mejor que yo en cualquier crisis.

—Supongo que él siempre nos cuidaba, y ahora... —se encogió de hombros.

Mariana intentó animarla con una sonrisa.

—Ahora nos cuidaremos la una a la otra, ¿vale?

—Vale —dijo Zoe con una cabezada. Después habló con más firmeza, como si hubiera reunido valor—: Me ducho y me visto en veinte minutos, y luego pensamos un plan...

—¿Cómo que un plan? ¿Hoy no tienes clase?

—Sí, pero...

—Nada de peros —zanjó Mariana con vehemencia—. Ve a clase y haz lo que tienes que hacer. Nos veremos para comer y ya hablaremos entonces.

—Ay, Mariana...

—No. Lo digo en serio. Ahora es más importante que nunca que estés ocupada y te centres en los estudios. ¿De acuerdo?

Zoe suspiró profundamente, pero no puso más objeciones.

—Está bien.

—Perfecto —Mariana le dio un beso en la mejilla—. Hasta dentro de un rato.

Al salir de la habitación de Zoe, bajó hasta el río.

Pasó junto al cobertizo para barcas del colegio y la hilera de bateas amarradas que pertenecían al Saint Christopher's. Estaban encadenadas a la orilla y se mecían en el agua.

Mientras andaba, Mariana llamó a sus pacientes por teléfono para cancelar las sesiones de la semana.

No les dijo lo que había ocurrido, simplemente que había tenido una emergencia familiar. La mayoría de ellos reaccionaron bien a la noticia; menos Henry. Mariana no esperaba que se lo tomara bien, y así fue.

—Muchísimas gracias —le soltó con sarcasmo—. Genial, tía. Te lo agradezco mucho.

Mariana intentó explicarle que le había surgido un imprevisto importante, pero él no quiso ni escucharla. Igual que un niño pequeño, Henry no veía más allá de sus necesidades, y lo único que quería era castigarla por su frustración.

—¿O sea, que no te preocupa lo que me pase? ¿No te importo una mierda?

—Henry, son circunstancias ajenas a mi control...

—¿Y yo qué? Te necesito, Mariana. Eso también es ajeno a *mi* control. Están sucediendo cosas. Me..., me estoy ahogando aquí...

—¿Qué ocurre? ¿Qué ha pasado?

—No puedo contártelo por teléfono. Te necesito. ¿Por qué... no estás en casa?

Ella se quedó paralizada. ¿Cómo sabía que no estaba allí? Debía de haber vuelto a vigilar su casa.

En su cabeza sonó de pronto una señal de alarma; la situación con Henry estaba volviéndose insostenible y se enfadó consigo misma por haber permitido que llegara a ese punto. Tendría que ocuparse de ello. De Henry. Pero en otro momento, no ese día.

—Tengo que dejarte —dijo.

—Sé dónde estás, Mariana. No te lo esperabas, ¿verdad? Te vigilo. Te estoy viendo...

Mariana colgó, alterada. Recorrió con la mirada la orilla y los caminos que la bordeaban a uno y otro lado, pero no vio a Henry por ninguna parte.

¿Cómo iba a estar allí?, solo pretendía asustarla. Le dio rabia haber mordido el anzuelo.

Negó con la cabeza y siguió andando.

3.

Hacía una mañana espléndida. A lo largo del río, el sol se colaba por entre los sauces y Mariana veía brillar sus hojas de un verde luminoso por encima de su cabeza. Bajo sus pies, el ciclamen silvestre crecía en matas junto al camino, y sus flores casi parecían minúsculas mariposas rosadas. Era difícil reconciliar la belleza de esa imagen con el motivo que la había llevado allí, o con sus pensamientos, que giraban en torno a la muerte y el asesinato.

«¿Qué narices estoy haciendo? —se dijo—. Esto es una locura».

Costaba ignorar la parte negativa, todo eso que no dominaba. No tenía ni idea de cómo atrapar a un asesino. No era criminóloga ni psicóloga forense, como Julian. Lo único que tenía era un conocimiento instintivo de la naturaleza y la conducta humanas, obtenido tras años de experiencia con pacientes. Con eso tendría que bastar; debía arrinconar esas dudas o la paralizarían. Debía confiar en su instinto. Lo meditó un segundo.

¿Por dónde empezar?

Bueno, en primer lugar necesitaba comprender a Tara. Eso era lo más importante. Quién era como persona, a quién amaba, a quién odiaba... y a quién temía. Mariana sospechaba que Julian tenía razón: Tara conocía a su asesino. Así que tendría que descubrir sus secretos, cosa que no debería resultar muy complicada. En grupos como ese, una pequeña comunidad cerrada, los chismorreos eran algo muy extendido y la gente tenía un conocimiento muy íntimo de las vidas privadas de los demás. Si había algo de cierto en esa aventura que Tara afirmó tener con Edward Fosca, por ejemplo, seguro que correrían rumores al respecto. Siempre se podía aprender de lo que los demás estuvieran dispuestos a contar. Por ahí empezaría Mariana, por hacer preguntas.

Y, más importante aún, por escuchar.

Había llegado a una parte concurrida del río, junto a la calle de Mill Lane. Orilla arriba veía a gente paseando, corriendo, montando en bici. Mariana los observó. Cualquiera de ellos podía ser el asesino. Ese hombre podía encontrarse allí mismo en ese preciso momento.

Podía estar vigilándola.

¿Cómo lo reconocería? Bueno, la respuesta era sencilla: no podía. Y por mucho que Julian afirmara que su experiencia era un grado, tampoco él sería capaz de hacerlo. Mariana sabía que, si le preguntaban sobre psicopatías, Julian apuntaría a daños en el lóbulo temporal o frontal del cerebro, o bien citaría una serie de etiquetas carentes de sentido —trastorno antisocial de la personalidad, narcisismo maligno— y un conjunto simplista de características, como una inteligencia elevada, encanto superficial, grandilocuencia, tendencia a las mentiras compulsivas, desprecio a la moralidad... Todo lo cual explicaba muy poca cosa. No explicaba, por ejemplo, ni cómo ni por qué una persona acababa así: siendo un monstruo despiadado que utilizaba a otros seres humanos como juguetes rotos que podía destrozar.

Tiempo ha, la psicopatía solía denominarse sencillamente «maldad». Existía una amplia literatura acerca de esas personas malvadas que experimentaban placer haciendo daño o matando a otras desde que Medea tomó un hacha para asesinar a sus hijos, y seguro que mucho antes de eso también. El concepto de «psicópata» lo acuñó un psiquiatra alemán en 1888 —el mismo año que Jack el Destripador aterrorizó Londres—, uniendo dos raíces griegas para formar el alemán *psychopathisch,* que venía a significar «sufrimiento del alma». Para Mariana, aquella era la clave, el *sufrimiento,* su intuición de que esos monstruos también padecían. Pensar en ellos como víctimas le permitía adoptar una perspectiva más racional, y también más compasiva. La psicopatía y el sadismo nunca surgían de la nada. No eran un virus que infectaba a cualquier persona así como así. Solían contar con un largo historial en la infancia.

Mariana estaba convencida de que la niñez era una experiencia reactiva en el sentido de que, para experimentar empatía por otro ser humano, primero debían mostrarnos empatía a nosotros. Bien nuestros padres, bien nuestros cuidadores. El hombre que había matado a Tara fue en su día un niño, un pequeño con quien nadie mostró ni empatía ni cariño. Había sufrido y seguía sufriendo de manera indecible.

Sin embargo, muchos niños crecían en ambientes donde soportaban unos malos tratos espeluznantes, y no por eso se convertían en asesinos. ¿Por qué? Bueno, como diría la antigua supervisora de Mariana: «No cuesta mucho salvar una infancia». Algo de cariño, un poco de comprensión o reconocimiento: que alguien ratifique y dé entidad a la realidad del niño, y con ello salvaguarde su cordura.

En el caso que los ocupaba, Mariana sospechaba que no había tenido a nadie, ni una abuela afable, ni un tío favorito, ni un vecino o profesor bienintencionado que advirtiera ese dolor, le pusiera nombre y así lo hiciera real. La única realidad era la del maltratador, y resultaba muy peligroso que el niño procesara los sentimientos de vergüenza, miedo e ira sin ayuda. No sabía cómo hacerlo, de modo que no los asimilaba, no los «sentía». Sacrificaba su verdadero yo, todo ese dolor y esa rabia no experimentada, y lo desterraba al inframundo, al tenebroso reino del inconsciente.

Perdió contacto con su verdadero yo, así que el hombre que había acechado a Tara hasta aquel lugar aislado era tan desconocido para sí mismo como para todos los demás. Mariana sospechaba que se trataba de un actor excepcional: impecablemente cortés, simpático y encantador. Sin embargo, Tara lo había provocado de algún modo, y el aterrado niño de su interior había atacado, cuchillo en mano.

Pero ¿qué había desencadenado su reacción?

Esa era la pregunta. A Mariana le habría gustado poder asomarse al interior de su mente y leerle el pensamiento, allá donde estuviera.

—Eh, hola.

La voz a su espalda sobresaltó a Mariana, que se dio la vuelta deprisa.

—Lo siento. No pretendía asustarte.

Era Fred, el joven al que había conocido en el tren. Iba empujando una bicicleta y llevaba un taco de papeles bajo el brazo mientras comía una manzana. Sonrió de oreja a oreja.

—¿Te acuerdas de mí?

—Sí, claro que me acuerdo.

—Te dije que volveríamos a vernos, ¿o no? Lo auguré. Te dije que tengo poderes.

Mariana sonrió.

—Cambridge es una ciudad pequeña. Ha sido casualidad.

—Créeme, soy físico, la casualidad no existe. De hecho, este artículo en el que estoy trabajando lo demuestra.

Fred señaló con la cabeza el taco de papeles, que justo entonces le resbalaron del brazo... y un montón de páginas llenas de ecuaciones matemáticas se desparramaron por todo el camino.

—Mierda...

Tiró la bici al suelo y empezó a correr para recuperar los folios. Mariana se arrodilló para ayudarlo.

—Gracias —dijo él cuando recogieron las últimas páginas.

Estaba a pocos centímetros de su rostro, mirándola fijamente. Los dos se observaron unos instantes. Ella pensó que tenía los ojos bonitos, pero enseguida reprimió esa idea y se levantó.

—Me alegro de que sigas aquí —dijo Fred—. ¿Te quedarás mucho tiempo?

Mariana se encogió de hombros.

—No lo sé. He venido a ver a mi sobrina, que... ha recibido malas noticias.

—¿Te refieres al asesinato? Tu sobrina está en el Saint Christopher's, ¿no?

Parpadeó, algo confusa.

—No..., no recuerdo habértelo dicho.

—¿No? Pues lo hiciste —Fred se apresuró a añadir—: No se habla de otra cosa. De lo que ha pasado, me refiero. Yo lo he estado pensando mucho y tengo varias teorías.

—¿Qué clase de teorías?

—Sobre Conrad —Fred le echó un vistazo al reloj—. Ahora tengo prisa, pero no sé si te apetecerá tomar algo conmigo. Digamos... ¿esta noche? Podríamos charlar un poco —la miró, esperanzado—. Bueno, solo si tú quieres, claro. Sin presiones, no vayas a pensar... —se estaba metiendo él solo en un jardín.

Mariana estaba a punto de rechazar la invitación para ayudarlo a salir del atolladero cuando algo la detuvo. ¿Qué sabía de Conrad? Tal vez no era tan mala idea hacerle algunas preguntas. Si Fred tenía algo que pudiera resultar útil, valía la pena intentarlo.

—Está bien —dijo.

El chico puso cara de sorpresa y entusiasmo.

—¿De verdad? Fantástico. ¿Qué te parece a las nueve? ¿En The Eagle? Espera, te doy mi número.

—No necesito tu número. Allí estaré.

—Muy bien —repuso él con una sonrisa enorme—. Tenemos una cita.

—No es una cita.

—No, claro que no. No sé por qué he dicho eso. Vale... Pues nos vemos —y se montó en la bicicleta.

Mariana lo vio alejarse pedaleando por el camino de la orilla. Después dio media vuelta y echó a andar hacia el colegio.

Ya era hora de empezar. De remangarse y ponerse a trabajar.

4.

Mariana se apresuró a cruzar el Patio Mayor en dirección a un grupo de mujeres de mediana edad que estaban bebiendo té en unas tazas humeantes mientras compartían galletas y cotilleos. Eran las camareras, disfrutando de su pausa.

«Camarera» era un término particular de la universidad, y también algo así como una institución; durante siglos, los colegios universitarios habían empleado ejércitos de mujeres de la localidad para hacer camas, vaciar papeleras y limpiar habitaciones. Aunque, todo había que decirlo, el contacto diario de las camareras con los estudiantes conllevaba que a menudo su papel de servicio doméstico se ampliara también al de atención y apoyo de los alumnos. La camarera de Mariana, en su época, a veces era la única persona con quien hablaba en todo el día; hasta que conoció a Sebastian.

Esas mujeres formaban una camarilla imponente, y Mariana se sintió un poco intimidada al acercarse a ellas. Se preguntó, y no por primera vez, qué pensarían en realidad de los estudiantes esas representantes de la clase trabajadora que no disfrutaban de ninguna de las ventajas de esos jóvenes privilegiados y a menudo malcriados.

«Quizá nos odien», pensó de pronto. En tal caso, no podría recriminárselo.

—Buenos días, señoras —saludó.

Las conversaciones fueron acallándose y las mujeres miraron a Mariana con curiosidad y cierta suspicacia. Ella les sonrió.

—No sé si podrían ayudarme. Estoy buscando a la camarera de Tara Hampton.

Varias cabezas se volvieron hacia una mujer que estaba de pie al fondo, encendiéndose un cigarrillo.

Tendría sesenta y muchos años, o incluso más. Llevaba una bata azul e iba equipada con un cubo lleno de diversos productos de limpieza y un plumero para el polvo. No era muy regordeta, pero sí tenía la cara redonda y un aire apático. Llevaba el pelo teñido de rojo, con las raíces blancas, y se pintaba las cejas a diario; ese día se le encaramaban mucho por la frente, lo cual le daba un aspecto como de estar sobresaltada. No pareció hacerle gracia verse señalada de esa manera. Le dirigió a Mariana una sonrisa forzada.

—Esa soy yo, cielo. Me llamo Elsie. ¿En qué puedo ayudarte?

—Me llamo Mariana. Estudié aquí y... —decidió improvisar—: Soy psicóloga. El decano me ha pedido que hable con varios miembros del colegio sobre el impacto de la muerte de Tara. Me preguntaba si podríamos... charlar un rato.

Tenía la impresión de que no había sabido acabar la frase con mucha convicción, así que no albergaba demasiadas esperanzas de que Elsie mordiera el anzuelo. No se equivocaba.

La mujer frunció los labios.

—No necesito una psicóloga, cielo. Aquí arriba está todo en su sitio, muchas gracias.

—No me refería a eso. En realidad, la beneficiada sería yo. Es que... estoy realizando una investigación.

—Bueno, la verdad es que no tengo tiempo para...

—No tardaremos mucho. ¿Puedo invitarla a un té? ¿Y a una porción de tarta?

Ante la mención de la tarta, a Elsie le brillaron los ojos. Relajó su actitud, hizo un gesto de indiferencia y dio una calada al cigarrillo.

—Está bien. Pero tendrá que ser rápido. Aún tengo que hacer otra escalera antes de comer.

Apagó la colilla en los adoquines, se quitó el delantal y se lo lanzó a otra camarera, que lo guardó sin decir nada.

Después se acercó a Mariana.

—Sígueme, cielo —dijo—. Conozco un sitio ideal —y echó a andar.

Mariana fue tras ella y oyó que las demás mujeres, en cuanto les dio la espalda, se ponían a cuchichear con desenfreno.

5.

Mariana siguió a Elsie por King's Parade. Pasaron por Market Square, con sus toldos verdes y blancos y los puestos donde vendían flores, libros y ropa. También por delante del rectorado, de un blanco resplandeciente tras una brillante verja negra. Dejaron atrás la tienda de caramelos, de cuyas puertas abiertas salía un abrumador aroma dulzón a azúcar y tofe caliente.

Elsie se detuvo bajo el toldo rojo y blanco de The Copper Kettle.

—Siempre vengo aquí —aseguró.

Mariana asintió con la cabeza. Recordaba el salón de té de sus días de estudiante.

—Usted primero.

Siguió a Elsie al interior del concurrido local, a rebosar de estudiantes y turistas, cada cual hablando en su propio idioma.

Elsie se fue directa al mostrador de cristal donde se exponían todos los pasteles. Contempló la selección de brownies, pastel de chocolate y trozos de tarta de coco, de manzana y de limón con merengue.

—En realidad, no debería —dijo—. Bueno..., quizá solo uno —se dirigió a la camarera entrada en años y de pelo blanco que atendía el mostrador—: Un trozo de pastel de chocolate. Y una tetera de English Breakfast —señaló a Mariana con la barbilla—. Invita ella.

Mariana pidió otro té y fueron a sentarse a la mesa que había junto a la ventana.

Estuvieron calladas un momento. Mariana sonrió.

—No sé si conoce usted a mi sobrina, Zoe. Era amiga de Tara.

Elsie soltó un gruñido. No parecía impresionada.

—Ah, conque es tu sobrina, ¿eh? Sí, también me encargo de ella. Muy señorita ella.

—¿Zoe? ¿A qué se refiere?

—A que ha sido muy maleducada conmigo, y en varias ocasiones.

—Vaya... Siento oír eso. Me sorprende en ella. Hablaré con Zoe.

—Hazlo, cielo.

Se produjo un instante de incomodidad.

Las interrumpió la aparición de la camarera, una joven muy guapa de Europa del Este que les traía los tés y la tarta. El rostro de Elsie se iluminó al verla.

—Paulina, ¿cómo estás?

—Muy bien, Elsie. ¿Y tú?

—¿No te has enterado? —abrió los ojos con exageración y su voz adoptó un temblor de falsa emotividad—: Se han cargado a una de las pequeñas de Elsie... La han dejado hecha un colador junto al río.

—Sí, sí, lo he oído. Lo siento.

—Te lo advierto, ándate con ojo. Esto no es seguro... Una chica guapa como tú, por ahí fuera de noche.

—Tendré cuidado.

—Bien —Elsie sonrió y vio cómo se alejaba la camarera. Después le dedicó toda su atención al pastel, que atacó con deleite—. No está mal —dijo entre bocado y bocado. Tenía restos de chocolate en la comisura de los labios—. ¿Quieres probarlo?

—No, muchas gracias.

El pastel obró un cambio de ánimo en Elsie, que miró a Mariana pensativa mientras masticaba.

—Bueno, cielo —dijo entonces—. Supongo que no esperarás que me crea esas tonterías de la terapia psicológica. Lo de la investigación, eso sí.

—Es usted muy perspicaz, Elsie.

La mujer soltó una risotada y se echó un azucarillo en el té.

—A Elsie no se le pasa ni una —tenía la desconcertante costumbre de referirse a sí misma en tercera persona. Fijó sus penetrantes ojos en Mariana—. Bueno, venga, ¿de qué va esto en realidad?

—Solo quiero hacerle algunas preguntas sobre Tara. ¿Cuándo fue la última vez que la vio?

—El día que murió, claro... Nunca se me olvidará. Vi a la pobre chiquilla salir de camino a su muerte.

—¿A qué se refiere?

—Bueno, yo estaba en el patio, esperando a un par de camareras. Siempre vamos juntas en el autobús de vuelta a casa. Y entonces vi que Tara salía de su habitación. Estaba muy alterada. La saludé con la mano y la llamé, pero por algún motivo no me oyó. Vi cómo se marchaba... y ya no volvió más.

—¿A qué hora fue eso? ¿Se acuerda?

—A las ocho menos cuarto exactamente. Lo sé porque estaba mirando el reloj... Íbamos a perder el autobús —Elsie chascó la lengua con desdén—. Aunque ya nunca pasa a su hora, pero en fin.

Mariana le sirvió algo más de té de la tetera.

—Tara y usted estaban muy unidas, ¿verdad? —preguntó con un tono más confidencial.

Elsie le dirigió una mirada algo suspicaz.

—¿Quién te ha dicho eso? ¿Zoe?

—No, solo he supuesto que, siendo su camarera, la vería usted muy a menudo. Yo le tenía mucho cariño a la mía.

—¿De verdad, cielo? Qué bien.

—Es que el servicio que realizan ustedes es fundamental. No estoy segura de que se lo agradezcan lo suficiente.

Elsie asintió con entusiasmo.

—En eso llevas toda la razón. La gente cree que ser camarera no es más que pasarle el trapo a cuatro muebles y vaciar una papelera de vez en cuando. Pero esos pequeños están fuera de casa por primera vez, todavía no saben apañárselas solos, necesitan a alguien que los cuide —sonrió con dulzura—. Es Elsie quien los cuida. Es Elsie quien pasa todos los días a ver cómo están y los despierta todas las mañanas... O se los encuentra muertos, si por la noche se han colgado.

Mariana calló un instante.

—Verá, siento curiosidad por sus amigas. ¿Qué opinión le merecen a usted?

Elsie levantó una ceja.

—Oh, se refiere a *ellas,* ¿no?

—¿«Ellas»?

Elsie sonrió pero no dijo nada. Mariana insistió, aunque con cautela:

—Al hablar con Conrad, las llamó «brujas».

—¿Eso hizo? —Elsie soltó otra risa—. «Zorras» se les ajusta más, cielo.

—¿No le caen bien?

La mujer se encogió de hombros.

—No eran sus amigas, o no amigas de verdad. Tara las odiaba. Tu sobrina era la única que se portaba bien con ella.

—¿Y las demás?

—Uy, la mangoneaban, a la pobrecilla. Pues no me lloraba en el hombro por culpa de ellas... «Tú eres mi única amiga, Elsie», me decía. «Te quiero mucho, Elsie.»

La mujer se secó una lágrima imaginaria. Mariana se sintió asqueada: la interpretación de la camarera era tan empalagosa como el pastel de chocolate que acababa de devorar... y Mariana no se creyó una palabra. O Elsie era una fantasiosa, o simplemente era una mentirosa de tomo y lomo. En cualquier caso, Mariana se sentía cada vez más incómoda en su compañía. Aun así, siguió indagando:

—¿Por qué mangoneaban a Tara? No lo entiendo.

—Estaban celosas, ¿qué te crees? Porque era muy guapa.

—Ya... Me pregunto si habría algo más.

—Bueno, pues eso será mejor que se lo preguntes a Zoe, ¿no te parece?

—¿A Zoe? —Mariana se extrañó—. ¿Qué quiere decir? ¿Qué tiene que ver Zoe en eso?

La respuesta de Elsie fue una sonrisa críptica.

—Esa sí que es una buena pregunta, ¿no crees, cielo? —añadió sin dar más detalles.

Mariana se molestó.

—¿Y qué opina del profesor Fosca?

—¿Qué pasa con ese?

—Conrad dice que estaba enamorado de Tara.

Elsie no pareció impresionada ni sorprendida.

—El profesor es un hombre, ¿no? Como todos los demás.

—¿A qué se refiere?

Elsie resopló pero no hizo comentarios. Mariana tuvo la sensación de que la conversación estaba llegando a su fin y de que, por más que insistiera, solo se encontraría con un rechazo frontal. Así que dejó caer con toda la naturalidad que pudo el verdadero motivo por el que había llevado a Elsie allí y la había sobornado con pastel y halagos.

—Elsie. ¿Cree que... podría enseñarme la habitación de Tara?

—¿Su habitación? —la mujer parecía a punto de negarse, pero entonces hizo un gesto de indiferencia—. Supongo que no le hará daño a nadie. La policía ya ha rebuscado todo lo que ha querido. Mañana iba a darle una buena limpieza... Mira lo que te digo, deja que me acabe este té y nos acercamos las dos juntas.

Mariana sonrió, encantada.

—Muchas gracias, Elsie.

6.

Elsie abrió la puerta de la habitación de Tara, entró y encendió la luz. Mariana la siguió.

Era el típico dormitorio de una adolescente, más desordenado que la mayoría. No había señales del registro policial; daba la sensación de que Tara acababa de salir y pudiera volver en cualquier momento. Aún quedaba un rastro de su perfume en el aire, y el aroma almizcleño de la marihuana impregnado en los muebles.

Mariana no sabía qué estaba buscando. Iba tras algo que a la policía se le hubiera pasado por alto, pero ¿el qué? Se habían llevado todos los dispositivos en los que Zoe esperaba encontrar alguna pista: el ordenador, el móvil y el iPad de Tara no estaban por ninguna parte. Habían dejado la ropa, tanto la del armario como la que cubría el sillón o estaba desperdigada por el suelo; ropa cara tratada como harapos. Los libros habían sufrido una suerte similar y estaban tirados a medio leer, abiertos, con los lomos agrietados.

—¿Siempre lo tenía todo así?

—Ya lo creo, cielo —Elsie chascó la lengua y soltó una risita indulgente—. Era un caso perdido. No sé qué habría hecho sin mí, si no hubiese andado detrás de ella cuidándola todo el día.

Elsie se sentó en la cama. Parecía que tenía ganas de confiarse a Mariana y ya no medía sus palabras. Todo lo contrario.

—Sus padres empaquetarán hoy sus cosas —comentó—. Me ofrecí a hacerlo yo, para evitarles las molestias, pero por lo que sea han dicho que no. Hay gente muy rancia. Aunque no me sorprende, sé lo que Tara pensaba de ellos, me lo dijo ella misma. Esa lady Hampton es una bruja estirada, y te aseguro que tiene de lady lo que yo. En cuanto al marido...

Mariana la escuchaba a medias; solo deseaba que se fuera para poder concentrarse. Se acercó a un tocador y le echó un vistazo. Había un espejo, con varias fotos encajadas en el marco. En una aparecían Tara y sus padres. La chica era una preciosidad, de una belleza luminosa, con aquella larga melena pelirroja y unas facciones exquisitas; tenía el rostro de una diosa griega.

Repasó los demás objetos que había en el tocador: un par de frascos de perfume, algo de maquillaje y un cepillo, que miró con atención. Un cabello rojo había quedado atrapado entre las cerdas.

—Tenía un pelo precioso —comentó Elsie, que no le quitaba ojo—. Yo solía peinarla. Le encantaba.

Mariana sonrió con educación. Cogió un pequeño peluche, un conejito que estaba apoyado en el espejo. A diferencia de la vieja Cebra de Zoe, maltrecha y desgastada después de años de servicio, aquel peluche parecía extrañamente nuevo, casi intacto.

Elsie se prestó a resolver el misterio de inmediato:

—Se lo regalé yo. Estaba muy sola cuando llegó aquí. Necesitaba abrazar algo blandito, así que le compré ese conejito.

—Un detalle por su parte.

—Elsie es toda corazón. También le regalé una bolsa de agua caliente. Aquí, por las noches hace un frío espantoso. La manta esa que les dan no sirve de nada, es fina como el papel —bostezó con aire aburrido—. ¿Crees que vas a tardar mucho más, cielo? Es que debería ir tirando. Tengo que hacer otra escalera.

—No quiero entretenerla. ¿Y si...? ¿Le importaría si me quedara un poco más?

Elsie lo sopesó un momento.

—Muy bien. Saldré a fumarme un piti antes de volver al trabajo. Cierra la puerta de golpe cuando salgas.

—Gracias.

Elsie se fue y cerró la puerta tras ella. Mariana lanzó un suspiro. Gracias a Dios. Echó un vistazo a su alrededor. Todavía no había encontrado lo que fuera que buscase, pero esperaba reconocerlo cuando lo viera. Una pista, algo que indicase el estado de ánimo de Tara. Algo que la ayudase a entender lo que había ocurrido, pero ¿el qué?

Se acercó a la cómoda y abrió un cajón tras otro, examinando el contenido. Una tarea morbosa y deprimente. Tenía la sensación de estar realizando una autopsia, como si abriera el cuerpo de Tara para rebuscar en sus órganos internos. Echó un vistazo a sus posesiones más íntimas: la ropa interior, el maquillaje, los productos para el cuidado del cabello, el pasaporte, el carnet de conducir, las tarjetas de crédito, fotografías de cuando era niña, otras de bebé, notas recordatorias, tiques viejos de compra, tampones sueltos, viales de cocaína vacíos, hebras de tabaco y restos de marihuana.

Era extraño, Tara había desaparecido, como Sebastian, y había dejado todas sus cosas detrás. «Cuando morimos —pensó—, lo único que queda de nosotros es un misterio; y nuestras posesiones, por supuesto, para que las seleccionen los demás».

Decidió rendirse. Fuera lo que fuese lo que buscaba, no estaba allí. Quizá nunca había existido, para empezar. Cerró el último cajón y se dispuso a salir de allí.

Había llegado junto a la puerta cuando algo la hizo detenerse... y darse la vuelta. Echó un último vistazo.

Posó los ojos en el tablero de corcho de la pared, sobre el escritorio. Tenía prendidos folletos, notas, postales, un par de fotos.

Una de las postales era de un cuadro que Mariana conocía, un óleo de Tiziano, *Tarquinio y Lucrecia*. Se detuvo y lo estudió con mayor atención.

Lucrecia estaba en su dormitorio, en la cama, desnuda e indefensa; Tarquinio se cernía sobre ella con un puñal centelleante en alto, a punto de hundirlo en su cuerpo. Era hermoso, pero profundamente desasosegante.

Desprendió la postal del tablero y le dio la vuelta.

Allí, al dorso, había una cita escrita en tinta negra. Cuatro líneas, en griego clásico:

ἓν δὲ πᾶσι γνῶμα ταὐτὸν ἐμπρέπει:
σφάξαι κελεύουσίν με παρθένον κόρῃ
Δήμητρος, ἥτις ἐστὶ πατρὸς εὐγενοῦς,
τροπαῖά τ᾽ ἐχθρῶν καὶ πόλει σωτήριαν.

Mariana se la quedó mirando, desconcertada.

7.

Encontró a Clarissa sentada en el sillón que había junto a la ventana, con la pipa en la mano, envuelta en nubecillas de humo mientras corregía una pila de trabajos que apoyaba en su regazo.

—¿Tienes un momento? —preguntó Mariana, asomando por la puerta.

—Ah, Mariana. ¿Aún sigues por aquí? Pasa, pasa —Clarissa la invitó a entrar con un gesto de la mano—. Siéntate.

—¿No te interrumpo?

—Cualquier cosa que aplace la corrección de trabajos es un alivio temporal bien recibido —la profesora sonrió y dejó la pila de papeles. La miró intrigada mientras ella tomaba asiento—. ¿Has decidido quedarte?

—Solo unos días. Zoe me necesita.

—Bien. Muy bien. Me alegro mucho —la anciana reavivó la pipa y le dio varias caladas—. Bueno, ¿qué puedo hacer por ti?

Mariana extrajo la postal del bolsillo y se la entregó.

—He encontrado esto en la habitación de Tara y quería saber tu opinión.

La mujer estudió la imagen unos segundos antes de darle la vuelta. Enarcó una ceja y leyó la cita en voz alta: «ἓν δὲ πᾶσι γνῶμα ταὐτὸν ἐμπρέπει: / σφάξαι κελεύουσίν με παρθένον κόρῃ / Δήμητρος, ἥτις ἐστὶ πατρὸς εὐγενοῦς, / τροπαῖά τ᾽ ἐχθρῶν καὶ πόλει σωτήριαν».

—¿De quién es? —preguntó Mariana—. ¿Te suena?

—Diría que... de Eurípides. *Los heráclidas,* si no me equivoco. ¿Conoces la obra?

A Mariana le avergonzaba reconocer que no había oído hablar de aquella tragedia, así que ni mucho menos la había leído.

—¿Me refrescas la memoria?

—Transcurre en Atenas —dijo Clarissa, de nuevo echando mano a la pipa—. El rey Demofonte se prepara para la guerra a fin de proteger la ciudad de los micénicos —se colocó la pipa en la comisura de la boca, prendió una cerilla y la encendió de nuevo. Habló entre bocanadas—: Demofonte consulta al oráculo... para averiguar cuáles son sus posibilidades de éxito. La cita procede de esa parte de la obra.

—Ya veo.

—¿Te sirve de ayuda?

—No mucho.

—¿No? —Clarissa dispersó una nube de humo con la mano—. ¿Cuál es el problema?

Mariana sonrió ante la pregunta. A veces la brillantez de Clarissa la hacía un poco torpe.

—Me temo que mi griego clásico anda un poco oxidado.

—Ah..., ya. Claro, discúlpame... —Clarissa le echó un vistazo a la postal y se dispuso a traducirla—. Más o menos dice: «Los oráculos coinciden, para vencer al enemigo y salvar la ciudad... ha de sacrificarse una doncella, una doncella de noble cuna...».

Mariana parpadeó, sorprendida.

—¿De noble cuna? ¿Dice eso?

Clarissa asintió.

—La hija de πατρὸς εὐγενοῦς, un noble..., debe sacrificarse a κόρῃ Δήμητρος...

—¿Δήμητρος?

—La diosa Deméter. Y κόρῃ, como es evidente, significa...

—Hija.

—Exacto —Clarissa asintió de nuevo—. Debe sacrificarse una doncella noble a la hija de Deméter, es decir, a Perséfone.

Mariana sintió que se le aceleraba el pulso. «Es solo una coincidencia —pensó—. No significa nada».

Clarissa le devolvió la postal con una sonrisa.

—Perséfone era una diosa bastante vengativa, como seguro que sabes.

Mariana no se atrevió a hablar por miedo a que se le quebrara la voz. Asintió.

La anciana la miró con atención.

—¿Estás bien, querida? Pareces un poco...

—Estoy bien... Es solo...

Por un instante sopesó sincerarse con Clarissa, pero ¿qué iba a decir? ¿Que tenía la fantasía supersticiosa de que esa diosa vengativa había intervenido en la muerte de su marido? ¿Cómo iba a pronunciar algo así en voz alta sin que la tomaran por loca?

—Que es un poco irónico, nada más —se limitó a comentar, encogiéndose de hombros.

—¿El qué? Ah, te refieres a que Tara fuera de «noble cuna»... Y a lo de ser «sacrificada», por decirlo de alguna manera. Desde luego, una ironía de lo más desagradable.

—¿Crees que podría significar algo más?

—¿Qué quieres decir?

—No lo sé. Pero... ¿qué hacía esto allí? En su habitación. ¿De dónde ha salido esa postal?

—Oh, eso es fácil... —aseguró Clarissa, agitando la pipa para restarle importancia—. Tara tenía que presentar un trabajo sobre la tragedia griega este trimestre. Tampoco sería tan descabellado que hubiera copiado una cita de una de las obras, ¿no?

—Sí..., supongo que tienes razón.

—Aunque debo reconocer que no le pega mucho... Como bien debe de saber el profesor Fosca.

Mariana parpadeó.

—¿El profesor Fosca?

—Él le impartía tragedia griega.

—Ya —Mariana intentó sonar natural—. ¿Y cómo es eso?

—Bueno, al fin y al cabo él es experto en la materia. Un hombre brillante. Deberías asistir a una de sus clases antes de irte. Es soberbio. ¿Sabes que son las que tienen, y con mucho, el mejor índice de asistencia de toda la facultad? Los alumnos hacen cola en la planta baja y se sientan en el suelo si se quedan sin sitio. ¿Habías oído alguna vez algo parecido? —Clarissa se echó a reír y se apresuró a añadir—: Desde luego, las mías siempre han estado muy concurridas, en ese sentido no puedo quejarme, pero debo reconocer que no hasta ese punto. ¿Sabes? Si quieres oír algo más sobre Fosca, en realidad con quien deberías hablar es con Zoe. Ella lo conoce mejor.

—¿Con Zoe? —Mariana la miró desconcertada—. ¿Ah, sí? ¿Y eso?

—Pues es que él es su director de estudios.

—Ah, ya —Mariana asintió con aire reflexivo—. Claro, por supuesto.

8.

Mariana invitó a Zoe a comer. Fueron a un bar-restaurante francés que estaba cerca y había abierto hacía poco, muy popular entre los estudiantes hambrientos con parientes de visita.

Era bastante más sofisticado que los restaurantes que Mariana recordaba de sus días en Cambridge. Estaba concurrido, y el murmullo de conversaciones intercaladas de risas y de cubiertos tintineando sobre los platos llenaba el ambiente, dominado por los apetitosos aromas del ajo, el vino y la carne chisporroteante a la brasa. Un elegante camarero, vestido con chaleco y corbata, acompañó a Mariana y a Zoe a un reservado en un rincón, con asientos forrados de cuero negro y un mantel blanco.

Para darse un capricho, Mariana empezó pidiendo media botella de champán rosado, algo muy impropio de ella, por lo que Zoe enarcó una ceja.

—Bueno, ¿por qué no? —Mariana se encogió de hombros—. No nos vendría mal animarnos un poco.

—No, si no me quejo —repuso Zoe.

Cuando llegó el champán, las efervescentes y chispeantes burbujas rosadas de las gruesas copas de cristal les levantaron el ánimo considerablemente. Al principio, no mencionaron a Tara ni el asesinato. Saltaron de un tema a otro, poniéndose al día. Hablaron sobre los estudios de Zoe en el Saint Christopher's, de sus expectativas respecto al curso siguiente, el tercero ya, y de la frustrante incertidumbre acerca de cómo encarar su vida y lo que quería hacer.

Luego charlaron sobre el amor. Mariana le preguntó si salía con alguien.

—¿Qué voy a salir con alguien? Aquí son todos unos críos —negó con la cabeza—. Estoy feliz conmigo misma. El amor no es para mí.

Mariana sonrió. Parecía tan pequeña, pensó, cuando hablaba así. «Del agua mansa líbreme Dios.» Sospechaba que a pesar de las afirmaciones tajantes de Zoe, cuando se enamorara, lo haría de manera irremediable.

—Algún día, hazme caso —dijo Mariana—, te pasará.

—No —Zoe volvió a mover de lado a lado la cabeza—. No, gracias. Por lo que he visto, el amor solo trae dolor.

Mariana no pudo evitar echarse a reír.

—Eso es un poco pesimista.

—¿No querrás decir realista?

—Ni mucho menos.

—¿Y qué me dices de Sebastian y tú?

Mariana no estaba preparada para ese golpe, decididamente bajo y asestado tan a la ligera. Necesitó un segundo para recomponerse.

—Sebastian me dio mucho más que dolor.

Zoe se disculpó de inmediato.

—Perdóname. No pretendía disgustarte... Es que...

—No estoy disgustada. No pasa nada.

Pero sí pasaba. Estar allí, en ese restaurante tan bonito, bebiendo champán, les permitía fingir aunque fuera solo unos minutos —olvidar el asesinato y todo lo desagradable— y vivir sin preocupaciones en aquella pequeña burbuja del presente. Sin embargo, Zoe acababa de pincharla, y Mariana sintió que su tristeza, sus miedos y sus preocupaciones afloraban de nuevo.

Continuaron comiendo en silencio hasta que preguntó en voz baja:

—Zoe. ¿Cómo llevas... lo de Tara?

La chica no contestó de inmediato. Se encogió de hombros. No levantó la vista.

—Bien. Voy tirando. No dejo de pensar en todo eso. En cómo murió, me refiero. No puedo... quitármelo de la cabeza.

Zoe la miró, y Mariana sintió una punzada de frustración. Quería arreglarlo todo, aliviar el dolor de su sobrina como hacía cuando esta era pequeña, ponerle una tirita en la herida y darle un beso para que se curara, pero sabía que no podía. Alargó el brazo por encima de la mesa y le apretó la mano.

—Ya sé que ahora cuesta creerlo, pero pasará.

—¿De verdad? —Zoe volvió a encogerse de hombros—. Hace más de un año que murió Sebastian... y sigue ahí. Aún duele.

—Lo sé —Mariana asintió, incapaz de llevarle la contraria. La chica tenía razón, sería inútil—. Lo único que podemos hacer es honrar la memoria de ambos como mejor sepamos.

Zoe le sostuvo la mirada y asintió.

—Vale.

—Y la mejor manera de honrar a Tara... —prosiguió Mariana.

—¿Es atrapar al asesino?

—Sí. Y lo haremos.

La idea pareció reconfortar a Zoe.

—Bueno, ¿has hecho algún avance?

—Pues lo cierto es que sí —Mariana sonrió—. He hablado con la camarera de Tara, Elsie, y me ha dicho...

—Ay, Dios —Zoe puso los ojos en blanco—. Que lo sepas: Elsie es una sociópata. Y Tara la odiaba con todas sus fuerzas.

—¿De verdad? Elsie me ha dicho que estaban muy unidas... Y también que has sido maleducada con ella.

—Porque es una psicópata, por eso. Me pone los pelos de punta.

«Psicópata» no era la palabra que Mariana habría empleado, pero su opinión tampoco distaba tanto de la de Zoe.

—Aun así, es muy poco propio de ti ser maleducada —vaciló—. Elsie también ha dejado entrever que sabes más de lo que me has contado.

Observó a Zoe con atención, pero la joven se limitó a restarle importancia.

—Lo que ella diga. ¿También te contó que Tara le prohibió volver a pisar su habitación porque Elsie no hacía más que entrar sin llamar para ver si la sorprendía saliendo de la ducha? Prácticamente la acosaba.

—Ya veo —Mariana lo pensó un momento y luego metió la mano en el bolsillo—. ¿Y qué me dices de esto?

Sacó la postal que había encontrado en el dormitorio de Tara. Tradujo la cita y le preguntó a Zoe qué pensaba.

—¿Crees que es posible que lo escribiera ella?

Zoe lo descartó con un gesto.

—Lo dudo.

—¿Por qué lo dices?

—En fin, para ser sinceros, a Tara le importaba una mierda la tragedia griega.

A Mariana se le escapó una sonrisa.

—¿Alguna idea de quién podría habérsela enviado?

—La verdad es que no. Es una cosa bastante rarita. Esa cita da un poco de repelús.

—¿Y qué hay del profesor Fosca?

—¿Qué pasa con él?

—¿Crees que se la pudo enviar él?

Zoe se encogió de hombros una vez más. No parecía muy convencida.

—No sé, a lo mejor... Pero ¿por qué iba a enviarle un mensaje en griego clásico? ¿Y por qué ese en concreto?

—Ya, ¿por qué? —Mariana asintió para sí. Miró a Zoe con atención unos segundos—. Háblame de él. Del profesor.

—¿Qué quieres saber?

—Bueno, ¿cómo es?

Zoe la miró con un ligero fastidio.

—No sé, Mariana. Ya te hablé de él cuando empezó a darme clases. Os hablé de él a los dos.

—¿Ah, sí? —Mariana asintió cuando de pronto le vino a la memoria—. Ah, vale, el profesor estadounidense. Claro. Acabo de recordarlo.

—¿Sí?

—Sí, no sé por qué eso se me quedó grabado. También recuerdo que Sebastian se preguntaba si no estarías colada por él.

Zoe hizo una mueca.

—Pues se equivocaba. Para nada.

Contestó tan a la defensiva y con una vehemencia tan sorprendente que Mariana dudó de si no sería cierto. Aunque ¿qué más daba si había sido así? Era bastante habitual que los alumnos se enamoraran de sus tutores, sobre todo si estos eran tan carismáticos y atractivos como Edward Fosca.

Sin embargo, también era posible que estuviera malinterpretando los sentimientos de Zoe y percibiera algo distinto.

Decidió dejarlo pasar, por el momento.

9.

Después de comer, volvieron al colegio paseando por la orilla del río.

Zoe se había comprado un helado de chocolate, que saboreaba con fruición mientras caminaban en un silencio amigable.

Mariana sentía todo el rato que estaba frente a una imagen doble, una especie de escena borrosa superpuesta a la que tenía delante: un recuerdo de cuando Zoe era una niña, paseando por ese mismo camino de piedra, comiendo un helado. La pequeña Zoe conoció a Sebastian en aquella visita, cuando Mariana era estudiante. Recordaba la timidez de la cría, y que él la venció con un sencillo truco de magia, haciendo aparecer una moneda de detrás de la oreja de Zoe, un truco que continuó haciendo las delicias de la pequeña durante años.

De pronto Sebastian también paseaba con ellas; otra imagen fantasmal proyectada en el presente.

«Es curioso lo que uno recuerda.» Mariana echó un breve vistazo a un viejo y maltrecho banco de madera al pasar junto a él. Se habían sentado allí, en ese banco —Sebastian y ella—, tras los exámenes finales de Mariana, que habían celebrado con un prosecco mezclado con *crème de cassis* y unos cigarrillos Gauloises azules que Sebastian había robado en una fiesta la noche anterior. Recordaba que lo había besado, y lo dulces que sabían sus labios, impregnados levemente de licor mezclado con tabaco.

Zoe la miró de reojo.

—Estás muy callada. ¿Te encuentras bien?

Mariana asintió.

—¿Nos sentamos un momento? —y se apresuró a añadir—: En este banco no —señaló otro más adelante—. En ese.

Se acercaron y tomaron asiento.

Era un lugar tranquilo, bajo la sombra moteada de un sauce llorón que nacía justo en la orilla. Las ramas se mecían en la brisa y sus extremos acariciaban el agua con languidez. Mariana miró una batea que se deslizaba bajo el puente.

De pronto un cisne pasó por delante y atrajo su atención.

Tenía el pico naranja y pintas negras alrededor de los ojos, pero su aspecto general era descuidado. Las plumas del cuello, blancas y relucientes en otro tiempo, se veían sucias y manchadas del verdín del río. Aun así, era una criatura imponente, desastrada pero serena, y majestuosa. Giró el largo cuello en dirección a Mariana.

¿Era cosa de su imaginación o estaba mirándola directamente?

Por un segundo, fue incapaz de apartar los ojos de los del cisne, que parecían estudiarla con frialdad.

El examen acabó un instante después; el cisne volvió la cabeza y se olvidó de Mariana, que lo vio desaparecer bajo el puente.

—Sé sincera —dijo, mirando a Zoe—. No te gusta, ¿verdad?

—¿El profesor Fosca? Nunca he dicho eso.

—Es la impresión que me da. ¿Te gusta o no?

Zoe se encogió de hombros.

—No lo sé... El profesor... Supongo que me deslumbra.

La respuesta sorprendió a Mariana, aunque no estaba segura de a qué se refería.

—¿Y no te gusta que te deslumbren?

—Claro que no —Zoe negó con la cabeza—. Me gusta ver adónde me dirijo. Y él tiene algo... No sé cómo describirlo, es como si actuara todo el rato, como si no fuera quien finge ser. Como si no quisiera que vieras quién es en realidad. Pero puede que me equivoque... Todo el mundo cree que Fosca es maravilloso.

—Sí, según Clarissa tiene mucho tirón.

—Ni te lo imaginas. Es como una secta. Sobre todo con las chicas.

Mariana pensó de inmediato en las jóvenes de blanco que rodeaban a Fosca en el servicio religioso de Tara.

—¿Te refieres a las amigas de Tara? ¿A ese grupo de chicas? ¿No son amigas tuyas también?

—Ni en broma. Huyo de ellas como de la peste.

—Ya. No parecen muy populares.

Zoe la miró con toda la intención.

—Depende de a quién le preguntes.

—¿A qué te refieres?

—Bueno, son las favoritas del profesor Fosca... Su club de fans.

—¿Cómo que su club de fans?

—Están en su grupo privado de estudio. Una sociedad secreta.

—¿Por qué secreta?

—Porque solo están ellas, sus alumnas «especiales» —Zoe puso los ojos en blanco—. Las llama «las Doncellas». ¿Has oído algo más tonto alguna vez?

—¿Las Doncellas? —Mariana frunció el ceño—. ¿Son todo chicas?

—Ajá.

—Ya veo.

Y ciertamente veía, o como mínimo empezaba a tener una corazonada de adónde conducía todo aquello y de por qué Zoe se había mostrado tan reticente.

—¿Tara era una de las Doncellas?

—Sí —su sobrina asintió—. Lo era.

—Ya. ¿Y las demás? ¿Podría conocerlas?

Zoe torció el gesto.

—¿De verdad te apetece? No son lo que se dice simpáticas.

—¿Dónde están ahora?

—¿Ahora? —miró el reloj—. Bueno, el profesor Fosca tiene clase de aquí a media hora, seguro que va todo el mundo.

Mariana asintió.

—Pues nosotras también.

10.

Mariana y Zoe llegaron a la Facultad de Literatura Inglesa apenas unos minutos antes de que empezara la clase.

Echaron un vistazo al tablón que había junto a la puerta del aulario y consultaron el programa del día. La clase de la tarde del profesor Fosca se impartiría en la sala más grande del piso superior, a la que se dirigieron.

El aula magna era un espacio amplio y bien iluminado, con hileras de pupitres de madera oscura que descendían hasta el escenario, donde había un atril y un micrófono.

Clarissa tenía razón en cuanto a la popularidad de las clases de Fosca: la sala estaba a rebosar. Encontraron un par de asientos libres, en la última hilera, al final de todo. El entusiasmo se palpaba en el ambiente durante la espera, y Mariana pensó que la atmósfera se asemejaba más a la de un concierto o una obra de teatro que a la de una clase sobre tragedia griega.

Justo en ese momento hizo su entrada el profesor Fosca.

Vestía un elegante traje negro y llevaba el pelo pulcramente recogido. Atravesó el escenario hasta el atril con una carpeta de notas en la mano. Reguló el micrófono, paseó la vista por la sala unos segundos y saludó a los asistentes con un gesto de cabeza.

Una oleada de emoción recorrió el auditorio. Las conversaciones fueron apagándose. Mariana no pudo evitar cierto escepticismo: por experiencia profesional sabía que, por regla general, debía recelar de cualquier grupo enamorado de un profesor, una situación que raramente acababa bien. Fosca le recordaba más a una estrella del pop atormentada que a un académico, y casi esperaba que se pusiera a cantar. Pero cuando el profesor levantó la vista, no cantó. Para sorpresa de Mariana, tenía los ojos llenos de lágrimas.

—Hoy quiero hablar de Tara —anunció Fosca.

Mariana oyó susurros a su alrededor y vio que muchos volvían la cabeza e intercambiaban miradas; aquello era justo lo que los alumnos esperaban. Incluso advirtió que un par de personas habían empezado a llorar.

Las lágrimas se deslizaban por las mejillas de Fosca sin que este hiciera nada por detenerlas, pero se negó a sucumbir a la emoción y mantuvo un tono de voz estable y sereno. Mariana pensó que la proyectaba tan bien que en realidad no necesitaba el micrófono.

¿Qué había dicho Zoe? ¿Que siempre actuaba? De ser cierto, era tan buen actor que Mariana y el resto de los asistentes no pudieron evitar emocionarse.

—Como muchos de vosotros sabéis, Tara era alumna mía —dijo Fosca—, y me presento ante vosotros abrumado por el... desconsuelo. Por no decir desesperación. Iba a cancelar la clase de hoy. Sin embargo, lo que más me gustaba de Tara era su fuerza, su valentía... Y ella no habría querido que sucumbiéramos a la desesperación ni que nos dejáramos vencer por el odio. Debemos seguir adelante. Es la única defensa contra la maldad... y la mejor manera de honrar a nuestra amiga. Hoy estoy aquí por Tara. Igual que vosotros.

Los asistentes rompieron a aplaudir y vitorear, cosa que Fosca agradeció con una leve inclinación de cabeza. Ordenó sus notas y volvió a levantar la vista.

—Y ahora, señoras y señores..., a trabajar.

El profesor Fosca era un magnífico orador. Apenas consultaba las notas y daba la impresión de que improvisaba sobre la marcha. Resultaba ameno, encantador, ingenioso, apasionado y, lo más importante de todo, se involucraba, parecía dirigirse directamente a cada miembro del público.

—He pensado que hoy sería una buena idea hablar, entre otras cosas, de lo liminal en la tragedia griega —empezó—. ¿A qué me refiero con lo de «liminal»? Bien, pensad en Antígona, obligada a escoger entre la muerte y la deshonra; o en Ifigenia, preparándose para morir por Grecia; o en Edipo, quien decidió vagar ciego por los caminos. Lo liminal se suspende entre dos mundos, en la frontera que nos define como humanos, donde nos vemos despojados de todo, donde trascendemos esta vida y continuamos sintiendo. Cuando las tragedias funcionan, nos permiten vislumbrar lo que se siente en esa frontera.

A continuación, Fosca mostró una diapositiva, que proyectó en la gran pantalla que tenía detrás. Era un bajorrelieve en mármol de dos mujeres dispuestas a sendos lados de un joven desnudo, hacia el que extendían la mano derecha.

—¿Alguien sabe quiénes son estas dos mujeres?

Un mar de cabezas negó al unísono. Mariana tenía una ligera idea de su identidad, aunque deseaba equivocarse.

—Estas dos diosas están a punto de iniciar al joven en el culto secreto de Eleusis. Se trata, por supuesto, de Deméter y su hija, Perséfone.

Mariana se quedó sin respiración. Intentó mantener la atención como pudo. Trató de concentrarse.

—Estamos ante el culto eleusino —prosiguió Fosca—. El rito secreto de Eleusis nos ofrece precisamente la experiencia liminal de hallarse entre la vida y la muerte... y trascenderla. ¿En qué consistía este culto? Bien, Eleusis está relacionado con la historia de Perséfone, la Doncella, como era conocida: la diosa de la muerte, la reina del inframundo...

Mientras hablaba, sus miradas coincidieron un instante. Fosca sonrió de manera casi imperceptible.

«Lo sabe —pensó Mariana—. Sabe qué le ocurrió a Sebastian, por eso lo hace. Para atormentarme».

Pero ¿cómo? ¿Cómo iba a saberlo? Era imposible. Ella no lo había comentado con nadie, ni siquiera con Zoe. Solo se trataba de una coincidencia, nada más, no significaba nada. Se obligó a calmarse y a escuchar lo que decía Fosca.

—Cuando Deméter perdió a su hija en Eleusis, sumergió el mundo en una oscuridad invernal hasta que Zeus se vio obligado a intervenir y permitió que Perséfone regresara de entre los muertos seis meses al año, los cuales se corresponden con la primavera y el verano. Los otros seis meses reside en el inframundo, de ahí el otoño y el invierno. Luz y oscuridad, vida y muerte. El viaje que Perséfone realiza continuamente entre la vida y la muerte dio lugar al culto de Eleusis. Y es allí, en Eleusis, en la entrada del inframundo, donde también se nos brinda a nosotros la posibilidad de participar en el rito secreto y experimentar lo mismo que la diosa.

Bajó la voz, y Mariana vio que muchos inclinaban la cabeza o alargaban el cuello para no perderse ni una palabra. Fosca los tenía en la palma de su mano.

—La naturaleza exacta de los ritos de Eleusis ha permanecido en secreto durante miles de años —continuó—. Los ritos, los misterios, eran «innombrables» porque pretendían iniciarnos en algo que no podía expresarse con palabras. Quienes los realizaban nunca volvían a ser los mismos. Se contaban historias sobre visiones, visitas espectrales y viajes a la otra vida. Puesto que cualquiera podía participar en los ritos, hombres, mujeres, esclavos o niños, ni siquiera hacía falta ser griego. El único requisito era entender la lengua para saber qué te decían. Durante la preparación, había que tomar ciccón, una bebida hecha con cebada. Esa cebada en concreto contenía un hongo negro llamado cornezuelo, que posee propiedades alucinógenas y que miles de años después sería el precursor del LSD. Tanto si los griegos lo sabían como si no, todos se colocaban ligeramente. Lo cual podría explicar algunas visiones.

Fosca acompañó esa última frase con un guiño, que arrancó algunas risas. Esperó a que se apagaran antes de proseguir en un tono más serio:

—Imagináoslo. Solo un segundo. Imaginad que estáis allí: imaginad la emoción y el miedo. Todas esas personas reunidas a medianoche junto al plutonio y guiadas por los sacerdotes a las cámaras abiertas en la roca, a las cuevas del interior. La única luz procedía de las teas que portaban los oficiantes. Imaginad el humo y la oscuridad. La piedra fría y húmeda conforme te adentrabas en las profundidades, hasta llegar a una cámara inmensa, un espacio liminal, en la frontera misma del inframundo: el Telesterion, donde tenían lugar los misterios. Era descomunal, cuarenta y dos imponentes columnas de mármol, un bosque de piedra. Podía dar cabida a miles de iniciados y sus dimensiones permitían alojar otro templo, el Anaktoron, el lugar sagrado al que solo accedían los sacerdotes, donde se guardaban las reliquias de la Doncella.

Los ojos oscuros de Fosca brillaban al hablar. Veía la escena ante él mientras la invocaba con sus palabras, como si lanzara un conjuro.

—Nunca sabremos a ciencia cierta qué ocurría allí; al fin y al cabo, el misterio de Eleusis continúa siendo un misterio. Pero, al amanecer, los iniciados emergían a la luz después de haber vivido una experiencia de muerte y renacimiento, y con una percepción distinta de lo que significa ser humano... y estar vivo.

Hizo una pausa durante la que miró sin parpadear a los asistentes. A continuación utilizó un tono distinto: suave, apasionado, cargado de emoción.

—Veréis, de esto es de lo que tratan todas esas antiguas tragedias griegas. De lo que significa ser humano. De lo que significa estar vivo. Y si se os pasa por alto cuando las leéis, si lo único que veis es un montón de palabras muertas, entonces no habréis entendido absolutamente nada. Y no me refiero solo a las tragedias, me refiero a vuestras vidas, al presente. Si no reparáis en lo trascendente, si no sois conscientes del misterio glorioso de la vida y la muerte del que tenéis tanta fortuna de formar parte, si no os llena de dicha y asombro..., es como si estuvierais muertos. Ese es el mensaje de las tragedias. Participad del milagro. Por vosotros, y por Tara, vividlo.

Se podía oír el vuelo de una mosca. De pronto, el auditorio estalló en un sonoro, emotivo y espontáneo aplauso.

La ovación duró varios minutos.

11.

Zoe y Mariana hicieron cola en la escalera para salir del aula magna.

—¿Y bien? —Zoe la miraba con curiosidad—. ¿Qué te ha parecido?

Mariana se echó a reír.

—Bueno, «deslumbrante» no está mal.

Su sobrina sonrió.

—Te lo dije.

Salieron al aire libre. Mariana paseó la vista a su alrededor, observando a los estudiantes que había allí reunidos.

—¿Están aquí? ¿Las Doncellas?

Zoe asintió.

—Allí.

Señaló a seis chicas que charlaban junto a un banco. Cuatro estaban de pie y dos sentadas. Un par fumaba.

A diferencia de otros estudiantes que corrían por el colegio, aquellas chicas no vestían de manera descuidada o excéntrica, sino que lucían ropa elegante y de aspecto caro. Se notaba que cuidaban su imagen: todas iban maquilladas, bien peinadas y con las uñas impecables. Lo más llamativo de todo era la actitud, aquel aire inconfundible de seguridad en sí mismas, incluso de superioridad.

Mariana las estudió un momento.

—No parecen muy simpáticas, tienes razón.

—No lo son. Son unas esnobs. Se creen importantes. Que vale que lo son, pero aun así...

—¿Y eso por qué? ¿Por qué son importantes?

—Bueno... —Zoe señaló a una rubia alta, sentada en el brazo del banco—. Por ejemplo: esa es Carla Clarke. Es hija de Cassian Clarke.

—¿Quién?

—Mariana, por favor. Es un actor. Muy famoso.

Ella sonrió.

—Ah, ya. Vale. ¿Y las demás?

Zoe procedió a señalar con discreción a las demás.

—La de la izquierda, ¿esa morena tan guapa de pelo corto? Es Natasha. Es rusa. Su padre es un oligarca o algo así, dueño de media Rusia... Diya es una princesa hindú; el año pasado sacó matrícula de honor. Es prácticamente un genio. Está hablando con Veronica, que es hija de un senador. Creo que se presentó como candidato a presidente... —miró a Mariana de reojo—. ¿Te haces una idea...?

—Sí, ya veo. Te refieres a que son inteligentes... y que tienen mucho dinero.

Zoe asintió.

—Es oírlas hablar de sus vacaciones y que te entren ganas de vomitar. Que si yates, que si islas privadas, que si chalés para ir a esquiar...

Mariana sonrió.

—Me hago una idea.

—No me extraña que las odie todo el mundo.

Mariana se volvió hacia ella.

—¿Todo el mundo las odia?

Zoe se encogió de hombros.

—Bueno, todo el mundo las envidia, por lo menos.

Mariana lo pensó un instante.

—Vale. Vamos a ver qué pasa.

—¿A qué te refieres?

—Vamos a hablar con ellas... de Tara y de Fosca.

—¿Ahora? —Zoe negó con la cabeza—. Ni hablar. No van a colaborar.

—¿Por qué no?

—No te conocen. No dirán ni pío, o se volverán contra ti, sobre todo si mencionas al profesor. Hazme caso, no lo hagas.

—Cualquiera diría que les tienes miedo.

Zoe asintió.

—Miedo es poco. Pavor.

Mariana iba a contestar cuando vio que el profesor Fosca salía del aula magna y se acercaba a las chicas, que lo rodearon con un claro aire de intimidad e intercambiaron cuchicheos.

—Vamos.

—¿Qué? No, Mariana, no...

Ella no la escuchó y se dirigió con paso decidido hacia Fosca y sus alumnas.

El hombre levantó la vista cuando llegó junto a él. Sonrió.

—Buenas tardes, Mariana —dijo Fosca—. Me ha parecido verla en el aula magna.

—Así es.

—Espero que le haya gustado.

Ella buscó las palabras adecuadas.

—Ha sido muy... ilustrativo. Impresionante.

—Gracias.

Mariana miró a las jóvenes reunidas alrededor del profesor.

—¿Son alumnas suyas?

Fosca las contempló un instante con una leve satisfacción.

—Algunas. De las más interesantes.

Mariana sonrió a las estudiantes. Ellas le devolvieron una mirada glacial, un muro impenetrable.

—Me llamo Mariana —se presentó—. Soy la tía de Zoe.

Echó un vistazo a su alrededor, pero Zoe no la había seguido y no la veía por ninguna parte. Se volvió hacia las demás con gesto amistoso.

—¿Sabéis? No pude evitar fijarme en vosotras en el servicio de Tara. Llamabais mucho la atención, todas de blanco —les sonrió—. Tengo curiosidad: ¿a qué se debe?

Notó una ligera vacilación. Luego, una de ellas, Diya, miró un segundo a Fosca:

—Fue idea mía. En la India vestimos de blanco en los funerales. Y el blanco era el color preferido de Tara, así que...

Se encogió de hombros, y otra chica terminó la frase por ella:

—Así que nos vestimos de blanco en su honor.

—Odiaba el negro —comentó otra.

—Ya —Mariana asintió—. Qué interesante.

Les dedicó una nueva sonrisa, que las chicas no le devolvieron. Se hizo un breve silencio. Mariana se dirigió a Fosca.

—Profesor, querría saber si podría hacerme un favor.

—Adelante.

—Bueno, como psicóloga, el decano me ha pedido que mantenga charlas informales con los estudiantes para ver cómo llevan lo ocurrido —se volvió hacia las chicas—. ¿Le importaría prestarme a alguna de sus alumnas?

Lo dijo con toda la inocencia posible, pero no necesitó apartar la vista de las chicas para notar los penetrantes ojos de Fosca clavados en ella, mirándola fijamente, estudiándola con atención. Lo imaginaba pensando, preguntándose si era sincera... o si pretendía investigarlo con disimulo. Consultó la hora.

—Estábamos a punto de empezar una clase —comentó—, pero supongo que puedo prescindir de un par de ellas —las señaló con un gesto de barbilla—. ¿Veronica? ¿Serena? ¿Qué os parece?

Las jóvenes echaron un vistazo a Mariana. Era imposible saber qué opinaban en realidad.

—No hay problema —contestó Veronica, encogiéndose de hombros. Tenía acento estadounidense—. O sea, ya tengo psicólogo... Pero me tomaré algo si ella invita.

Serena asintió.

—Yo también.

—Muy bien. Pues iremos a tomar algo —Mariana sonrió a Fosca—. Gracias.

El profesor clavó sus ojos oscuros en el rostro de la mujer y le devolvió la sonrisa.

—Un placer, Mariana. Espero que obtenga lo que busca.

12.

Mariana encontró a Zoe merodeando por la entrada cuando salió de la Facultad de Literatura Inglesa. Le preguntó si quería acompañarlas, y la perspectiva de ir a tomar algo la convenció medio a regañadientes. Se dirigieron al bar del Saint Christopher's College, situado en un rincón del Patio Mayor.

El bar del colegio era todo de madera: tanto el suelo, viejo, combado y lleno de nudos, como las paredes, de paneles de roble, y la gigantesca barra. Mariana y las tres jóvenes ocuparon una enorme mesa de roble junto al ventanal, que daba a una pared cubierta de hiedra. Zoe se sentó a su lado, y Veronica y Serena enfrente.

Mariana cayó en la cuenta de que Veronica era la joven que había leído un emotivo pasaje de la Biblia durante el servicio de Tara. Se llamaba Veronica Drake, y venía de una acaudalada familia estadounidense metida en política; su padre era senador en Washington.

Era despampanante, y lo sabía. Tenía una larga melena rubia con la que solía jugar o echársela para atrás mientras hablaba. El maquillaje, nada discreto, resaltaba la boca y los grandes ojos azules, y vestía unos tejanos ajustados que realzaban su bonita figura. La joven se conducía con seguridad, con esa autoridad natural de quien ha disfrutado de privilegios desde la cuna.

Veronica pidió una pinta de Guinness, que apuró casi enseguida. Hablaba mucho, aunque había algo un poco forzado en su manera de expresarse, lo que llevó a Mariana a preguntarse si habría dado clases de dicción. Cuando Veronica comentó que quería dedicarse a la actuación al acabar la universidad, Mariana no se sorprendió. Intuía que debajo de todo aquel maquillaje, de su actitud y su trabajada dicción, había una persona completamente distinta, aunque ignoraba quién, y sospechaba que Veronica tampoco lo sabía.

Quedaba una semana para su vigésimo cumpleaños y estaba intentando organizar una fiesta, a pesar del trágico momento que se vivía en el colegio.

—La vida sigue, ¿no? Es lo que habría querido Tara. Da igual, voy a alquilar una sala privada en The Groucho Club, en Londres. Zoe, tienes que venir —añadió sin demasiado entusiasmo.

Zoe gruñó y se concentró en su bebida.

Mariana miró a la otra chica, Serena Lewis, que bebía un vino blanco en silencio. Era delgada, de constitución menuda, y por cómo estaba sentada le recordaba a un pajarito posado en una rama, observándolo todo sin decir ni pío.

A diferencia de Veronica, no iba maquillada, aunque tampoco le hacía falta: tenía un cutis inmaculado y perfecto. Se recogía la larga melena oscura en trenzas de raíz, y vestía una blusa rosa claro y una falda por debajo de la rodilla.

Serena era de Singapur, pero se había educado en una serie de internados ingleses. Tenía una voz suave, con un acento que delataba su pertenencia a la clase alta. La joven era tan reservada como Veronica abierta. No hacía más que mirar el móvil; su mano se veía atraída hacia él como si fuera un imán.

—Habladme del profesor Fosca —les pidió Mariana.

—¿Qué quiere saber?

—He oído que Tara y él estaban muy unidos.

—No sé dónde habrá oído eso porque no lo estaban para nada —Veronica se volvió hacia Serena—. ¿Verdad que no?

En respuesta, esta levantó la vista de la pantalla y negó con la cabeza.

—No, para nada. El profesor era amable con Tara..., pero ella solo se aprovechaba de él.

—¿Se aprovechaba de él? —repitió Mariana—. ¿En qué sentido?

—Serena no quería decir eso —se apresuró a intervenir Veronica—. Se refiere a que Tara malgastaba el tiempo y la energía del profesor. Él invierte muchos esfuerzos en nosotras, ¿sabe? No existe mejor tutor.

Serena asintió.

—Es el profesor más maravilloso del mundo. El más inteligente, y...

Mariana interrumpió el panegírico.

—¿Y qué me decís de la noche del asesinato?

Veronica se encogió de hombros.

—Estuvimos con el profesor Fosca todo el tiempo. Teníamos una tutoría privada en sus dependencias a la que Tara también debería haber asistido, pero no se presentó.

—¿Y a qué hora fue eso?

Veronica miró un segundo a Serena.

—Empezó a las ocho, ¿no? Y terminó... ¿qué? ¿A las diez?

—Sí, eso creo. A las diez o más tarde.

—¿Y el profesor Fosca estuvo todo el rato con vosotras?

Las dos chicas contestaron al unísono:

—Sí —afirmó Veronica.

—No —dijo Serena.

Una leve irritación asomó en los ojos de Veronica, que fulminó a Serena con la mirada.

—Pero ¿qué dices?

Serena se puso nerviosa.

—Ah... No, nada. Me refería a que solo salió un par de minutos, nada más. Para fumar un cigarrillo.

Veronica se desdijo.

—Ah, sí, es verdad, lo había olvidado. Solo estuvo fuera un minuto.

Serena asintió.

—No fuma dentro cuando yo estoy, porque tengo asma. Es muy considerado.

En ese momento le llegó un mensaje al móvil. La joven se abalanzó sobre él y se le iluminó la cara al leerlo.

—Tengo que irme —anunció—. He quedado con alguien.

—Venga ya —Veronica puso los ojos en blanco—. ¿El hombre misterioso?

Esta vez fue Serena quien fulminó a Veronica con la mirada.

—Calla.

Veronica se echó a reír y comentó con soniquete:

—Serena tiene un novio secreto.

—No es mi novio.

—Pero es secreto. No quiere decirnos quién es. Ni siquiera a mí —guiñó un ojo con complicidad—. A lo mejor es porque... está casado.

—No, no está casado —replicó Serena, ruborizándose—. No es nada, solo es un amigo. Tengo que irme.

—La verdad es que yo también —dijo Veronica—. Tengo un ensayo —sonrió con dulzura a Zoe—. Es una pena que no te hayan escogido para *La duquesa de Amalfi*. Va a ser una producción increíble. Nikos, el director, es un genio. Un día será muy famoso —miró a Mariana con gesto triunfal—. Yo hago de duquesa.

—Muy apropiado. Bueno, gracias por estos minutos, Veronica.

—De nada.

La joven la miró de manera furtiva y luego salió del bar, seguida por Serena.

—Uf... —Zoe apartó el vaso vacío y dejó escapar un largo suspiro—. Te lo dije. Son muy tóxicas.

Mariana no se lo discutió; tampoco le habían caído muy bien. Sin embargo, lo verdaderamente importante era que tenía la sensación, afinada tras años de trabajo con pacientes, de que Veronica y Serena le habían mentido.

Pero ¿sobre qué? ¿Y por qué?

13.

Durante años, incluso tuve miedo de abrir el armario donde la guardaba.

Pero hoy me he descubierto encima de una silla, alargando la mano hacia la cajita de mimbre, hacia esa colección de cosas que quería olvidar.

Me he sentado junto a la luz y la he abierto. He rebuscado entre el contenido: las tristes cartas de amor que escribí a un par de chicas y que nunca llegué a enviar, un par de historias infantiles sobre la vida en la granja, unos cuantos poemas mediocres que había olvidado.

No obstante, lo último que había en aquella caja de Pandora era algo que recordaba muy bien: el diario encuadernado en cuero marrón que escribí ese verano, con doce años, el verano que perdí a mi madre.

Lo he abierto y lo he hojeado; largas entradas escritas con letra infantil e inmadura. Todo parecía tan trivial. Sin embargo, si no fuera por lo que contenían esas páginas, mi vida sería distinta.

A veces resultaba difícil descifrar la letra. Era errática, apenas unos garabatos, sobre todo hacia el final, como si estuviera escrito con prisa, en un rapto de locura, o de cordura. Mientras estaba allí sentado, ha sido como si una niebla empezara a disiparse.

Ha aparecido un camino, uno que conducía de vuelta a ese verano. De vuelta a mi juventud.

Es un trayecto conocido. Lo recorro con frecuencia en sueños: enfilo el tortuoso camino de tierra que lleva hasta la granja.

No quiero volver.

No quiero recordar...

Aun así, tengo que hacerlo. Porque esto es más que una confesión. Es una búsqueda de lo que se perdió, de las esperanzas desvanecidas y las preguntas olvidadas. Es una búsqueda de una explicación: a los secretos horribles que se insinúan en ese diario infantil, ese que ahora consulto como un adivino escudriñando una bola de cristal.

Aunque no quiero conocer el futuro.

Sino el pasado.

14.

A las nueve de la noche, Mariana llegó a The Eagle para encontrarse con Fred.

Era el pub más antiguo de todo Cambridge, y tan popular aún como lo había sido en el siglo XVII. Consistía en una serie de salas pequeñas con revestimiento de madera en las paredes, todas ellas interconectadas. Estaba iluminado con velas y olía a cordero asado, romero y cerveza.

La sala principal se conocía como el Bar de la RAF. Varias columnas sostenían un techo irregular repleto de grafitis de la Segunda Guerra Mundial. Mientras esperaba en la barra, Mariana se fijó en los mensajes de hombres muertos que tenía sobre la cabeza. Pilotos británicos y estadounidenses habían usado bolígrafos, velas y mecheros para grabar su nombre y su número de escuadrón en el techo; también habían dejado obras más artísticas, como dibujos de mujeres que solo llevaban puesto el pintalabios.

Consiguió que el barman, que tenía cara de niño y vestía una camisa de cuadros verdes y negros, le hiciera caso. El chico le sonrió mientras sacaba una bandeja de vasos humeantes del lavavajillas.

—¿Qué te pongo, guapa?

—Una copa de sauvignon blanc, por favor.

—Marchando.

Cuando le sirvió el vino blanco, Mariana pagó la consumición y buscó un sitio donde sentarse.

Por todas partes había parejas de jóvenes, cogidos de la mano, perdidos en románticas conversaciones. No se permitió mirar hacia la mesa del rincón, la que Sebastian y ella solían ocupar siempre.

Comprobó la hora. Las nueve y diez.

Fred llegaba tarde. ¿Y si no se presentaba?, pensó esperanzada. Esperaría diez minutos más y, después, se marcharía.

Al final se rindió y miró al rincón. La mesa estaba libre, así que fue hasta allí y se sentó.

Se puso a acariciar las grietas de la madera del tablero con las puntas de los dedos, como antes. Allí sentada, dando pequeños sorbos de vino blanco frío y cerrando los ojos mientras escuchaba el atemporal rumor de las conversaciones y las risas que la rodeaban, podía imaginar que se transportaba al pasado... Mientras siguiera sin abrir los ojos, podía estar allí con diecinueve años, esperando a que apareciera Sebastian con su camiseta blanca y sus vaqueros desgastados, esos del desgarrón en la rodilla.

—Hola —oyó.

Pero no era la voz correcta, no era la de Sebastian, así que Mariana se sintió confusa por una fracción de segundo. Entonces abrió los ojos y el hechizo se rompió.

La voz era de Fred, que estaba de pie con una pinta de Guinness en la mano, sonriéndole. Le brillaban los ojos y parecía algo sonrojado.

—Siento llegar tarde. Mi tutoría se ha alargado, así que he pedaleado todo lo deprisa que he podido. Y me he chocado contra una farola.

—¿Estás bien?

—Estoy bien, sí. La farola se ha llevado la peor parte. ¿Puedo?

Mariana asintió y él tomó asiento... en la silla de Sebastian. Por un instante, Mariana pensó en pedirle que cambiaran de mesa, pero se contuvo. ¿Cómo lo había expresado Clarissa? No podía pasarse la vida mirando atrás. Debía centrarse en el presente.

Fred sonrió de oreja a oreja. Sacó una bolsita de frutos secos del bolsillo y se los ofreció, pero Mariana negó con la cabeza.

Él se lanzó un par de anacardos a la boca y los masticó sin apartar los ojos de ella. Se produjo un silencio incómodo mientras Mariana esperaba a que el chico dijera algo. Estaba molesta consigo misma. ¿Qué hacía ahí con ese joven admirador tan fervoroso? Había sido una idea malísima. Decidió mostrarse más directa de lo normal; a fin de cuentas, no tenía nada que perder.

—Oye, entre nosotros no va a pasar nada. ¿Lo entiendes? Nunca.

Fred se atragantó con un anacardo y empezó a toser. Dio un trago de cerveza y consiguió recuperar el aliento.

—Perdona —dijo, algo avergonzado—. Yo... no me esperaba eso. Vale, mensaje recibido. Estás fuera de mi alcance, es evidente.

—No seas tonto —Mariana volvió a mover de lado a lado la cabeza—. No es eso.

—Entonces, ¿por qué?

Ella desestimó la pregunta con un gesto.

—Por un millón de motivos —contestó, sin embargo.

—Dame uno.

—Eres demasiado joven para mí.

—¿Qué? —Fred se puso colorado. Parecía indignado y avergonzado a la vez—. Eso es una ridiculez.

—¿Cuántos años tienes?

—No soy tan joven, tengo casi veintinueve.

Mariana rio.

—Eso sí que es una ridiculez.

—¿Por qué? ¿Cuántos tienes tú?

—Los suficientes para no redondear mi edad hacia arriba. Treinta y seis.

—¿Y qué? —Fred se encogió de hombros—. La edad no importa. No cuando eres... como eres tú —se la quedó mirando—. Oye, la primera vez que te vi, en el tren, tuve la fuerte corazonada de que, algún día, te pediría que te casaras conmigo. Y que dirías que sí.

—Pues te equivocabas.

—¿Por qué? ¿Estás casada?

—Sí. Bueno, no...

—¿No me digas que te dejó? Menudo imbécil.

—Sí, eso pienso yo a menudo —Mariana suspiró, y luego habló deprisa para quitárselo de encima—: Murió. Hace un año más o menos. Aún me cuesta... hablar de ello.

—Lo siento mucho —Fred parecía abatido, y al cabo de un momento añadió—: Ahora me siento idiota.

—No lo hagas. No es culpa tuya.

De pronto estaba agotada, y también enfadada consigo misma. Apuró la copa.

—Será mejor que me vaya.

—No, todavía no. No te he contado lo que pienso del asesinato. Lo de Conrad. Por eso estás aquí, ¿o no?

—¿Y bien?

Fred le lanzó una furtiva mirada de soslayo.

—Creo que se han equivocado de hombre.

—¿Ah, sí? ¿Y qué te hace pensar eso?

—Conozco a Conrad. Sé quién es, y no es un asesino.

Mariana asintió.

—Zoe piensa lo mismo, pero la policía cree que sí.

—Bueno, he estado dándole vueltas y me he medio propuesto averiguar quién fue. Es como resolver un acertijo. Esas cosas se me dan bien —le sonrió—. ¿Qué me dices?

—¿Qué te digo de qué?

—Tú y yo —insistió Fred, sonriendo una vez más—. ¿Formamos equipo? ¿Lo resolvemos juntos?

Mariana lo sopesó un instante. Sin duda le iría bien su ayuda, así que vaciló... Pero sabía que lo lamentaría. Negó con un gesto.

—Me parece que no, pero gracias.

—Bueno, avísame si cambias de opinión —Fred sacó un bolígrafo del bolsillo, garabateó su número de teléfono en la parte de atrás de un posavasos y se lo entregó—. Toma. Si necesitas algo, cualquier cosa, llámame.

—Gracias... Aunque no me quedaré mucho más.

—Siempre dices eso, pero aquí estás aún —volvió a ofrecerle una de sus sonrisas—. Tengo un buen presentimiento contigo, Mariana. Un pálpito. Creo mucho en los pálpitos.

Cuando salieron del pub, Fred seguía charlando animadamente.

—Tú eres griega, ¿verdad?

—Sí —Mariana asintió—. Crecí en Atenas.

—Ah, Atenas es una ciudad genial. Grecia me encanta. ¿Has estado en muchas islas?

—En unas cuantas.

—¿Y en Naxos?

Mariana se quedó paralizada. Se detuvo en medio de la calle. De pronto era incapaz de mirarlo.

—¿Qué? —susurró.

—¿Naxos? Fui allí el año pasado. Soy muy buen nadador... Bueno, sobre todo buceo, y aquello es fantástico para bucear. ¿Has estado? De verdad que deberías...

—Tengo que irme.

Mariana dio media vuelta antes de que Fred pudiera verle las lágrimas en los ojos y siguió andando sin mirar atrás.

—Oh... —le oyó decir. Parecía un poco extrañado—. Bueno, vale. Ya nos veremos...

Mariana no contestó. «Es solo una coincidencia —pensó—. No significa nada. Olvídalo, no es nada. Nada».

Intentó borrar de su memoria la mención de la isla y siguió su camino.

15.

Tras dejar a Fred, Mariana se apresuró a regresar al colegio.

Había empezado a refrescar por las noches, por lo que notaba un poco de frío. La niebla se estaba extendiendo sobre el río; algo más adelante, la calle desaparecía en una bruma vaporosa que pendía sobre el suelo como un humo denso.

No tardó en darse cuenta de que alguien la seguía.

Llevaba oyendo tras ella unos pasos desde que había salido de The Eagle. Eran unas pisadas contundentes, de hombre. Unas botas fuertes y de suela dura que golpeaban los adoquines repetidamente y resonaban por la calle desierta... a poca distancia. No sabría decir cómo de cerca se encontraban, salvo que se diera la vuelta. Reunió todo su valor y miró atrás.

Allí no había nadie, o al menos hasta donde alcanzaba a ver, que no era mucho. El banco de niebla envolvía toda la calle y se la tragaba.

Mariana siguió andando y dobló una esquina.

Pocos segundos después, los pasos la siguieron.

Aceleró, y los pasos con ella.

Se volvió de nuevo a mirar... y en esta ocasión sí vio algo.

La sombra de un hombre, no muy lejos. Caminaba apartado de las farolas, arrimado a la pared para mantenerse en la oscuridad.

Ella sintió que se le aceleraba el pulso. Buscó una vía de escape y entonces reparó en un hombre y una mujer que paseaban agarrados del brazo en la acera de enfrente. Bajó enseguida el bordillo y cruzó la calle hacia ellos. Sin embargo, justo al llegar al otro lado, la pareja subió los escalones de un portal. Abrieron la puerta y desaparecieron dentro.

Mariana siguió andando, atenta por si oía más pasos, y al mirar de nuevo hacia atrás, ahí estaba: un hombre vestido con ropa oscura. Su rostro quedaba en sombra, pero en ese momento cruzó la calle neblinosa hacia ella.

Mariana vio un estrecho callejón a su izquierda, tomó una decisión precipitada y se metió por él. Sin darse la vuelta siquiera, echó a correr.

Avanzó a la carrera por el callejón y de pronto se encontró en la orilla del río. Tenía el puente de madera justo delante, así que no se detuvo y cruzó sobre el agua a toda velocidad hasta llegar al otro lado.

Allí, junto al agua y sin farolas que iluminaran la noche, la oscuridad era casi impenetrable. También la niebla parecía más densa; Mariana la sentía gélida y húmeda sobre la piel, y olía a frío, como la nieve.

Apartó con cuidado las ramas de un árbol y lo rodeó para esconderse tras él. Se agarró al tronco, cuya corteza notó lisa y mojada, e intentó estar lo más callada e inmóvil posible. Incluso trató de controlar la respiración para no hacer ningún ruido.

Y se dispuso a observar, a la espera.

Ahí estaba. Pocos segundos después, lo vio —a él o a su sombra— cruzar el puente y deslizarse hasta la orilla.

Entonces lo perdió de vista, aunque aún oía sus pasos, esta vez sobre terreno blando, sobre la tierra, merodeando por allí cerca, a pocos metros de ella.

Y después, silencio. Absoluto. Mariana contuvo el aliento.

¿Dónde estaba? ¿Adónde había ido?

Esperó lo que le pareció una eternidad, solo para asegurarse. ¿De verdad se había marchado? Eso parecía.

Salió con cautela de detrás del árbol y tardó un momento en orientarse, hasta que se dio cuenta de dónde estaba: tenía el río ahí mismo, delante de ella, brillando en la oscuridad. Lo único que debía hacer era seguirlo.

Corrió a lo largo de la orilla hasta llegar a la entrada trasera del Saint Christopher's. Una vez allí, cruzó el puente de piedra y subió la pendiente hasta la gran puerta de madera que se abría en el muro de ladrillo.

Alargó la mano y agarró el frío aro de latón para tirar de él, pero la puerta no se movió. Estaba cerrada con llave.

Dudó un instante sin saber muy bien qué hacer, y entonces... oyó unos pasos.

Los mismos pasos apresurados. El mismo hombre.

Y estaba acercándose.

Mariana miró alrededor, pero no era capaz de ver nada. Solo bancos de niebla que desaparecían en la oscuridad.

Sin embargo, oía perfectamente cómo se acercaba aquel hombre, cómo cruzaba el puente en su dirección.

Volvió a probar suerte con la puerta, pero no había forma de que cediera. Estaba atrapada. Sintió que el pánico se apoderaba de ella.

—¿Quién anda ahí? —preguntó a la oscuridad—. ¿Quién es?

No hubo respuesta. Solo esos pasos, cada vez más cerca.

Mariana abrió la boca para gritar...

Y entonces, de repente, algo más a la izquierda se oyó un chirrido y en la pared se abrió una puertecita. Quedaba medio oculta por un arbusto y Mariana no había reparado en ella. Apenas llegaba a un tercio de la principal, y era de madera normal y corriente y sin barnizar. El haz de una linterna se proyectó desde allí a la oscuridad, le iluminó la cara y la cegó.

—¿Va todo bien, señorita?

Reconoció al instante la voz de Morris y se sintió salvada. El hombre le apartó la linterna de los ojos y entonces Mariana lo vio enderezarse después de haber tenido que agacharse para cruzar el bajo dintel. Morris llevaba un sobretodo negro y guantes, negros también. La escrutó con la mirada.

—¿Se encuentra usted bien? —insistió—. Estaba haciendo la ronda. La puerta de atrás se cierra con llave a las diez en punto, debería saberlo ya.

—Lo había olvidado. Sí, estoy bien.

El hombre iluminó la zona del puente con la linterna. La mirada de Mariana siguió la luz con cierta angustia, pero allí no había ni rastro de nadie.

Aguzó el oído. Silencio. Ningún paso.

Su perseguidor se había marchado.

—¿Podría dejarme entrar? —pidió, mirando de nuevo a Morris.

—Faltaría más. Pase por aquí —le señaló la pequeña puerta que quedaba tras él—. Suelo usarla para atajar. Siga por el pasillo y saldrá al Patio Mayor.

—Gracias —dijo Mariana—. Se lo agradezco mucho.

—No hay de qué, señorita.

Mariana pasó a su lado de camino a la puerta. Agachó la cabeza y se encorvó un poco para entrar. El antiquísimo pasadizo de ladrillo estaba muy oscuro y olía a humedad. La puerta se cerró tras ella, y oyó cómo Morris echaba la llave.

Fue avanzando con cuidado, sin dejar de pensar en lo que acababa de ocurrir. Dudó un momento, ¿de verdad la había seguido alguien? En tal caso, ¿quién? ¿O solo estaba comportándose como una paranoica?

Sea como fuere, menudo alivio encontrarse de vuelta en el Saint Christopher's.

Desembocó en otro pasillo, con paredes revestidas de madera de roble, que formaba parte del edificio de la cantina, en el Patio Mayor. Estaba a punto de salir por la puerta principal cuando se le ocurrió mirar atrás. Y se detuvo.

Una serie de retratos flanqueaban el pasillo en penumbra. Al final del todo, vio uno que le llamó la atención. Ocupaba una pared él solo, y Mariana se lo quedó mirando. Conocía ese rostro.

Parpadeó varias veces porque no estaba segura de verlo bien; se acercó despacio, como una mujer en trance.

Llegó frente a él y se detuvo, con los ojos al mismo nivel que los del cuadro. Lo estudió con detenimiento. Sí, era él.

Era Tennyson.

Pero no el Tennyson anciano, con pelo blanco y barba larga, que aparecía en otros retratos que Mariana había visto. Aquel era Alfred Tennyson de joven. Casi un adolescente, en realidad.

No podía tener más de veintinueve años cuando lo pintaron, y parecía más joven aún, pero no cabía duda de que era él.

Tenía uno de los rostros más apuestos que Mariana había visto jamás. Al contemplarlo tan de cerca, su belleza la dejó sin respiración. Esa mandíbula marcada y angulosa, los labios sensuales, el pelo oscuro y alborotado, largo hasta los hombros. Por un instante le recordó a Edward Fosca, pero enseguida desterró esa idea de su mente. Para empezar, tenían los ojos muy diferentes. Los de Fosca eran oscuros, y los de Tennyson, de un azul claro, un azul acuoso.

Hallam debía de llevar muerto unos siete años cuando pintaron ese retrato; eso quería decir que a Tennyson le quedaba más de una década por delante antes de lograr completar *In Memoriam*. Otros diez años de duelo.

Y aun así... aquel no era un rostro transido de desesperación. Resultaba sorprendente la poca emoción que dejaba entrever su gesto, si es que revelaba alguna. No había tristeza, ni rastro de melancolía. Solo quietud y una belleza glacial. Pero poco más.

¿Por qué?

Mientras estudiaba el cuadro con atención, Mariana se dijo que era como si Tennyson estuviera mirando algo, algo que no estaba muy lejos.

Sí, daba la impresión de que sus ojos azul claro contemplaban algo que quedaba justo fuera del cuadro, a un lado, detrás de la cabeza de Mariana.

¿Qué estaba mirando?

Dio media vuelta, sintiéndose bastante decepcionada, como si Tennyson la hubiera defraudado personalmente. No sabía qué había esperado encontrar en sus ojos. ¿Tal vez algo de consuelo? Solaz, o fuerza. Incluso habría preferido ver su congoja.

Pero no... nada.

Intentó olvidar el retrato y regresó a toda prisa a su habitación.

Algo le esperaba ante la puerta.

Un sobre negro, en el suelo.

Mariana lo recogió y lo abrió. Dentro halló una nota doblada por la mitad, y la desplegó para leerla.

Era un mensaje escrito a mano en tinta negra y con una letra inclinada y elegante:

Querida Mariana:

Espero que se encuentre bien. Me preguntaba si le gustaría reunirse conmigo mañana para charlar un rato. ¿Qué le parece a las diez en el Jardín de los Académicos?

Atentamente,

Edward Fosca

16.

Si hubiera nacido en la Grecia antigua, numerosos augurios y malos presagios habrían predicho el desastre de mi nacimiento. Eclipses, cometas llameantes y señales aciagas...

En realidad, no hubo nada. De hecho, mi llegada al mundo se caracterizó por la ausencia de acontecimiento alguno. Mi padre, el hombre que torcería mi vida y me convertiría en este monstruo, ni siquiera estuvo presente. Estaba jugando una partida de cartas con varios jornaleros de la granja, fumando puros y bebiendo whisky toda la noche.

Si entorno los ojos e intento imaginar a mi madre, casi logro verla, borrosa y desenfocada; mi hermosa madre, apenas una niña de diecinueve años, en una habitación individual de un hospital. Oye el rumor de las enfermeras hablando y riendo al final del pasillo. Está sola, pero eso no le preocupa. Es en la soledad donde halla cierto grado de paz, donde puede pensar por sí misma sin miedo a que la ataquen. Está impaciente por tener a su bebé, y se da cuenta de que es porque los bebés no hablan.

Sabe que su marido quiere un hijo, pero ella reza en secreto por tener una niña. Si es un chico, se convertirá en un hombre.

Y los hombres no son de fiar.

Siente alivio cuando se reinician las contracciones. Son una distracción que le impide pensar. Prefiere concentrarse en lo físico: respirar, contar... Sentir ese dolor punzante que elimina todo pensamiento de su mente, como si borrara trazos de tiza de una pizarra. Entonces se entrega a la agonía y se pierde...

Hasta que, al alba, nací yo.

Para consternación de mi madre, no fui una niña. Cuando mi padre se enteró de la noticia, cuando supo que había tenido un hijo, se sintió eufórico. Los granjeros, como los reyes, necesitan hijos varones. Yo era su primogénito.

Preparado para celebrar mi nacimiento, llegó al hospital con una botella de un vino espumoso barato.

Pero ¿acaso era una celebración?

¿O una catástrofe?

¿Estaba mi destino decidido ya entonces? ¿Era demasiado tarde? ¿Tendrían que haberme asfixiado al nacer? ¿Haberme abandonado a mi suerte en una ladera para que muriese?

Sé lo que diría mi madre si pudiera leer esto: que busco un culpable, que quiero descargarme de responsabilidad. Se exasperaría.

«Nadie es responsable —diría—. No glorifiques los acontecimientos de tu vida ni intentes encontrarles un sentido. No lo tienen. La vida no tiene sentido. Y tampoco la muerte».

Pero no siempre pensó así.

Mi madre tenía más de un rostro. Una vez fue otra persona, alguien que prensaba flores y subrayaba versos; un pasado secreto que encontré escondido en una caja de zapatos al fondo de un armario. Viejas fotos, flores secas, poemas de amor con faltas de ortografía que mi padre le había escrito a mi madre cuando eran novios. Pero mi padre enseguida dejó de escribirle poesía, y mi madre de leerla.

Se casó con un hombre al que apenas conocía, y él se la llevó lejos de toda su gente. Se la llevó a un mundo de incomodidades, de madrugones gélidos y un trabajo extenuante de la mañana a la noche: pesar las ovejas, esquilarlas, alimentarlas. Una y otra vez. Una y otra vez.

También había momentos mágicos, claro está. Como la época de nacimiento de los corderos, cuando esos animalillos inocentes aparecían como pequeñas setas blancas. Esa era la mejor parte.

Solo que ella nunca se permitió encariñarse con los corderos. Aprendió a no hacerlo.

Lo peor de todo era la muerte. Una muerte constante que nunca acababa, y todos los procesos que llevaba asociados: marcar a los animales que había que sacrificar, los que no ganaban suficiente peso o los que ganaban demasiado, los que no se preñaban. Y luego aparecía el carnicero con ese horrible mandil manchado de sangre. Mi padre andaba siempre por allí cerca, ansioso por ayudar. Disfrutaba con el sacrificio. Parecía darle placer.

Mi madre, en cambio, corría a esconderse hasta que terminaba. Se llevaba una botella de vodka al baño y se metía en la ducha, donde creía que nadie oiría sus lágrimas. Yo me iba al rincón más apartado de la granja, tan lejos como podía. Me tapaba las orejas, pero aun así oía los chillidos.

Cuando regresaba a la casa, el hedor a muerte lo invadía todo. Cuerpos abiertos en canal en el cobertizo que quedaba más cerca de la cocina, y las acequias por donde corrían ríos de sangre roja. Apestaba a carne mientras la pesaban y la empaquetaban en nuestra cocina. En la mesa quedaban pegados trozos de sangre cuajada, en todas las superficies se acumulaban charcos que unas moscas gordas sobrevolaban en círculos.

Las partes desechadas de los animales —vísceras, entrañas y otros despojos— las enterraba mi padre. Las lanzaba a un hoyo que había en la parte de atrás.

Yo siempre evitaba ese hoyo. Me aterrorizaba. Mi padre me amenazaba con enterrarme vivo ahí dentro si desobedecía o me portaba mal... o revelaba sus secretos.

«Nadie te encontrará jamás —me decía—. Nadie lo sabrá nunca».

Solía imaginarme que me enterraba vivo en el hoyo, entre todos esos cadáveres putrefactos, llenos de gusanos y otros bichos grises que se retorcían mientras devoraban la carne podrida... Y me estremecía de miedo.

Todavía ahora me estremezco al pensarlo.

17.

A las diez de la mañana siguiente, Mariana acudió a su cita con Fosca.

Llegó al Jardín de los Académicos cuando el reloj de la capilla daba las diez. El profesor ya estaba allí. Se había puesto una camisa blanca con el cuello sin abotonar y una americana de pana gris oscuro. Llevaba el pelo suelto, y le caía sobre los hombros.

—Buenos días —saludó—. Me alegro de verla. No estaba seguro de que fuera a venir.

—Aquí me tiene.

—Y muy puntual. Me pregunto qué dice eso de usted, Mariana —sonrió.

Ella no le devolvió la sonrisa. Estaba decidida a desvelar lo menos posible.

Fosca abrió la puerta de madera del jardín y señaló al interior.

—¿Entramos?

Mariana lo siguió. El Jardín de los Académicos era de uso exclusivo para los profesores y sus invitados, los estudiantes tenían prohibida la entrada. Mariana no recordaba haberlo visitado jamás.

De inmediato le sorprendió la paz que se respiraba allí dentro, la belleza que había. Se trataba de un jardín hundido, de estilo Tudor, rodeado por una vieja tapia de ladrillos irregulares. Las flores rojo sangre de la valeriana brotaban de entre los ladrillos, se metían por los resquicios e iban agrietando lentamente la pared. Alrededor de todo el perímetro crecían plantas de innumerables colores: azules, rosas y rojos encarnizados.

—Es precioso —dijo Mariana.

Fosca asintió.

—Sí que lo es. Vengo a menudo.

Echaron a andar por el sendero mientras el profesor comentaba la belleza del jardín y de Cambridge en general.

—Esto tiene una especie de magia. Usted también lo percibe, ¿verdad? —la miró un instante—. Estoy convencido de que lo sintió desde el principio, igual que yo. Me la imagino, siendo aún estudiante, nada más desembarcar, recién llegada a este país, como yo, recién llegada a esta vida. Ingenua, sola... ¿Me equivoco?

—¿Habla de mí o de usted?

Fosca sonrió.

—Sospecho que ambos vivimos experiencias muy similares.

—Lo dudo mucho.

El profesor le lanzó una mirada. La observó un instante y pareció que iba a decir algo... pero cambió de opinión. Siguieron andando en silencio.

—Está usted muy callada —comentó Fosca al cabo—. No es lo que esperaba.

—¿Y qué esperaba?

Él se encogió de hombros.

—No lo sé. Un interrogatorio.

—¿Interrogatorio?

—Una entrevista, si lo prefiere —le ofreció un cigarrillo.

Ella lo rechazó.

—No fumo.

—Nadie fuma ya... salvo yo. He intentado dejarlo, pero no lo consigo. No tengo control sobre mis impulsos.

Se llevó el cigarrillo a los labios. Era de una marca estadounidense, con un filtro blanco en el extremo. Prendió una cerilla, se lo encendió y luego expulsó una larga cinta de humo. Mariana contempló la danza vaporosa que desapareció en el aire.

—Le he pedido que nos viéramos aquí —dijo Fosca— porque me da la sensación de que deberíamos hablar. Me he enterado de que tiene cierto interés en mí. Les hace toda clase de preguntas a mis estudiantes... Por cierto —añadió—, se lo he consultado al decano. Que él sepa, no le ha pedido a usted que hable con los alumnos, ni de manera informal ni de ninguna otra. Así que la pregunta, Mariana, es qué demonios se trae usted entre manos.

Mariana se volvió hacia él y se encontró con aquellos ojos penetrantes clavados en ella, tratando de adivinar sus pensamientos.

Eludió esa mirada.

—Siento curiosidad, nada más...

—¿Sobre mí en concreto?

—Sobre las Doncellas.

—¿Las Doncellas? —Fosca parecía sorprendido—. ¿Y por qué?

—Me resulta extraño eso de tener un grupo especial de alumnas. Seguro que solo fomenta rivalidades y resentimientos entre los demás, ¿no?

El profesor sonrió y dio una calada al cigarrillo.

—Es terapeuta de grupo, ¿verdad? Así que usted más que nadie debería saber que los grupos pequeños proporcionan un entorno perfecto para que las mentes excepcionales florezcan... Eso es lo que hago: crear ese espacio.

—Un refugio... ¿para mentes excepcionales?

—Bien expuesto.

—Mentes femeninas.

Fosca parpadeó y le dirigió una mirada fría.

—Las mentes más inteligentes suelen ser femeninas... ¿Tan difícil de aceptar es eso? No hay nada sórdido. Soy un académico aburrido con una asignación generosa de alcohol, nada más. Si de alguien se aprovechan aquí, es de mí.

—¿Quién ha dicho nada de aprovecharse?

—No se ande con medias tintas, Mariana. Me doy cuenta de que me ha encasillado en el papel del malo: un depredador que caza a sus alumnas vulnerables. Solo que ya ha conocido a esas jóvenes y ha visto que no tienen nada de vulnerables. En nuestras reuniones no ocurre nada indebido, solo somos un pequeño grupo de estudio que debate sobre poesía, disfruta de un vino y del intercambio intelectual.

—Pero ahora una de esas jóvenes está muerta.

El profesor Fosca frunció el ceño y en sus ojos apareció un inconfundible destello de ira. La fulminó con la mirada.

—¿Cree que es capaz de ver el interior de mi alma?

Mariana volvió la vista, incomodada por la pregunta.

—No, claro que no. No me refería a...

—Olvídelo —le dio otra calada al cigarrillo. Toda la ira parecía haberse esfumado—. La palabra «psicoterapeuta», como sabrá, viene del griego. *Psyche* significa «alma», y *therapeia,* «sanación». ¿Es usted una sanadora de almas? ¿Querrá sanar la mía?

—No. Eso solo puede hacerlo usted.

Fosca tiró el cigarrillo al camino y lo hundió en la tierra con el pie.

—Está empeñada en que le caiga mal, y no sé por qué.

Mariana se sintió contrariada al comprobar que ella tampoco lo sabía.

—¿Volvemos?

Dieron media vuelta y pasearon hacia la salida. Fosca no dejaba de mirarla.

—Me intriga usted —dijo—. No hago más que preguntarme qué estará pensando.

—No pienso nada. Más bien estoy... escuchando.

Y así era. Tal vez Mariana no fuese detective, pero sí psicóloga, y sabía escuchar. Captar no solo lo que se decía, sino también todo lo tácito, las palabras no pronunciadas —las mentiras, las evasivas, las proyecciones, las transferencias y demás fenómenos psicológicos que se daban entre dos personas—, y eso requería de un tipo especial de escucha. Mariana debía estar atenta a los sentimientos que Fosca le comunicaba a un nivel inconsciente. En un contexto terapéutico, esos sentimientos se llamaban «transferencia» y le dirían todo lo que necesitaba saber sobre ese hombre: quién era... y qué ocultaba. Siempre que consiguiera mantener sus propias emociones al margen, por supuesto. Lo cual no era fácil. Intentó prestar atención a su cuerpo mientras caminaban, y sintió una tensión creciente. La mandíbula rígida, los dientes apretados. Notaba un ardor en el estómago, un hormigueo en la piel... que asociaba a la ira.

Pero ¿de quién procedía esa ira? ¿De ella?

No, de él.

La ira de Fosca. Sí, la percibía. Él se había quedado callado mientras andaban, pero bajo ese silencio hervía la rabia. El profesor no quería reconocerla como propia, desde luego, pero allí estaba, borboteando bajo la superficie: por algún motivo, durante ese encuentro Mariana lo había enfurecido. Se había mostrado impredecible, impenetrable, no le había puesto las cosas fáciles, y eso había desencadenado la ira del hombre. «Si puede enfadarse tanto tan deprisa, ¿qué pasará si lo provoco de verdad?», pensó de repente.

No estaba segura de querer averiguarlo.

Al llegar a la puerta, Fosca se detuvo. Se dio la vuelta hacia ella como sopesando algo y entonces tomó una decisión:

—Me preguntaba si le apetecería continuar esta conversación... ¿con una cena? ¿Qué le parece mañana por la noche?

Se la quedó mirando mientras esperaba una respuesta. Mariana le devolvió la mirada sin pestañear.

—De acuerdo —accedió.

Fosca sonrió.

—Bien... En mis dependencias, ¿a las ocho? Y una cosa más...

Antes de que Mariana pudiera impedírselo, se inclinó hacia ella... y la besó en los labios.

Fue solo un segundo. Para cuando Mariana fue capaz de reaccionar, él ya se había apartado.

Fosca giró sobre sus talones y salió por la puerta abierta. Mariana lo oyó silbar al alejarse.

Se borró el beso con el puño.

«¿Cómo se atreve?»

Se sentía agredida, atacada; tenía la sensación de que, de algún modo, él había ganado porque había logrado sorprenderla con la guardia bajada e intimidarla.

Mientras seguía allí inmóvil, recorrida de escalofríos bajo el sol de la mañana e hirviendo de rabia a la vez, tuvo una cosa muy clara.

Esa vez, la ira que sentía no era la de aquel hombre.

Era la suya.

Y de nadie más.

18.

Tras dejar a Fosca, Mariana sacó el posavasos que le había dado Fred. Marcó su número y le preguntó si estaba libre y podían verse.

Veinte minutos después, se encontró con él en la puerta principal del Saint Christopher's y esperó mientras encadenaba la bicicleta a la reja. El joven metió la mano en su bolsa y sacó un par de manzanas rojas.

—Esto va a ser un desayuno. ¿Quieres una?

Le ofreció una pieza de fruta, y ella iba a rechazarla automáticamente cuando se dio cuenta de que tenía hambre, así que asintió.

Fred pareció alegrarse. Escogió la mejor de las dos, la abrillantó contra su manga y se la dio.

—Gracias —Mariana se llevó la manzana a la boca y le dio un mordisco. Estaba crujiente y dulce.

Él sonrió y empezó a hablar entre mordisco y mordisco.

—Me ha alegrado que llamaras. Anoche... te fuiste de una forma un poco precipitada. Pensaba que te habías enfadado conmigo por algo.

Mariana se encogió de hombros.

—No fuiste tú. Fue... Naxos.

—¿Naxos? —Fred la miró con atención, desconcertado.

—Es... donde murió mi marido. Se ahogó allí.

—Ay, madre —el chico abrió mucho los ojos—. Dios mío, lo siento muchísimo...

—¿No lo sabías?

—¿Cómo iba a saberlo? Claro que no.

—¿O sea, que solo fue una coincidencia?

Mariana observó su reacción.

—Bueno, ya te lo dije. Soy un poco vidente, así que a lo mejor presentí algo... y por eso me vino Naxos a la cabeza.

Mariana frunció el ceño.
—Lo siento, eso no me lo creo.
—Pues es la verdad.
Se produjo un silencio incómodo. Después, Fred volvió a hablar deprisa:
—Oye, mira, lo siento si herí tus sentimientos...
—No lo hiciste, de veras. No importa, olvídalo.
—¿Por eso me has llamado? ¿Para decirme esto?
Mariana negó con la cabeza.
—No.
No estaba muy segura de por qué lo había llamado. Probablemente había sido un error. Se había dicho que necesitaba la ayuda de Fred, aunque eso no era más que una excusa; quizá solo se sentía sola, y molesta por su encuentro con Fosca. Se enfadó un poco consigo misma por haber recurrido a él, pero ya era demasiado tarde, porque ahí lo tenía. Ya que estaban, lo mejor sería aprovechar la situación.
—Ven —dijo—. Quiero enseñarte una cosa.
Entraron en el colegio y cruzaron el Patio Mayor para luego atravesar el arco que llevaba a Eros Court.
Al llegar a ese segundo patio, Mariana levantó la vista hacia la habitación de Zoe. Su sobrina no estaba allí, tenía clase con Clarissa. Era muy consciente de que no le había contado nada sobre Fred porque no sabía muy bien cómo explicarle sus encuentros con él a su sobrina. Ni a sí misma, en realidad.
Cuando se acercaron a la escalera de Tara, Mariana señaló la ventana de la planta baja con la cabeza.
—Esa es la habitación de Tara. La noche que murió, su camarera la vio salir de ahí a las ocho menos cuarto en punto.
Fred hizo un ademán en dirección a la puerta trasera de Eros Court, que se abría a los Backs.
—¿Y se fue por ahí?
—No —Mariana señaló en la dirección contraria, de nuevo hacia el arco—. Cruzó el Patio Mayor.
—Hmmm. Qué extraño... La puerta trasera da al río, la forma más rápida de llegar a Paradise.
—Lo cual hace pensar... que se dirigía a otra parte.
—¿A verse con Conrad, como dijo él?

—Es posible —Mariana lo pensó un momento—. Hay algo más: Morris, el bedel, vio que Tara salía por la puerta principal a las ocho. Así que si salió de su habitación a menos cuarto...

Dejó la duda pendiendo en el aire, y Fred terminó su frase:

—... ¿cómo es que tardó quince minutos en recorrer una distancia que no lleva más de uno, dos a lo sumo? Ya. Bueno, pudo ser cualquier cosa. Quizá se detuvo a enviar un mensaje de texto a alguien, o se encontró con una amiga, o...

Mientras el joven hablaba, Mariana miró el parterre de flores que había bajo la ventana de Tara: unas matas de dedalera de color lila y rosa.

Y allí, en la tierra, vio una colilla. Se agachó a recogerla. Tenía un filtro blanco muy característico.

—Es de una marca estadounidense —dijo Fred.

Mariana asintió con un gesto.

—Sí, como los que fuma el profesor Fosca.

—¿Fosca? —repitió Fred en voz baja—. He oído hablar de él. Tengo amigos en este colegio, ya me he enterado del asunto.

Ella le dirigió una mirada extrañada.

—¿Qué asunto? ¿De qué estás hablando?

—Cambridge es una ciudad pequeña. La gente habla.

—¿Y qué dice?

—Ese Fosca tiene fama... Mala fama, en realidad. Sus fiestas, por lo menos.

—¿Qué fiestas? ¿Qué sabes?

Fred hizo un gesto ambiguo.

—No mucho. Son solo para sus estudiantes. Pero, no sé, he oído por ahí que son bastante salvajes —la observó de cerca, intentando adivinar qué pensaba—. ¿Crees que él tuvo algo que ver? ¿En el asesinato de Tara?

Mariana lo sopesó un momento y acabó rindiéndose:

—Mira, te lo cuento.

Dieron una vuelta al patio mientras ella le hablaba de las acusaciones de Tara contra Fosca, y que, a pesar de que este lo había negado todo y contaba con una coartada, ella era incapaz de olvidarse del asunto. Esperaba que Fred se riera de ella o se burlara, o como mínimo que no la creyera, pero no fue así. Cosa que Mariana le agradeció. Descubrió que le estaba tomando cariño y, por primera vez, se sintió menos sola.

—A menos que Veronica, Serena y las demás mientan —dijo para terminar—, Fosca estuvo todo el rato con ellas. Salvo por ese par de minutos, cuando salió a fumar un cigarrillo.

—Tiempo más que suficiente —opinó Fred—, en el caso de que hubiera visto a Tara por la ventana, para bajar y abordarla aquí, en el patio.

—¿Y quedar con ella en Paradise a las diez?

—Exacto. ¿Por qué no?

Mariana se encogió de hombros.

—Aun así, no pudo ser él. Si a Tara la mataron a las diez, no le dio tiempo a llegar. Se tardan por lo menos veinte minutos de aquí a Paradise, y en coche quizá más...

Fred reflexionó.

—A menos que fuera por el río.

Mariana lo miró sin entender.

—¿Cómo?

—Puede que usara una batea.

—¿Una batea? —casi se echó a reír de lo absurdo que parecía.

—¿Por qué no? Nadie vigila el río. Nadie se fijaría en una batea, y menos aún de noche. Podría haber llegado y marcharse después sin ser visto... en cuestión de minutos.

Mariana recapacitó.

—Tal vez tengas razón.

—¿Sabes manejar una batea?

—No mucho.

—Yo sí —Fred sonrió de oreja a oreja—. Resulta que soy bastante bueno, aunque esté mal que yo lo diga... ¿Qué te parece?

—¿Qué me parece el qué?

—Que vayamos al cobertizo de las barcas, cojamos una batea y lo comprobemos. ¿Por qué no?

Mariana iba a responder cuando le sonó el teléfono. Era Zoe. Contestó al instante.

—¿Zoe? ¿Va todo bien?

—¿Dónde estás? —el tono apremiante y angustiado de su sobrina le dijo a Mariana que algo iba mal.

—En el colegio. ¿Y tú?

—Con Clarissa. La policía acaba de estar aquí...

—¿Por qué? ¿Qué ha ocurrido?

Silencio. Mariana oyó cómo su sobrina se esforzaba por no llorar. Contestó en un tenue susurro:

—Ha vuelto a pasar.

—¿A... a qué te refieres?

Mariana lo sabía muy bien, pero de todos modos necesitaba oírselo decir.

—Otro apuñalamiento. Han encontrado otro cadáver.

Tercera parte

La trama perfecta, por consiguiente, debe contar con un único tema y no (como sostienen algunos) con uno doble; el cambio en la suerte del héroe no debe ser de la desdicha a la dicha, sino al contrario, de la dicha a la desdicha, y su causa no debe residir en ninguna maldad, sino en un grave error por su parte.

ARISTÓTELES, *Poética*

1.

Habían encontrado el cadáver en un campo, al borde de Paradise, unas tierras comunales del medievo sobre las que los agricultores tenían antiguos derechos de pastoreo. Un granjero había sacado sus vacas a pastar esa mañana y había hecho el macabro descubrimiento.

Mariana estaba nerviosa, quería llegar lo antes posible. A pesar de las protestas enérgicas de Zoe, se negó a permitirle que la acompañara. Estaba resuelta a ahorrar a su sobrina todos los disgustos que pudiera evitarle, y aquello iba a ser muy desagradable.

Decidió llevarse a Fred en su lugar, quien utilizó el GPS del móvil para guiarse hasta allí.

Mientras caminaban por la orilla del río, dejando atrás colegios y prados, Mariana aspiraba el olor de la hierba, la tierra y los árboles, y se vio transportada de vuelta a ese primer otoño de hacía tantos años, cuando llegó a Inglaterra y cambió el calor húmedo de Grecia por los cielos de color carbón y la hierba mojada de Anglia Oriental.

Desde entonces, la campiña inglesa siempre le provocaba la misma honda emoción... Hasta ese día. Ese día, un miedo nauseabundo había sustituido el entusiasmo de antaño. Los campos y praderas que amaba, los senderos que había recorrido con Sebastian, estaban mancillados para siempre. Ya no eran sinónimo de amor y felicidad, a partir de entonces solo significarían sangre y muerte.

Prosiguieron en silencio durante casi todo el camino hasta que, al cabo de unos veinte minutos, Fred señaló al frente.

—Ahí está.

Delante de ellos se extendía un prado en cuya entrada se divisaba una hilera de vehículos —coches de policía, furgonetas de servicios informativos— aparcados unos detrás de otros a lo largo del camino de tierra. Mariana y Fred pasaron junto a ellos y llegaron al cordón policial, donde varios agentes trataban de mantener a la prensa a raya. También se había congregado una pequeña multitud de curiosos.

Mariana les echó un vistazo y pensó de pronto en el grupito de morbosos que se había reunido en la playa para ver cómo arrastraban el cadáver de Sebastian fuera del agua. Recordó aquellas caras, aquellas expresiones de preocupación que disimulaban una curiosidad malsana. Cómo los había odiado... Acababa de toparse con aquellas mismas expresiones, y sintió que se le revolvía el estómago.

—Venga —dijo—. Vamos.

Sin embargo, Fred no se movió. Parecía indeciso.

—¿Adónde?

Mariana indicó al otro lado del cordón policial.

—Allí.

—¿Cómo vamos a entrar? Nos verán.

Ella echó un vistazo a su alrededor.

—¿Y si te acercas y los distraes, a ver si puedo colarme?

—Claro. No hay problema.

—¿No te importa quedarte aquí?

Fred negó con la cabeza y evitó mirarla a los ojos.

—Si te soy sincero, la sangre..., los cadáveres y esas cosas me dan un poco de aprensión. Prefiero esperar.

—Vale. No tardaré.

—Buena suerte.

—Lo mismo digo.

Fred se tomó un momento para templar los nervios y luego se aproximó a los agentes de policía. Mariana aprovechó la oportunidad cuando vio que empezaba a hablar con ellos y a hacerles preguntas.

Se acercó al cordón, lo alzó y se agachó para pasar por debajo.

Se irguió y siguió adelante, pero solo había dado unos pocos pasos cuando oyó que alguien le llamaba la atención.

—¡Eh! ¿Qué está haciendo?

Mariana se dio la vuelta: un agente de policía corría hacia ella.

—Alto ahí. ¿Quién es usted?

Antes de que pudiera responder, Julian los interrumpió. Salió de una tienda forense y le hizo señas al agente.

—No pasa nada. Viene conmigo. Es una colega.

El agente la miró con desconfianza, pero se hizo a un lado. Mariana lo vio marcharse y se giró hacia Julian.

—Gracias.

Este sonrió.

—No te rindes con facilidad, ¿eh? Eso me gusta. Recemos para no toparnos con el inspector —le guiñó un ojo—. ¿Quieres echar un vistazo? El forense es un viejo amigo.

Se acercaron a la tienda. El forense estaba delante de ella, mandando un mensaje de texto. Tendría unos cuarenta años, alto, completamente calvo y con unos penetrantes ojos azules.

—Kuba —lo llamó Julian—, he traído a una colega, espero que no te importe.

—En absoluto —Kuba se volvió hacia ella. Tenía un leve acento polaco—. Se lo advierto, no es agradable de ver. Peor que la vez anterior.

Les hizo una seña, indicando la parte trasera de la tienda con la mano enguantada. Mariana inspiró hondo y la rodeó.

Y allí estaba.

Era lo más espantoso que había visto nunca. Apenas se atrevía a mirar. No parecía real.

El cuerpo de una joven, o lo que quedaba de ella, estaba tendido en la hierba. La habían apuñalado en el torso hasta desfigurarlo por completo y convertirlo en una mezcla de sangre y entrañas, barro y tierra. La cabeza estaba intacta, y tenía los ojos abiertos, mirando sin ver; en aquel vacío, un camino conducía al olvido.

Mariana era incapaz de apartar la mirada, paralizada por aquellos ojos de Medusa que tenían el poder de petrificar incluso después de la muerte...

Le vino a la mente una línea de *La duquesa de Amalfi:* «Cubrid su rostro, me deslumbra. Ha muerto joven».

Desde luego que había muerto joven. Demasiado joven. Solo tenía veinte años. Iba a cumplirlos la semana que viene, y estaba organizando una fiesta.

Mariana lo sabía porque la había reconocido de inmediato.

Era Veronica.

2.

Empezó a alejarse del cadáver.

Se sentía físicamente enferma. Necesitaba poner distancia entre lo que había visto y ella. Quería irse, pero sabía que no tenía modo de escapar: aquella visión la perseguiría el resto de sus días. La sangre, la cabeza, los ojos abiertos...

«Basta —se dijo—, no lo pienses más».

Continuó caminando hasta que alcanzó una desvencijada valla de madera que servía de linde con el campo contiguo. Parecía a punto de venirse abajo en cualquier momento; aun así, se apoyó en ella. No la notó muy firme, pero era mejor que nada.

—¿Estás bien?

Julian apareció a su lado y la miró con preocupación.

Mariana asintió. Se dio cuenta de que tenía los ojos llenos de lágrimas, y se las limpió, avergonzada.

—Estoy bien.

—Cuando has visto tantas escenas del crimen como yo, te acabas acostumbrando. Por si te sirve de consuelo, creo que eres muy valiente.

Mariana negó con la cabeza.

—No lo soy, en absoluto.

—Y tenías razón respecto a Conrad Ellis. Seguía detenido a la hora del asesinato, así que eso lo deja libre de sospecha... —Julian miró a Kuba cuando se reunió con ellos—. Salvo que creas que no las ha matado la misma persona.

Kuba sacó un vapeador del bolsillo.

—No, se trata del mismo tipo. El mismo *modus operandi,* he contado veintidós puñaladas —dio una calada y soltó varias bocanadas de vapor.

Ella lo estudió con atención.

—La chica llevaba algo en la mano. ¿Qué era?

—Ah, ¿se ha fijado? Una piña.

—Eso me ha parecido. Qué raro.

Julian la miró.

—¿Por qué dices eso?

Mariana se encogió de hombros.

—Porque no hay pinos por aquí cerca —meditó un momento—. Me gustaría saber si hay un inventario de todo lo que se encontró junto al cadáver de Tara.

—Es curioso que lo diga —intervino Kuba—, yo también lo he pensado y he ido a comprobarlo. Sí, encontraron una piña junto a su cuerpo.

—¿Una piña? —musitó Julian—. Qué interesante. Debe de significar algo para él. ¿Qué podría ser...?

En ese instante Mariana recordó de pronto una de las diapositivas que el profesor Fosca había proyectado en la clase sobre Eleusis: un bajorrelieve en mármol de una piña.

«Sí. Significa algo», pensó.

Julian miraba a su alrededor, frustrado.

—¿Cómo lo hace? Las mata al aire libre y luego desaparece sin más, cubierto de sangre y sin dejar testigos, ni arma del crimen, ni pruebas aparentes... Nada.

—Solo un atisbo del infierno —dijo Kuba—. Pero te equivocas respecto a la sangre: no tendría por qué acabar cubierto de ella. Al fin y al cabo, el apuñalamiento se produce *post mortem.*

—¿Qué? —Mariana lo miró intrigada—. ¿A qué se refiere?

—Justo a eso. Primero les cortó el cuello.

—¿Está seguro?

—Del todo —Kuba asintió—. En ambos casos, la muerte se produjo por una incisión profunda que seccionó los tejidos del cuello hasta llegar al hueso. Debió de ser instantánea. A juzgar por la profundidad de la herida..., sospecho que las atacó por la espalda. ¿Me permites?

Se colocó detrás de Julian y reprodujo la escena con elegancia, usando el vapeador a modo de cuchillo. Mariana se estremeció cuando hizo el ademán de rajarle el cuello.

—¿Lo ve? La salpicadura arterial se proyecta hacia delante. Luego, después de tender el cuerpo en el suelo, durante el apuñalamiento, la sangre cae hacia abajo y la absorbe la tierra. De modo que podría ser que no se manchara.

Mariana negó con la cabeza.

—Pero... eso no tiene sentido.

—¿Por qué no?

—Porque no tiene nada que ver con... un momento de enajenación mental. Eso no es perder el control, no es rabia...

Kuba coincidió con ella.

—No. Es justo lo contrario. Conserva la calma, tiene un gran dominio de sí mismo. Como si interpretara un baile. Se trata de algo muy preciso. Es... *rytualistyczny* —trató de buscar la traducción—. ¿Ritualista? ¿Se dice así?

—¿Ritualista?

Mariana se lo quedó mirando mientras una serie de imágenes pasaban por su mente a toda velocidad: Edward Fosca en el escenario, hablando sobre los ritos religiosos; la postal de la habitación de Tara, con aquel oráculo en griego clásico que exigía un sacrificio, y, enterrado en el fondo de su memoria, el recuerdo indeleble de un cielo azul y despejado, con un sol abrasador y un templo en ruinas dedicado a una diosa vengativa.

Había algo, algo en lo que necesitaba pensar. Pero, antes de que pudiera seguir interrogando a Kuba, oyó una voz a su espalda:

—¿Qué está pasando aquí?

Todos se volvieron. Acababa de aparecer el inspector jefe Sangha. Y no parecía contento.

3.

—¿Qué está haciendo ella aquí? —preguntó Sangha, con el ceño fruncido.

Julian dio un paso al frente.

—Mariana viene conmigo. Pensé que podría ofrecernos otro punto de vista, y la verdad es que ha sido de gran ayuda.

Sangha desenroscó la tapa del termo, la dejó en equilibrio sobre el poste de la valla y se sirvió un poco de té. Parecía cansado; Mariana no envidiaba su trabajo. Ahora tenía que llevar a cabo una doble investigación y se había quedado sin su único sospechoso. Dudó si empeorar la situación, pero no tenía alternativa.

—Inspector jefe, ¿sabe que la víctima es Veronica Drake? —dijo—. Era alumna del Saint Christopher's.

El inspector se la quedó mirando con cierta consternación.

—¿Está segura?

Mariana asintió.

—¿Sabe también que el profesor Fosca impartía clases a las dos víctimas? Ambas formaban parte de su grupo especial.

—¿Qué grupo especial?

—Eso creo que debería preguntárselo a él.

El inspector Sangha apuró el té antes de contestar.

—Entiendo. ¿Algún otro consejo, Mariana?

A ella no le gustó el tono, pero sonrió con educación.

—Eso es todo de momento.

Sangha vertió los posos en el suelo, agitó la tapa y volvió a enroscarla.

—Ya le pedí en una ocasión que no se inmiscuyera en mi investigación, así que permítame explicárselo de esta manera: si vuelvo a sorprenderla invadiendo otra escena del crimen, me encargaré de detenerla yo mismo. ¿Entendido?

Mariana se disponía a responder, pero Julian se le adelantó.

—Disculpe. No volverá a suceder. Vamos, Mariana.

Acompañó a una reticente Mariana lejos de allí, de vuelta al cordón policial.

—Me temo que Sangha la tiene tomada contigo —comentó Julian—. Yo que tú no me interpondría en su camino. ¿Sabes lo de perro ladrador poco mordedor? En este caso te aseguro que también muerde —le guiñó un ojo—. No te preocupes, te mantendré informada de lo que ocurra.

—Te lo agradezco de veras.

Julian sonrió.

—¿Dónde te alojas? A mí me han buscado un hotel junto a la estación.

—En el colegio.

—Un sitio precioso. ¿Te apetece ir a tomar algo esta noche? Y así nos ponemos al día.

Mariana movió de lado a lado la cabeza.

—No... Lo siento, no puedo.

—Vaya, ¿por qué no? —Julian le dedicó una sonrisa radiante hasta que miró en la misma dirección que Mariana y vio a Fred, que le hacía señas desde el otro lado del cordón—. Ah —frunció el ceño—. Veo que ya tienes planes.

—¿Qué? —Mariana se apresuró a negarlo—. No. Es solo un amigo... de Zoe.

—Ya —Julian sonrió con escepticismo—. No pasa nada. Nos vemos, Mariana.

Parecía un poco molesto. Dio media vuelta y se alejó.

Mariana también lo estaba, pero consigo misma. Pasó por debajo del cordón y fue al encuentro de Fred, cada vez más enfadada. ¿Por qué se había inventado aquella mentira tan tonta acerca de que Fred era amigo de Zoe? Ella no había hecho nada malo, no tenía nada que esconder. Entonces, ¿por qué mentía?

Salvo que no estuviera siendo sincera consigo misma acerca de lo que sentía por Fred. ¿Era posible? En ese caso, la idea resultaba profundamente perturbadora.

¿En qué más se mentía?

4.

Cuando se difundió la noticia de que una segunda alumna del Saint Christopher's College había sido asesinada, y que se trataba de la hija de un senador estadounidense, la historia saltó a los titulares de los periódicos de todo el mundo.

El senador Drake tomó el primer vuelo disponible desde Washington con su esposa, perseguidos tanto por los medios de comunicación estadounidenses como por el resto de la prensa mundial, que asedió el Saint Christopher's en cuestión de horas.

A Mariana le recordaba un sitio medieval: hordas invasoras de periodistas y cámaras contenidos por una valla endeble, varios agentes de policía uniformados y unos cuantos bedeles; entre ellos el señor Morris, en primera fila, arremangado y dispuesto a defender el colegio con los puños.

En la calzada de adoquines, frente a la entrada principal, se había instalado un campamento mediático que se extendía hasta King's Parade, donde había aparcadas hileras de furgonetas con antenas parabólicas. También se había levantado una tienda especial para la prensa junto al río, donde el senador Drake y su mujer ofrecieron una entrevista televisada en la que realizaron un emotivo llamamiento en busca de cualquier información que pudiera contribuir a la captura del asesino de su hija.

A instancias del senador Drake, Scotland Yard se sumó al caso, y llegaron más agentes de policía desde Londres, que se destinaron a los controles de carretera, a preguntar de casa en casa y a patrullar las calles.

La noticia de que se las veían con un asesino en serie había puesto en alerta a la ciudad. Mientras tanto, dejaron a Conrad Ellis en libertad y se retiraron los cargos.

La tensión se respiraba en el ambiente. Había un monstruo con un cuchillo entre ellos, acechando en las calles, alguien que pasaba desapercibido, que atacaba y se escabullía en la oscuridad...

Su invisibilidad lo convertía en algo que lo alejaba de lo humano, en algo sobrenatural: una criatura nacida del mito, un fantasma.

Sin embargo, Mariana sabía que no se trataba ni de un fantasma ni de un monstruo. Solo era un hombre al que no convenía mitificar; no lo merecía.

Los únicos sentimientos que merecía, si Mariana conseguía hallarlos en su interior, eran compasión y temor. Las mismas cualidades, según Aristóteles, que componían la catarsis en la tragedia. Bueno, Mariana no conocía lo suficiente a aquel loco para concederle su compasión.

Pero sí sentía temor.

5.

Mi madre comentaba a menudo que no quería esta vida para mí. Que un día nos iríamos, ella y yo. Pero que no sería fácil.

«No tengo estudios —decía—. Dejé el instituto con quince años. Prométeme que tú no harás lo mismo. Tienes que estudiar mucho, eso es lo que da dinero. Es lo que te permite vivir, lo que te da una seguridad».

Nunca lo he olvidado. Por encima de todo, deseaba esa seguridad. Aun hoy, sigo sin sentirme seguro.

Mi padre era un hombre violento, esa es la razón. Después de varios whiskies, una pequeña llama se encendía en su mirada. Parecía buscar el enfrentamiento. Tratar de no enfurecerlo era como atravesar un campo de minas.

A mí se me daba mejor que a mi madre. Lo de conseguir que todo siguiera tranquilo yendo varios pasos por delante de él, procurando no decir nada que lo irritase, adivinando hacia dónde iba la conversación, siendo más listo que él si era necesario, alejándolo de cualquier tema que pudiera despertar su ira. Tarde o temprano, los intentos de mi madre acababan fracasando. Ya fuera sin querer o de manera deliberada, por puro masoquismo, hacía o decía algo, le llevaba la contraria, lo criticaba, le servía algo en el plato que no le gustaba.

A mi padre se le encendía la mirada. El labio inferior descendía. Enseñaba los dientes. Mi madre entendía demasiado tarde que estaba furioso. Y entonces él volcaba una mesa o hacía añicos un vaso. Yo observaba, incapaz de defenderla o protegerla, mientras ella corría al dormitorio en busca de refugio.

Mi madre trataba de echar la llave, frenética, pero no servía de nada. Él la abría de un porrazo y luego, luego...

No lo entiendo.

¿Por qué no se fue? ¿Por qué no hizo las maletas y me llevó con ella en medio de la noche? Podríamos haber huido juntos. Pero no fue eso lo que decidió. ¿Por qué no? ¿Tanto la asustaba? ¿O no quería reconocer que su familia tenía razón, que había cometido un gran error y volvía corriendo a casa con el rabo entre las piernas?

¿Se engañaba a sí misma y se aferraba a la esperanza de que las cosas mejorarían por arte de magia? Quizá era eso. Al fin y al cabo, era toda una experta ignorando lo que no quería ver, aunque lo tuviera delante de la cara.

Yo mismo aprendí a hacerlo.

Yo también aprendí, desde muy pequeño, que no caminaba sobre terreno firme, sino sobre un estrecho entramado de cuerdas invisibles suspendido sobre el suelo. Tenía que atravesarlo con cuidado, procurando no resbalar o caer. Por lo visto, ciertos aspectos de mi personalidad eran ofensivos. Tenía secretos espantosos que ocultar, aunque no supiera en qué consistían.

Sin embargo, mi padre los conocía. Conocía mis pecados.

Y me castigaba por ellos.

Me llevaba escaleras arriba. Me metía en el cuarto de baño y cerraba la puerta con llave...

Y empezaba.

Cuando ahora trato de imaginar a ese chiquillo asustado, ¿siento una punzada de pesar? ¿Un asomo de empatía? Es solo un niño, no es culpable de mis crímenes, está aterrorizado, sufre. ¿Lo compadezco siquiera un segundo? ¿Lamento su penosa situación y todo por lo que pasó?

No. En absoluto.

La compasión no tiene cabida en mi corazón.

No la merezco.

6.

La última vez que vieron a Veronica con vida fue a la salida de un ensayo de *La duquesa de Amalfi* en el ADC, el club de teatro *amateur* de la universidad, a las seis. Después de eso se esfumó, hasta que encontraron su cadáver al día siguiente.

¿Cómo era posible?

¿Cómo había podido el asesino surgir de la nada y secuestrarla a plena luz del día sin dejar rastro ni testigos? Mariana solo podía extraer una conclusión: Veronica se había ido con él por voluntad propia. Se dirigió a su muerte tranquila y de buen grado porque conocía a quien la condujo a ella y confiaba en él.

A la mañana siguiente, Mariana decidió echar un vistazo al lugar en el que la habían visto por última vez y puso rumbo al ADC Theatre, situado en Park Street.

En sus orígenes, el edificio había sido una posada, pero la habían reconvertido en teatro a mediados del siglo XIX. El logo aparecía pintado en letras negras sobre la entrada.

En un tablón de tamaño considerable había colgado un cartel que anunciaba la inminente producción, *La duquesa de Amalfi*, aunque Mariana supuso que ya no se estrenaría, al menos no con Veronica en el papel de duquesa.

Se acercó a la puerta principal e intentó abrirla, pero estaba cerrada. No se veían luces en el vestíbulo.

Pensó un momento antes de dar media vuelta y rodear el edificio hacia uno de los laterales. Dos grandes puertas de hierro forjado cercaban un patio que en otra época había alojado los establos. Probó una de las dos y vio que estaba abierta y que cedía sin esfuerzo, de modo que entró.

Enfrente tenía la puerta que conducía al escenario, pero comprobó que habían echado la llave.

Mariana estaba frustrada y a punto de tirar la toalla cuando se le ocurrió algo. Miró hacia la escalera de incendios, una escalera de caracol que conducía al bar del teatro, en la planta alta.

En su época de estudiante, el bar del ADC era famoso por abrir hasta tarde. Sebastian y ella iban allí algún sábado por la noche a tomar la última copa, y bailaban y se besaban medio borrachos junto a la barra.

Empezó a subir los escalones, dio vueltas y más vueltas hasta llegar arriba, donde se encontró con la salida de emergencia.

Sin albergar muchas esperanzas, alargó la mano y giró el picaporte. Para su sorpresa, la puerta se abrió.

Mariana vaciló un segundo antes de entrar.

7.

El del ADC era un bar de teatro anticuado, con taburetes forrados de terciopelo y olor a cerveza y a humo rancio de cigarrillo.

Las luces estaban apagadas. A oscuras tenía un aspecto lúgubre y tenebroso, y Mariana se distrajo un momento, ensimismada en el par de fantasmas que se besaban en la barra.

De pronto, un golpe contundente le hizo dar un respingo.

Otro. El edificio entero pareció estremecerse.

Decidió investigar. El ruido procedía de abajo, de forma que salió del bar y se adentró en el teatro. Tratando de hacer el menor ruido posible, descendió la escalera central.

Otro golpe.

Habría jurado que venía del propio auditorio. Se detuvo al pie de los escalones y aguzó el oído, pero todo estaba en silencio.

Se acercó despacio a las puertas de la sala, abrió un resquicio y echó un vistazo.

La sala parecía vacía. El decorado de *La duquesa de Amalfi* estaba montado en el escenario: la espeluznante reproducción de una cárcel de estilo expresionista alemán, con paredes inclinadas y barrotes que se alargaban en ángulos distorsionados.

Sobre el escenario había un hombre joven.

Iba descamisado, tenía el torso cubierto de sudor y se le veía dispuesto a tirar abajo el decorado a base de martillazos. Sus movimientos contenían una carga violenta que resultaba muy alarmante.

Mariana avanzó por el pasillo con cautela, dejando atrás, hilera tras hilera, las butacas rojas vacías, hasta que alcanzó el escenario.

El joven no se percató de su presencia hasta que Mariana se detuvo a sus pies. Mediría sobre metro ochenta, era moreno, con el pelo corto, y lucía barba de una semana. No podía tener más de veintiún años, pero en su rostro no había nada ni juvenil ni amistoso.

—¿Y tú quién eres? —preguntó, fulminándola con la mirada.

Mariana decidió mentir.

—Soy... psicoterapeuta... y trabajo para la policía.

—Ya. Acaban de estar aquí.

—Bien —a Mariana su acento le resultó familiar—. ¿Eres griego?

—¿Por qué? —el joven la miró con repentino interés—. ¿Lo eres tú?

Qué curioso que el instinto la hubiera empujado a mentir de inmediato. Por algún motivo, no quería que aquel joven supiera nada de ella; sin embargo, si pretendía obtener algo de él, lo más conveniente era establecer alguna clase de nexo.

—A medias —contestó con una leve sonrisa. Y añadió en griego a continuación—: Crecí en Atenas.

El joven pareció alegrarse al oír aquello. Mariana percibió que se calmaba y que su rabia se enfriaba ligeramente.

—Yo soy de Tesalónica. Un placer conocerte —sonrió enseñando los dientes; eran afilados, como una cuchilla—. Permíteme que te ayude a subir.

Con un movimiento brusco y repentino, se agachó y la aupó sin esfuerzo. Mariana puso los pies en el escenario con un tambaleo.

—Gracias.

—Me llamo Nikos. Nikos Kouris. ¿Y tú eres?

—Mariana. ¿Eres estudiante?

—Sí —Nikos asintió—. Y el responsable de esto —señaló el decorado destrozado que lo rodeaba—. Soy el director. Estás ante el fin de mis ambiciones como dramaturgo —lanzó una falsa carcajada—. La función se ha cancelado.

—¿Por lo de Veronica?

Nikos frunció el ceño.

—Había conseguido que viniera a vernos un agente de Londres. Me he pasado el verano entero planeándolo. Y todo para nada...

En un arrebato, echó abajo parte de la pared del decorado, que aterrizó con un golpe sordo que hizo estremecer el suelo.

Mariana estudió al joven con atención. Desprendía una rabia palpitante, una furia apenas reprimida, como si estuviera a punto de perder los estribos en cualquier momento, de arremeter contra cuanto hubiera a su alrededor y emprenderla a golpes con ella en lugar del decorado. Mariana no las tenía todas consigo.

—¿Te importaría que te hiciera unas preguntas sobre Veronica? —dijo.

—¿Como qué?

—Me gustaría saber cuándo fue la última vez que la viste.

—En el ensayo de vestuario. Le hice unos comentarios críticos que no le gustaron. Era una actriz bastante mediocre, si te soy sincero. No tenía ni la mitad del talento del que ella creía.

—Ya. ¿Y cómo se los tomó?

—¿Los comentarios? No muy bien —sonrió, enseñando los dientes de nuevo.

—¿A qué hora se fue de aquí? ¿Lo recuerdas?

—Sobre las seis, creo.

—¿Dijo adónde iba?

—No —Nikos negó con la cabeza—. Me parece que había quedado con el profesor.

El joven se puso a apilar unas sillas.

Mariana miró lo que hacía sintiendo que se le aceleraba el pulso, apenas capaz de controlar la voz cuando preguntó:

—¿El profesor?

—Sí —Nikos se encogió de hombros—. No recuerdo cómo se llama. Vino a ver el ensayo de vestuario.

—¿Cómo era? ¿Me lo podrías describir?

El joven pensó un instante.

—Alto. Con barba. Estadounidense —echó un vistazo a la hora—. ¿Qué más quieres saber? Porque estoy ocupado.

—Eso es todo, gracias. Aunque... ¿podría echarle un vistazo al camerino? ¿Sabes si Veronica dejó algo aquí?

—Lo dudo. La policía se lo ha llevado todo. No había gran cosa.

—Aun así, me gustaría echarle una ojeada. Si no te importa.

—Adelante —señaló los bastidores—. Bajando la escalera, a la izquierda.

—Gracias.

Nikos la miró con atención un instante, como si sopesara algo, pero no dijo nada. Mariana se apresuró a desaparecer entre bastidores.

Estaba oscuro y necesitó unos segundos para acostumbrarse a la penumbra. Algo hizo que se volviera hacia el escenario, donde vio a Nikos con el rostro contraído por la rabia mientras destrozaba el decorado. «No soporta que las cosas no salgan como él quiere», pensó. Estaba poseído por una ira genuina. Mariana se alegró de alejarse de él.

Se dio la vuelta, se apresuró a bajar los escalones que conducían a las entrañas del teatro y entró en el camerino.

Apenas había espacio para moverse en aquella habitación, que compartían todos los actores. Las barras de los trajes trataban de hacerse un hueco entre pelucas, maquillaje, atrezo, libros y tocadores. Con tanto desorden, era imposible adivinar qué había pertenecido a Veronica.

Mariana dudaba que fuera a encontrar nada útil. Aun así...

Echó un vistazo a los tocadores. Todos disponían de espejo, cada uno decorado con corazones, besos y mensajes de ánimo garabateados con lápiz de labios. También había postales y fotografías encajadas en los marcos.

Una de las postales le llamó la atención de inmediato. No se parecía a las demás.

Se acercó a estudiarla. Se trataba de un icono religioso: la imagen de una santa. Era bella, con una larga melena rubia... como Veronica. Un puñal de plata le asomaba en el cuello, aunque lo más perturbador era la bandeja que sostenía, en la que había dos ojos humanos.

Mariana sintió que le daba un vuelco el estómago. Le temblaba el pulso cuando extrajo la postal del marco del espejo. Le dio la vuelta.

Y allí, igual que la primera vez, había una cita escrita a mano, en griego clásico:

ἴδεσθε τὰν Ἰλίου
καὶ Φρυγῶν ἑλέπτολιν
στείχουσαν, ἐπὶ κάρα στέφη
βαλουμέναν χερνίβων τε παγάς,
βωμόν γε δαίμονος θεᾶς
ῥανίσιν αἱματορρύτοις
χρανοῦσαν εὐφυῆ τε σώματος δέρην
σφαγεῖσαν.

8.

Después del segundo asesinato, una especie de estupor y decaimiento se apoderó de la atmósfera del Saint Christopher's.

Era como si una peste se hubiese extendido por el colegio —como la enfermedad que asoló Tebas en uno de aquellos mitos griegos, como si un miasma invisible recorriera los edificios—, y aquellos muros centenarios, antes refugio del mundo exterior, ya no ofrecieran resguardo.

Pese a las afirmaciones tajantes del decano, que insistía en que el lugar era seguro, cada vez eran más los padres que decidían alejar de allí a sus hijos. Mariana los entendía, igual que a los estudiantes que querían irse. Una parte de ella deseaba coger a Zoe y llevársela a Londres, pero sabía que no valía la pena ni proponerlo: estaba claro que su sobrina había decidido quedarse y, por tanto, Mariana también lo haría.

El asesinato de Veronica había afectado a Zoe hasta tal punto que incluso ella misma se sorprendía. Decía que se sentía como una hipócrita.

—A ver, es que Veronica ni siquiera me caía bien, no sé por qué no puedo parar de llorar.

Mariana sospechaba que Zoe estaba usando la muerte de Veronica para expresar parte de su dolor por Tara, ya que este había sido demasiado abrumador y aterrador para enfrentarse a él. Por lo tanto, aquellas lágrimas eran algo bueno, saludable, y así se lo dijo mientras la abrazaba, sentadas ambas en la cama, y la mecía tratando de consolarla.

—No pasa nada, cariño. No pasa nada. Te sentirás mejor, sácalo todo.

Y, poco a poco, las lágrimas se le fueron agotando, tras lo que Mariana insistió en llevarla a comer fuera; apenas había probado nada en las últimas veinticuatro horas. Zoe, agotada y con los ojos enrojecidos, aceptó. De camino al comedor, se toparon con Clarissa, quien las invitó a compartir la mesa de los profesores.

La mesa principal ocupaba la parte del comedor reservada exclusivamente para los académicos y sus invitados. Se situaba en uno de los extremos del gran salón, sobre una tarima elevada, similar a un escenario, bajo los retratos de antiguos profesores que colgaban en las paredes revestidas de madera de roble. En el otro extremo había un bufet para los estudiantes, del que se ocupaba el personal de la cantina, que vestía de manera elegante con chaleco y pajarita. Los alumnos compartían las mesas corridas dispuestas a lo largo del salón.

En el comedor apenas había gente. A Mariana le llamó la atención la actitud de los estudiantes: hablaban en voz baja con expresión angustiada mientras jugueteaban con la comida del plato. Todos parecían estar del mismo ánimo que su sobrina.

Zoe y Mariana se sentaron con Clarissa en uno de los extremos de la mesa de los profesores, lejos de los demás académicos. Clarissa estudió el menú con interés. A pesar de los trágicos sucesos, su apetito no había disminuido.

—Yo pediré el faisán —dijo—. Y luego... puede que las peras al vino. O el pudín de dátiles y caramelo.

Mariana asintió.

—¿Y tú qué, Zoe?

La chica negó con la cabeza.

—No tengo hambre.

Clarissa la miró preocupada.

—Deberías comer algo, cariño... Tienes mala cara. Hay que comer para no perder las fuerzas.

—¿Qué te parece el salmón con verduras? —propuso Mariana—. ¿Sí?

Zoe se encogió de hombros.

—Vale.

Después de que el camarero les tomara nota, Mariana les mostró la postal que había encontrado en el ADC.

Clarissa la tomó y la estudió con atención.

—Ah, santa Lucía, si no estoy equivocada.

—¿Santa Lucía?

—¿No te suena? Supongo que es poco conocida, dentro de lo que cabe. Fue una mártir de la persecución a la que Diocleciano sometió a los cristianos, en torno al año 300. Le arrancaron los ojos antes de matarla a puñaladas.

—Pobre Lucía.

—Pues sí. De ahí que sea la patrona de los ciegos. Suele representársela así, con sus ojos en una bandeja —Clarissa le dio la vuelta a la postal. Movió los labios mientras leía las líneas en griego en voz baja—. Bueno, esta vez es de *Ifigenia en Áulide,* de Eurípides.

—¿Qué dice?

—Habla de cuando conducen a Ifigenia a la muerte —Clarissa dio un sorbo al vino y lo tradujo—: «Contemplad a la doncella... con guirnaldas en el pelo y salpicada con agua sagrada... caminando hacia el altar del sacrificio de la diosa innombrable, en el que correrá la sangre», αἱματορρύτοις es la palabra en griego, «cuando le corten el hermoso cuello».

Mariana se sintió asqueada.

—Por Dios.

—Un poco desagradable, la verdad.

Clarissa le devolvió la postal, y Mariana miró a Zoe.

—¿Tú qué opinas? ¿Crees que pudo haberla enviado Fosca?

—¿El profesor Fosca? —dijo Clarissa con gesto alarmado mientras Zoe estudiaba la postal—. ¿No estarás insinuando...? ¿No creerás que el profesor...?

—Fosca tiene un grupo favorito de estudiantes. ¿Lo sabías, Clarissa? —Mariana miró a Zoe un segundo—. Se reúnen en privado... En secreto. Él las llama las Doncellas.

—¿Las Doncellas? —repitió la mujer—. La primera noticia que tengo. ¿Inspirado en los Apóstoles?

—¿Los Apóstoles?

—La sociedad literaria secreta de Tennyson... Donde conoció a Hallam.

Mariana se la quedó mirando. Tardó un segundo en recuperar la voz. Asintió.

—Tal vez.

—Por descontado, los Apóstoles eran todos varones. Imagino que los miembros de las Doncellas serán mujeres.

—Exacto. Y Tara y Veronica formaban parte del grupo. ¿No crees que es una extraña coincidencia? ¿Zoe? ¿Tú qué piensas?

La chica parecía incómoda, pero asintió, mirando a Clarissa.

—Para ser sincera, creo que le pega mucho. Lo de enviar este tipo de postales.

—¿Por qué dices eso?

—Al profesor le gustan esas cosas pasadas de moda. Me refiero a lo de enviar postales. Suele escribirnos notas a mano. Y el trimestre pasado dio una clase sobre la importancia de la epístola como medio de expresión artística... Ya sé que eso no demuestra nada.

—¿No? Yo no estoy tan segura —repuso Mariana.

Clarissa dio unos golpecitos a la postal.

—¿A qué crees que responde esto? No... No entiendo cuál es el propósito.

—Responde a... un juego. Se divierte anunciando sus intenciones de esta manera, es un reto. Lo está disfrutando —escogió las palabras con cuidado—. Y hay algo más... de lo que quizá ni siquiera él sea consciente. Escoge esas citas por un motivo, significan algo para él.

—¿En qué sentido?

—No lo sé —dijo Mariana—. No lo entiendo, y es necesario entenderlo. Es la única forma de detener a ese hombre.

—¿Y por ese hombre te refieres a Edward Fosca?

—Puede que sí.

Aquello pareció afectar profundamente a Clarissa, que movió de lado a lado la cabeza, aunque no dijo nada más. Mariana contempló la postal que tenía delante en silencio.

La comida llegó poco después. Clarissa se dispuso a dar cuenta de su plato mientras Mariana centraba su atención en Zoe y se aseguraba de que no se fuera con el estómago vacío.

No volvieron a mencionar a Edward Fosca durante la comida, pero este continuó en los pensamientos de Mariana, suspendido entre las sombras, como un murciélago.

9.

Después de comer, Mariana y Zoe fueron al bar del colegio.

El lugar estaba mucho más tranquilo de lo habitual, solo había un puñado de estudiantes, bebiendo algo. Mariana vio a Serena sola en un rincón, pero la chica no reparó en ellas.

Zoe pidió un par de copas de vino mientras Mariana se abría camino hacia el fondo del local, donde Serena estaba sentada en el borde de un taburete, acabándose un *gin-tonic* y enviando mensajes de texto.

—Hola —dijo Mariana.

Serena levantó la vista y volvió a centrarse en el teléfono sin contestar.

—¿Cómo estás, Serena?

Nada. Mariana miró a Zoe en busca de ayuda y esta imitó el gesto de beber. Mariana asintió.

—¿Puedo invitarte a otra copa?

—No —declinó la oferta Serena—. He quedado.

Mariana sonrió.

—¿Tu admirador secreto?

Aquello era justo lo que no tenía que haber dicho. Serena se volvió hacia ella con una ferocidad sorprendente.

—¿A usted qué coño le pasa?

—¿Qué?

—¿Qué tiene contra el profesor Fosca? Es como si estuviera obsesionada o algo. ¿Qué le ha contado a la policía?

—No sé de qué estás hablando.

Aunque en realidad sintió un gran alivio al comprobar que el inspector jefe Sangha había confiado en ella lo suficiente como para interrogar a Fosca.

—No lo acusé de nada —aseguró—. Solo sugerí que le hicieran algunas preguntas.

—Bueno, pues lo han hecho. Y no algunas, muchas. Y a mí también. ¿Ya está contenta?

—¿Qué les has dicho?

—La verdad. Que estaba con el profesor Fosca cuando asesinaron a Veronica. La noche del miércoles tenía clase con él. ¿Vale?

—¿Y no salió? ¿Ni siquiera a fumar un cigarrillo?

—Ni siquiera a fumar.

Serena le dedicó una mirada glacial, hasta que la distrajo un nuevo mensaje entrante. Lo leyó y se puso de pie.

—Tengo que irme.

—Espera —Mariana bajó la voz—. Serena. Quiero que vayas con mucho cuidado, ¿de acuerdo?

—Por favor, ¡váyase a la mierda! —cogió el bolso y se fue.

Mariana suspiró. Zoe ocupó el taburete vacío de Serena.

—No ha ido muy bien.

—No —Mariana resopló—. La verdad es que no.

—¿Y ahora qué?

—No lo sé.

Zoe se encogió de hombros.

—Si el profesor Fosca estaba con Serena cuando mataron a Veronica, él no pudo hacerlo.

—Salvo que Serena esté mintiendo.

—¿De verdad crees que mentiría por él? ¿Dos veces? —la joven no parecía muy convencida—. No sé, Mariana...

—¿Qué?

Zoe evitó su mirada y tardó un momento en contestar.

—Es cómo te tomas todo lo que tiene que ver con él... Es raro.

—¿A qué refieres con lo de raro?

—El profesor tiene una coartada para ambos asesinatos y, aun así, tú insistes. ¿Esto tiene que ver con él... o contigo?

—¿Conmigo? —Mariana no podía creer lo que oía. Sintió las mejillas encendidas de indignación—. ¿De qué estás hablando?

Zoe negó con la cabeza.

—Olvídalo.

—Si hay algo que quieras decirme, dilo.

—No vale la pena. Sé que cuanto más trate de convencerte para que te olvides de Fosca, más vas a insistir. Eres una cabezota.

—No soy cabezota.

Zoe se echó a reír.

—Sebastian decía que eras la persona más cabezota que había conocido.

—A mí nunca me dijo eso.

—Pues a mí sí.

—No entiendo de qué va todo esto, Zoe. No entiendo qué intentas decirme. ¿Qué pasa con Fosca?

—Dímelo tú.

—¿Qué? ¡No me siento atraída por él, si es eso lo que insinúas!

Se dio cuenta de que había levantado la voz; un par de estudiantes del otro lado del bar la habían oído y habían vuelto la cabeza hacia Zoe. Que recordara, era la primera vez que Zoe y ella se encontraban al borde de una discusión. Mariana se sentía presa de una rabia irracional, pero no entendía por qué.

Se sostuvieron la mirada.

Zoe fue la primera en apartarla.

—Olvídalo. Lo siento, ha sido una gilipollez.

—Yo también lo siento.

Zoe miró la hora.

—Me voy. Tengo una clase sobre *El paraíso perdido*.

—Ve, anda.

—¿Nos vemos para cenar?

—Ah... —Mariana vaciló—. No puedo. He... He quedado con... —no quería contarle a Zoe los planes que tenía con el profesor Fosca, no era el mejor momento. Zoe lo tomaría por el lado que no era—. Con un amigo.

—¿Con quién?

—No lo conoces, es un viejo amigo de la universidad. Deberías irte, vas a llegar tarde.

Su sobrina asintió y le dio un beso fugaz en la mejilla. Mariana le apretó el brazo.

—Zoe. Tú también ve con cuidado, ¿vale?

—¿Te refieres a que no suba a coches de desconocidos?

—No seas tonta. Lo digo en serio.

—Sé cuidar de mí misma, Mariana. No tengo miedo.

La nota de bravuconería en la voz de Zoe era lo que más le preocupaba.

10.

Tras la marcha de Zoe, Mariana se quedó un rato más en el bar con la copa de vino en la mano. No hacía más que darle vueltas a la conversación que acababan de tener.

¿Y si Zoe tenía razón? ¿Y si Fosca era inocente?

El hombre disponía de coartada para ambos asesinatos y, pese a eso, ella había tejido una red de sospechas a su alrededor tirando de unos cuantos hilos formados por... ¿exactamente qué? Ni siquiera podía considerarlos hechos, no había nada concreto, solo pequeños detalles: la mirada asustada de Zoe, que Fosca impartiera tragedia griega a Tara y Veronica, o su convencimiento de que era él quien había enviado las postales.

Y su intuición le decía que quien hubiera enviado las postales a las chicas también las había matado. Aunque para un hombre como el inspector jefe Sangha pudiera parecer un salto irracional, incluso delirante, para una psicóloga como Mariana, su intuición era a menudo lo único de lo que disponía. Aun así, debía reconocer que no parecía muy creíble que un profesor de esa universidad pudiera asesinar a sus estudiantes de manera tan espantosa y tan a la vista de todos, y que esperara salir impune.

Y sin embargo..., si ella estaba en lo cierto...

Entonces Fosca se había salido con la suya.

Pero ¿y si se equivocaba?

Necesitaba pensar con claridad, pero no podía. Tenía la cabeza embotada, y no era por el vino. Se sentía abrumada y cada vez más insegura de sí misma. ¿Y ahora qué? No tenía ni idea de qué hacer a continuación.

«Tranquilízate —se dijo—. Si estuviera trabajando con un paciente y me sintiera así, tan perdida, ¿qué haría?».

Supo la respuesta de inmediato. Pediría ayuda, por supuesto. Solicitaría que alguien la supervisara.

No era una mala idea.

Le vendría bien ver a su supervisora. Y salir de allí, ir a Londres, alejarse de ese colegio y su atmósfera perniciosa, aunque solo fueran unas horas, sería un alivio inmenso.

«Sí —pensó—, eso haré. Llamaré a Ruth e iré a verla mañana a Londres».

Aunque primero tenía que acudir a la cita de esa noche, en Cambridge.

Había quedado a las ocho para cenar con Edward Fosca.

11.

A las ocho en punto, Mariana salió hacia las dependencias de Fosca.

Contempló la enorme e imponente puerta; «Profesor Edward Fosca», decía en caligráficas letras blancas la placa negra que había junto a ella.

Se oía música clásica en el interior. Llamó con los nudillos, pero no hubo respuesta.

Volvió a llamar, con más fuerza esta vez. Silencio de nuevo, y entonces:

—Está abierto —informó una voz lejana—. Suba.

Mariana respiró hondo, se serenó... y abrió la puerta. Se encontró con una escalera de olmo, vieja, estrecha e irregular en algunos tramos donde la madera se había combado. Tuvo que prestar atención a dónde ponía el pie mientras ascendía.

La música se oía con mayor claridad. Era algo en latín, un aria religiosa o un salmo musicado. Había escuchado antes esa pieza en algún lugar, pero no lograba recordar dónde. Era bonita aunque lúgubre, con unas cuerdas que palpitaban como un corazón y que, irónicamente, parecían imitar los latidos inquietos de la propia Mariana al subir la escalera.

Al llegar arriba se topó con una puerta entornada. Entró. Lo primero que vio fue una inmensa cruz colgada en el vestíbulo. Era hermosa —de madera oscura, decorada, gótica, con intrincadas tallas—, pero su exagerado tamaño hacía que resultara intimidante, y Mariana se apresuró a dejarla atrás.

Pasó al salón. Costaba ver algo; la única luz procedía de unas velas deformes y medio consumidas que había repartidas por la habitación. Sus ojos tardaron unos segundos en acostumbrarse a esa penumbra estigia cargada de olor a incienso, cuyo humo negro difuminaba todavía más la luz de las velas y dificultaba más aún la visión.

El salón era amplio y tenía unas ventanas que daban al patio. Varias puertas conducían desde allí a otras estancias. Las paredes estaban cubiertas de cuadros, y las estanterías, repletas de libros. El papel de las paredes era verde oscuro y negro, con un estampado de hojas y vegetación que se repetía y creaba un efecto inquietante; a Mariana le hizo pensar que estaba en una jungla.

Había esculturas y objetos decorativos dispuestos en la repisa de la chimenea y las mesas: una calavera humana que parecía relucir en la luz tenue; también una estatuilla de Pan, con el pelo enmarañado y aferrando un odre, con patas, cuernos y cola de cabra. Y a su lado, una piña.

De repente, Mariana tuvo la certeza de que la observaban. Notó unos ojos clavados en la nuca y se dio la vuelta.

Edward Fosca estaba allí de pie. No lo había oído entrar. ¿Había acechado todo ese rato entre las sombras, mirándola?

—Buenas tardes —dijo.

Sus ojos oscuros y sus dientes blancos brillaban a la luz de las velas, el pelo alborotado le caía sobre los hombros. Llevaba un esmoquin negro, camisa blanca bien planchada y pajarita negra. Mariana se dijo que estaba muy guapo... y de inmediato se enfadó consigo misma por haber pensado eso.

—No me avisó de que iríamos a la mesa de los profesores —se disculpó.

—Y no vamos.

—Pero va usted vestido de...

—Ah —Fosca se miró la ropa y sonrió—. No tengo la oportunidad de cenar con una mujer tan hermosa muy a menudo, así que he pensado que me vestiría para la ocasión. Permítame ofrecerle una copa.

Sin aguardar su respuesta, sacó una botella de champán de la cubitera de plata. Rellenó su copa, luego sirvió otra para Mariana y se la acercó.

—Gracias.

Edward Fosca se detuvo un instante a contemplarla, y la evaluó con sus ojos oscuros.

—Por nosotros —dijo.

Mariana no repitió el brindis. Se llevó la copa a los labios y probó el champán: era burbujeante y seco, refrescante. Sabía bien, y confió en que le calmara los nervios. Dio otro trago.

Entonces resonaron unos golpes en la puerta de abajo y a Fosca se le iluminó la cara.

—Ah. Ese debe de ser Greg.

—¿Greg?

—De la cantina.

Se oyeron unos pasos apresurados... y Gregory, un camarero ágil y de pies ligeros con chaleco y corbata, apareció con una bolsa térmica en una mano y una nevera portátil en la otra. Sonrió a Mariana.

—Buenas tardes, señorita —volvió la mirada hacia el profesor—. ¿Me permite...?

—Faltaría más —Fosca asintió—. Adelante. Déjelo preparado y yo lo serviré.

—Muy bien, señor.

Desapareció en la sala contigua. Mariana le dirigió una mirada interrogante a Fosca, que le ofreció una sonrisa.

—Quería que tuviéramos algo más de intimidad de la que brinda el comedor del colegio. Pero no soy muy buen chef, así que he convencido a la cantina para que nos traiga el comedor aquí.

—¿Y cómo lo ha conseguido?

—Gracias a una enorme propina. No la halagaré confesándole de cuánto.

—Se ha tomado muchas molestias, profesor.

—Llámeme Edward, por favor. Y es un placer, Mariana —puso una expresión afable y se la quedó mirando sin decir nada.

Ella se sintió algo incómoda y apartó la vista: sus ojos recayeron en la mesita de café... y la piña.

—¿Qué es eso?

Fosca siguió su mirada.

—¿Se refiere a la piña? Nada, solo me recuerda a mi hogar. ¿Por qué?

—Creo haber visto una diapositiva de una piña en su conferencia sobre Eleusis.

El profesor asintió.

—Sí, en efecto. Así es. A todos los iniciados en el culto les entregaban una piña al entrar.

—Ya veo. ¿Por qué una piña?

—Bueno, no es por la piña en sí, sino por lo que simboliza.

—¿Que es...?

Él sonrió y la observó con atención unos instantes.

—La semilla. Es la semilla que la piña guarda dentro. La semilla que llevamos en nuestro interior, el espíritu que habita el cuerpo. Se trata de abrir la mente. De comprometerse a mirar al interior y descubrir nuestra alma.

Fosca tomó la piña y se la entregó.

—Esta se la ofrezco a usted. Es suya.

—No, gracias —Mariana movió de lado a lado la cabeza—. No la quiero.

Lo dijo con más brusquedad de lo que había pretendido.

—Comprendo.

Fosca le dedicó una sonrisa divertida y devolvió la piña a la mesa. Hubo un silencio. Unos instantes después, Greg salió de la otra sala.

—Todo listo, señor. Y el postre está en la nevera.

—Gracias.

—Buenas noches —se despidió de Mariana con una cabezada y salió de la habitación.

Ella oyó cómo bajaba la escalera y cerraba la puerta.

Se habían quedado solos.

Se produjo una pausa; mientras se miraban fijamente, entre ambos surgió cierta tensión. Por lo menos Mariana lo notaba. No sabía qué sentiría Fosca, qué se escondería tras esa actitud desenfadada y encantadora. Era casi impenetrable.

Con un gesto, el profesor la invitó a pasar a la sala contigua.

—¿Vamos?

12.

Una larga mesa con un mantel blanco de lino dominaba el oscuro comedor revestido de madera. Unas altas velas ardían en candelabros de plata, y una botella de vino tinto decantada aguardaba lista en el aparador.

Más allá de la mesa, el roble que crecía en el centro del patio quedaba encuadrado en la ventana, recortado contra el cielo crepuscular. Las estrellas brillaban ya por entre sus ramas. En cualquier otra situación, pensó Mariana, cenar en esa hermosa sala antigua sería increíblemente romántico. Pero no en esa.

—Siéntese —ofreció Fosca.

Mariana se acercó a la mesa. Había dos servicios preparados, uno frente a otro, y tomó asiento mientras Fosca se dirigía al aparador donde estaba dispuesta la comida: una pierna de cordero, patatas asadas y ensalada verde.

—Qué bien huele —comentó el profesor—. Créame, esto será mucho mejor que si yo intentara cocinar algo. Tengo un paladar exquisito, pero soy un negado en la cocina. Solo sé hacer las recetas de pasta más corrientes que una madre italiana le enseña a su hijo.

Le sonrió y tomó el gran cuchillo de trinchar, que relució a la luz de las velas. Mariana observó cómo lo usaba para filetear el cordero sin vacilar y con destreza.

—¿Es usted italiano? —preguntó.

Fosca asintió.

—De segunda generación. Mis abuelos llegaron en barco desde Sicilia.

—¿Y creció en Nueva York?

—En el estado, no en la ciudad. En una granja en mitad de ninguna parte.

Fosca le sirvió a Mariana varios cortes de cordero, unas cuantas patatas y un poco de ensalada. Luego se preparó un plato parecido.

—¿Y usted creció en Atenas?

—Así es —confirmó ella—. En las afueras.

—Qué exótico. La envidio.

Mariana sonrió.

—Yo podría decir lo mismo de una granja en Nueva York.

—No si la hubiera visto. Era un lugar de mala muerte. Me faltó tiempo para salir de allí.

Su sonrisa se desvaneció al decir eso, todo su aspecto pareció cambiar. De pronto sus facciones se volvieron más duras, avejentadas. Le puso el plato delante a Mariana, se llevó el suyo al otro lado de la mesa y tomó asiento.

—Me gusta la carne poco hecha, espero que no le importe.

—Está bien.

—Que aproveche.

Mariana miró su plato. Los delgadísimos cortes de cordero estaban tan poco hechos, tan crudos, que un brillante charquito de sangre roja rezumaba de la carne y se extendía por la blanca porcelana. Se le revolvió el estómago.

—Gracias por acceder a cenar conmigo, Mariana. Tal como le dije en el Jardín de los Académicos, me tiene usted intrigado. Siempre siento curiosidad cuando alguien se interesa tanto por mí, y es indudable que usted lo hace —rio entre dientes—. Esta noche tengo la oportunidad de devolverle el favor.

Mariana levantó el tenedor, pero no fue capaz de llevarse la carne a la boca, así que decidió concentrarse en las patatas y la ensalada. Alejó las hojas verdes del charco de sangre, cada vez mayor.

Sentía los ojos de Fosca sobre ella. Qué mirada más paralizante... Como la de un basilisco.

—No ha probado el cordero. ¿No le apetece?

Mariana asintió. Cortó un trocito de carne roja y se lo metió en la boca. Sabía a humedad, a metal, a sangre. Le costó un esfuerzo enorme masticar y tragar.

Fosca sonrió.

—Bien.

Ella alcanzó la copa y se enjuagó el sabor sanguinolento con lo que le quedaba de champán.

Al ver que tenía la copa vacía, Fosca se puso en pie.

—Pasemos al vino, ¿le parece?

Fue al aparador y sirvió dos copas de un burdeos granate intenso. Regresó y le ofreció una a Mariana. Ella se llevó el vino a los labios y bebió. Era terroso, mineral, con mucho cuerpo. Ya notaba los efectos del champán con el estómago vacío, sería mejor que dejara de beber o pronto estaría borracha. Pero no lo hizo.

Fosca volvió a sentarse y la observó con expresión afable.

—Hábleme de su marido.

Mariana se negó con un gesto. No.

Eso pareció sorprenderle.

—¿No? ¿Por qué no?

—No me apetece.

—¿Ni siquiera me dirá su nombre?

Mariana lo pronunció en voz baja:

—Sebastian.

Y, de algún modo, solo con llamarlo lo evocó por un segundo —su ángel de la guardia— y se sintió más segura, más tranquila. Sebastian le susurró al oído: «No tengas miedo, cariño, mantente firme. No temas...».

Decidió seguir su consejo. Levantó la mirada y se encontró con la de Fosca. No parpadeó.

—Hábleme de usted, profesor.

—Edward. ¿Qué le gustaría saber?

—Hábleme de su infancia.

—¿Mi infancia?

—¿Cómo era su madre? ¿Estaba muy unido a ella?

Fosca rio.

—¿Mi madre? ¿Piensa psicoanalizarme durante la cena?

—Solo es curiosidad —contestó Mariana—. Me pregunto qué más le enseñó, aparte de esas recetas de pasta.

Fosca negó con la cabeza.

—Mi madre me enseñó muy poco, por desgracia... ¿Y qué me dice de usted? ¿Cómo era su madre?

—No llegué a conocerla.

—Ah —Fosca asintió—. Yo creo que, en realidad, tampoco conocí a la mía.

Sopesó a Mariana un momento, reflexionando. Lo veía cavilar; lo cierto es que tenía una mente brillante, pensó. Afilada como un cuchillo. Más le valdría andarse con cuidado. Adoptó un tono informal:

—¿Fue una infancia feliz?

—Veo que está decidida a convertir esto en una sesión de terapia.

—No es terapia... Solo estamos conversando.

—Las conversaciones van en ambos sentidos, Mariana.

Fosca sonrió y esperó. Al ver que no tenía otra opción, ella recogió el guante.

—La mía no fue una infancia demasiado feliz —reconoció—. A veces, quizá. Quería mucho a mi padre, pero...

—Pero ¿qué?

Mariana se encogió de hombros.

—La muerte estaba muy presente.

Se sostuvieron la mirada unos instantes. Fosca asintió despacio.

—Sí, lo veo en sus ojos. Albergan una gran tristeza. ¿Sabe? Me recuerda a una heroína de Tennyson: *Mariana del caserón del foso*. «Él no llega, dijo para sí. Estoy hastiada, hastiada. Más me valdría morir» —sonrió de nuevo.

Mariana miró hacia otro lado; se sentía vulnerable e irritada. Alcanzó el vino y vació la copa antes de plantarle cara.

—Su turno, profesor.

—Muy bien —Fosca dio un sorbo al vino—. ¿Fui un niño feliz? No, no lo fui.

—¿Y eso por qué?

No respondió de inmediato. Se levantó y fue a buscar más vino. Mientras hablaba, volvió a llenarle la copa a Mariana.

—¿Quiere que le sea sincero? Mi padre era un hombre muy violento. Yo vivía con miedo de que me matara, y a mi madre. Vi cómo le daba palizas en muchas ocasiones.

Mariana no esperaba una confesión tan franca. En sus palabras resonaba sin duda el eco de la verdad y, aun así, estaban del todo desconectadas de cualquier tipo de emoción. Era como si Fosca no sintiera nada.

—Lo lamento —dijo—. Es terrible.

Él lo desestimó con un gesto. Guardó silencio un instante, y volvió a sentarse.

—Se le da bien sonsacar información a la gente, Mariana. Es una buena psicóloga, me doy cuenta. A pesar de mi intención de no desvelarle nada de mí, ha acabado tumbándome en su diván —sonrió—. Terapéuticamente hablando.

Mariana dudó.

—¿Alguna vez ha estado casado?

Fosca se echó a reír.

—Curiosa manera de encadenar pensamientos. ¿Pasamos del diván a la cama? —curvó los labios en una sonrisa y bebió algo más de vino—. No he estado casado, no. No he conocido a la mujer adecuada —le dirigió una mirada intensa—. Todavía.

Ella no dijo nada. El profesor no apartaba los ojos, su mirada era profunda, penetrante, irreductible. Mariana se sentía como un conejo paralizado por la luz de unos faros. Pensó en la palabra con la que Zoe lo había descrito: «deslumbrante». Al cabo, incapaz de soportarlo más, miró hacia abajo, lo cual pareció divertir a Fosca.

—Es usted una mujer muy bella —oyó que decía—, pero tiene algo más que belleza. Tiene cierta cualidad... Quietud. Como la quietud de las profundidades del océano, muy por debajo de las olas, donde nada se mueve. Mucha quietud... y mucha tristeza.

Mariana siguió callada. No le gustaba el rumbo que estaba tomando la conversación; sintió que perdía su ventaja, si es que alguna vez la había tenido. También se notaba algo bebida, y en absoluto preparada para el repentino viraje de Fosca del romance al asesinato.

—Esta mañana —dijo el profesor— he recibido una visita del inspector jefe Sangha. Quería saber dónde me encontraba cuando asesinaron a Veronica.

Miró a Mariana, tal vez esperando alguna reacción. No la obtuvo.

—¿Y qué le ha dicho?

—La verdad. Que estaba en una tutoría privada con Serena, aquí, en mis dependencias. Le he sugerido que lo contrastara con ella si no me creía.

—Ya.

—El inspector me ha hecho muchísimas preguntas, la última de las cuales le concernía a usted. ¿Sabe qué me ha preguntado?

—No tengo ni idea.

—Quería saber por qué está tan predispuesta en mi contra. Qué había hecho yo para merecerlo.

—¿Y qué le ha contestado?

—Que no tenía la menor idea... pero que se lo preguntaría a usted —sonrió—. Así que ahora se lo pregunto. ¿Qué ocurre, Mariana? Desde que asesinaron a Tara ha estado orquestando una campaña contra mí. ¿Y si le dijera que soy un hombre inocente? Me encantaría hacerle el favor de ser su chivo expiatorio, pero...

—No es mi chivo expiatorio.

—¿Ah, no? ¿Un intruso, un estadounidense de clase trabajadora en el elitista mundo de la academia inglesa? Soy la nota discordante.

—En modo alguno —Mariana negó con la cabeza—. Yo diría que encaja a la perfección.

—Bueno, he hecho todo lo posible por adaptarme, faltaría más... Pero al final, aunque los ingleses pueden ser infinitamente más sutiles que los estadounidenses a la hora de mostrar su xenofobia, siempre seré un extraño... y por lo tanto se me verá con recelo —clavó una mirada penetrante en Mariana—. Igual que usted, que tampoco encaja en este lugar.

—No estamos hablando de mí.

—Oh, me temo que sí. Usted y yo somos iguales.

Ella arrugó la frente.

—No lo somos. En lo más mínimo.

—Ay, Mariana —Fosca rio—. ¿No creerá en serio que voy por ahí asesinando a mis alumnas? Es absurdo. Eso no quiere decir que no haya unos cuantos que se lo merezcan —volvió a reír... y su risa le provocó a Mariana un escalofrío.

Lo examinó con la sensación de que acababa de vislumbrar su verdadera personalidad: un hombre despiadado, sádico, del todo insensible. Estaba metiéndose en terreno peligroso y lo sabía, pero el vino la hacía sentirse audaz y temeraria. Tal vez no volviera a tener una oportunidad como esa, así que escogió las palabras con cautela:

—En ese caso, me gustaría saber exactamente qué clase de persona cree que las ha matado.

Fosca la miró como si la pregunta le sorprendiera, pero asintió.

—Resulta que lo he estado pensando.

—No me cabe duda.

—Y lo primero que me llama la atención es el carácter religioso de lo que hace. Es evidente. Se trata de un hombre espiritual. Así se considera él mismo, al menos.

Mariana recordó la cruz del vestíbulo. «Como tú», pensó.

El profesor bebió un poco de vino y continuó:

—Los asesinatos no son ataques al azar. No creo que la policía haya llegado todavía a esa conclusión: esas muertes son sacrificios.

Mariana levantó la mirada con brusquedad.

—¿Sacrificios?

—Exacto, se trata de un ritual, de renacimiento y resurrección.

—Yo no veo resurrección por ninguna parte. Solo muerte.

—Eso depende por entero de cómo se mire —otra sonrisa—. Y le diré algo más: es un *showman*. Le encanta el espectáculo.

«Como a ti», se dijo Mariana.

—Los asesinatos me recuerdan a una tragedia jacobina —dijo Fosca—. Violencia y horror... para escandalizar y entretener.

—¿Entretener?

—Teatralmente hablando.

Sonrió, y Mariana sintió que le invadía el repentino deseo de alejarse de ese hombre todo lo posible. Apartó el plato.

—He terminado.

—¿Seguro que no quiere repetir?

Asintió.

—No puedo más.

13.

El profesor Fosca propuso que tomaran el café y el postre en el salón, y Mariana lo siguió reticente a la sala contigua. Él le indicó el gran sofá oscuro que había junto a la chimenea.

—¿Por qué no se sienta?

A Mariana no le apetecía sentarse a su lado y estar tan cerca de él; le hacía sentirse insegura, en peligro. Y entonces se le ocurrió algo más: si ella estaba así de incómoda a solas con él, ¿cómo se sentiría una chica de dieciocho años?

Negó con la cabeza.

—Estoy cansada. Creo que me saltaré el postre.

—No se marche aún. Déjeme que le prepare un café.

Sin darle tiempo a rechazar el ofrecimiento, Fosca salió de la habitación y desapareció en la cocina.

Mariana luchó contra el impulso de echar a correr y huir de allí enseguida. Se sentía atontada, frustrada... y molesta consigo misma. No había conseguido nada. No había descubierto nada nuevo, nada que no supiera ya. Más le valía marcharse antes de que Fosca regresara y se viera obligada a rechazar sus insinuaciones amorosas, o algo peor.

Mientras sopesaba qué hacer, paseó la mirada por el salón y sus ojos se toparon con unos pocos libros apilados en la mesa de café. Se quedó mirando el que estaba encima del todo y ladeó la cabeza para leer el título: *Obras completas de Eurípides*.

Se giró un instante hacia la cocina. Ni rastro de él. Se acercó deprisa al tomo.

Alargó el brazo y lo cogió. Un punto de lectura de cuero rojo asomaba entre las páginas.

Lo abrió por el lugar señalado y vio que se trataba de una escena de *Ifigenia en Áulide*. El texto estaba en inglés en un lado de la hoja y en griego clásico original en el otro.

Había varias líneas subrayadas. Mariana las reconoció de inmediato. Eran los mismos versos de la postal que le habían enviado a Verónica:

ἴδεσθε τὰν Ἰλίου
καὶ Φρυγῶν ἑλέπτολιν
στείχουσαν, ἐπὶ κάρα στέφη
βαλουμέναν χερνίβων τε παγάς,
βωμόν γε δαίμονος θεᾶς
ῥανίσιν αἱματορρύτοις
χρανοῦσαν εὐφυῆ τε σώματος δέρην
σφαγεῖσαν.

—¿Qué está mirando?

Mariana se sobresaltó; la voz se hallaba justo a su espalda. Cerró el libro de golpe y se dio la vuelta para mirarlo con una sonrisa forzada.

—Nada, solo curioseaba.

El profesor le ofreció una tacita de café.

—Tenga.

—Gracias.

Miró el libro.

—Eurípides, como tal vez haya adivinado, es uno de mis predilectos. Lo considero un viejo amigo.

—¿De verdad?

—Oh, sí. Es el único autor de tragedias que conoce la verdad.

—¿La verdad? ¿Sobre qué?

—Sobre todo. La vida. La muerte. La increíble crueldad del hombre. Lo cuenta tal cual es.

Fosca bebió un poco de café sin dejar de mirarla. Y, al perderse en sus ojos negros, Mariana ya no tuvo ninguna duda. Estaba del todo segura.

Miraba a los ojos de un asesino.

Cuarta parte

Así pues, cuando aparece un hombre que habla y se comporta como el propio padre, incluso los adultos [...] se someterán a él, lo aclamarán, se dejarán manipular, depositarán su confianza en él y, por último, se entregarán a él por completo sin ser siquiera conscientes de su esclavitud, como no solemos serlo de cuanto suponga una continuación de nuestra infancia.

ALICE MILLER, *Por tu propio bien*

La infancia anuncia al hombre,
como la mañana el día.

JOHN MILTON, *El paraíso recobrado*

1.

La muerte, y lo que ocurre después, siempre me ha suscitado un gran interés.

Desde lo de Rex, supongo.

Rex es mi primer recuerdo. Una criatura hermosa, un perro pastor blanco y negro. El mejor animal de todos. Soportaba estoicamente que le tirara de las orejas e intentara sentarme encima de él, y todas las diabluras de las que es capaz un niño que aún está aprendiendo a caminar, y aun así meneaba la cola cuando veía que me acercaba, dándome la bienvenida con amor. Era una lección de perdón, y no puntual, sino constante.

Con él no solo aprendí acerca del perdón. También sobre la muerte.

Yo aún no había cumplido doce años. Rex estaba haciéndose viejo, le costaba cuidar de las ovejas, así que mi madre propuso que lo jubiláramos y buscáramos un perro más joven para sustituirlo.

Sabía que a mi padre no le gustaba Rex, a veces sospechaba que lo odiaba. ¿O era a mi madre a quien odiaba? Ella adoraba a Rex, incluso más que yo. Lo quería por su amor incondicional, y porque no podía hablar. Rex nunca se separaba de ella, trabajaba a su lado todo el día, y ella cocinaba para él y lo cuidaba con más devoción de la que jamás le había mostrado a su marido, como recuerdo que mi padre le echó en cara una vez, durante una pelea.

También recuerdo lo que dijo cuando mi madre propuso que buscáramos otro perro. Nos encontrábamos en la cocina. Yo estaba en el suelo, acariciando a Rex. Mi madre cocinaba frente a los fogones. Mi padre estaba sirviéndose un whisky. Y no era el primero.

—No pienso alimentar a dos perros —sentenció—. Primero me cargaré a este.

Tardé unos segundos en asimilar sus palabras, en entender exactamente a qué se refería. Mi madre negó con la cabeza.

—No —dijo. Y por una vez, lo decía en serio—. Si tocas a ese perro...

—¿Qué? —contestó mi padre—. ¿Estás amenazándome?

Yo sabía qué ocurriría a continuación. Hay que tener agallas para recibir la bala destinada a otra persona. Y eso es lo que hizo ella ese día cuando defendió a Rex.

Mi padre perdió los estribos, cómo no. El vaso estrellado me informó de que ya era demasiado tarde, de que tendría que haber corrido en busca de refugio, como había hecho Rex, que había escapado de entre mis brazos de un salto y ya iba camino de la puerta. No me quedó más remedio que permanecer allí sentado en el suelo, atrapado, mientras mi padre volcaba la mesa, que no me alcanzó por centímetros. Mi madre contraatacó lanzándole platos.

Él se abalanzó hacia ella entre la loza rota. Con los puños preparados. La acorraló contra la encimera. Sin salida. Y entonces...

Mi madre levantó un cuchillo. Un cuchillo enorme, el que se usaba para despiezar los corderos. Lo mantuvo en alto, dirigido al pecho de mi padre. Apuntando a su corazón.

—Te mato, te lo juro. Lo digo en serio.

Se hizo un silencio.

Comprendí que no se trataba de una amenaza vacía. Para mi decepción, no lo hizo.

Mi padre no abrió la boca. Dio media vuelta y se fue. La puerta de la cocina se cerró de un portazo.

Mi madre tardó en reaccionar. Luego empezó a llorar. Es horrible ver llorar a tu madre; te sientes muy impotente, muy desvalido.

—Lo mataré yo —intenté consolarla.

Pero eso solo la hizo llorar con más ganas.

Y entonces... oímos un disparo.

Y luego otro.

No recuerdo cómo salí de casa... ni cómo aparecí en el patio, con paso tambaleante. Lo único que recuerdo es ver el cuerpo inerte y ensangrentado de Rex en el suelo y a mi padre alejándose de allí, con el rifle en la mano.

Vi cómo la vida abandonaba a Rex. Sus ojos se vidriaron, vacíos. La lengua se le volvió azul. Las patas se pusieron rígidas poco a poco. No podía dejar de mirarlo. Ya entonces, a tan corta edad, tuve la sensación de que ver a aquel animal muerto había empañado mi vida para siempre.

El pelo suave y húmedo. El cuerpo destrozado. La sangre. Cerré los ojos, pero seguía viéndolo.

La sangre.

Y más tarde, cuando mi madre y yo llevamos a Rex al hoyo para tirarlo allí, a las profundidades, para que se pudriera con las reses desechadas, supe que una parte de mí quedaba sepultada con él. La parte buena.

Quería llorar, por él, pero no me salían las lágrimas. Ese pobre animal nunca me había hecho daño, solo me había mostrado amor, y bondad.

Y aun así no podía llorarlo.

En cambio, aprendí a odiar.

En mi corazón empezó a formarse un odio frío y duro, como un diamante en un trozo de carbón.

Juré que nunca perdonaría a mi padre y que un día me vengaría. Pero hasta entonces, hasta que fuera mayor, estaba atrapado.

Así que me refugié en mi imaginación: en mis fantasías, mi padre sufría.

Y yo también.

En el baño, con la puerta cerrada con llave, o en el pajar, detrás de los establos, sin que nadie me viera, escapaba... de mi cuerpo. De mi mente.

Representaba crueles escenas de muerte, de una violencia espeluznante: envenenamientos angustiosos, apuñalamientos brutales, matanzas y destripamientos. Yo mismo era eviscerado y descuartizado, torturado hasta la muerte. Me desangraba.

Me subía a la cama y me preparaba para ser sacrificado por sacerdotes paganos. Me agarraban y me empujaban al precipicio, abajo, al mar, a las profundidades, donde los monstruos marinos daban vueltas y más vueltas, esperando para devorarme.

Cerraba los ojos y saltaba de la cama.

Y me despedazaban.

2.

Mariana abandonó las dependencias del profesor Fosca con paso tambaleante.

No era por el vino o el champán —a pesar de que había bebido más de la cuenta—, sino por la impresión que le había causado lo que acababa de ver: la cita griega subrayada en el libro. Era raro, pensó, que algunos momentos de extrema claridad pudieran confundirse con la embriaguez.

No cabía el guardárselo para sí, tenía que hablar con alguien. Pero ¿con quién?

Se detuvo unos segundos en el patio para pensar. Zoe quedaba descartada, no podía recurrir a ella después de la última conversación que habían tenido. No le haría caso. Necesitaba contárselo a alguien que la escuchara de verdad. Pensó en Clarissa, pero no estaba segura de que la mujer estuviera dispuesta a creerla.

Así que solo quedaba una persona.

Sacó el teléfono y llamó a Fred. El joven dijo que estaría encantado de hablar con ella y le propuso quedar en el Gardies en diez minutos.

El Gardenia, apreciado y conocido por generaciones de estudiantes como «el Gardies», era un pequeño restaurante griego en el centro de Cambridge, que abría hasta tarde y servía comida para llevar. Mariana se acercó dando un paseo por el largo callejón curvo y peatonal y olió el sitio antes de verlo, saludada por el aroma del pescado frito y de las patatas que chisporroteaban en el aceite caliente.

El local era diminuto, apenas cabía un puñado de clientes en el interior, así que la gente se reunía fuera y comía en el callejón. Fred la esperaba junto a la entrada, debajo del toldo verde y el letrero que anunciaba: «Tómate un respiro al estilo griego».

El chico sonrió de oreja a oreja cuando la vio acercarse.

—Eh, hola. ¿Te apetecen unas patatas? Invito yo.

El olor de la fritura le recordó a Mariana que tenía hambre; apenas había tocado la cena sanguinolenta en casa de Fosca. Asintió agradecida.

—No te digo que no.

—Enseguida vuelvo, señorita.

El ímpetu hizo que Fred tropezara con el escalón de la entrada y chocara con un cliente que salía en ese momento y que soltó un taco. Mariana no pudo reprimir una sonrisa; de verdad, era una de las personas más torpes que había conocido. Fred no tardó en aparecer de nuevo con dos bolsas blancas de papel repletas de humeantes patatas fritas.

—Aquí tienes —dijo—. ¿Kétchup? ¿O mayonesa?

—Nada, gracias.

Sopló las patatas un rato para que se enfriaran y probó una. Estaba salada y ácida, tal vez un pelín demasiado fuerte por el vinagre. Tosió, y Fred la miró preocupado.

—¿Me he pasado con el vinagre? Lo siento. Se me ha ido la mano.

—Tranquilo —Mariana sonrió—. Están estupendas.

—Genial.

Se quedaron allí de pie, comiendo las patatas en silencio. Mariana lo miraba de cuando en cuando: la suave luz de la farola rejuvenecía sus facciones, ya de por sí juveniles. Pensó que solo era un crío. Un *boy scout* lleno de energía. La asaltó una oleada de cariño sincero por él, que se apresuró a desterrar.

Fred la sorprendió mirándolo y le sonrió con timidez.

—Voy a arrepentirme de decir esto, estoy seguro —comentó entre bocado y bocado—, pero me alegro mucho de que me hayas llamado. Eso significa que debías de echarme de menos, aunque solo sea un poquito... —se fijó en la cara que ponía y su sonrisa se desvaneció—. Ah, ya veo que me equivoco. No me has llamado por eso.

—Te he llamado porque ha ocurrido algo... y quiero hablarlo contigo.

Fred pareció recuperar la esperanza.

—Así que querías hablar conmigo...

—Ay, Fred —Mariana puso los ojos en blanco—. Escucha y calla.

—Vale.

El chico continuó comiendo patatas mientras Mariana lo ponía al corriente y le contaba que había encontrado las postales y había descubierto la misma cita subrayada en el libro de Fosca.

Fred guardó silencio hasta que ella hubo terminado.

—¿Qué vas a hacer? —preguntó al fin.

—No lo sé —contestó Mariana con un gesto.

El joven se limpió la boca, arrugó la bolsa de papel y la tiró a la basura. Ella lo observaba con atención, tratando de adivinar qué pensaba.

—¿No creerás que... me lo estoy imaginando?

—No —Fred negó con la cabeza—. En absoluto.

—¿Aunque Fosca tenga coartada para los dos asesinatos?

El joven se encogió de hombros.

—Una de las chicas que le proporcionó una coartada está muerta.

—Sí.

—Y Serena podría estar mintiendo.

—Sí.

—Y existe otra posibilidad, claro...

—¿Cuál?

—Que trabaje con alguien. Un cómplice.

Mariana lo miró fijamente.

—No había caído en eso.

—¿Por qué no? Eso explicaría cómo puede estar en dos sitios a la vez.

—Quizá.

—No pareces muy convencida.

Ella hizo un gesto ambiguo.

—No me parece la clase de persona que tenga un socio. Es más un lobo solitario.

—Igual tienes razón —Fred lo pensó un momento—. En cualquier caso, necesitamos alguna prueba. Ya sabes, algo concreto, o nadie nos creerá.

—¿Y cómo lo hacemos?

—Ya se nos ocurrirá algo. ¿Por qué no quedamos mañana a primera hora y pensamos un plan?

—Mañana no puedo... Tengo que ir a Londres. Pero te llamaré cuando vuelva.

—Vale —bajó la voz—. Pero, Mariana, escucha... Puede que Fosca sepa que le sigues la pista, así que...

No terminó la frase. Mariana asintió.

—No te preocupes, sé cuidar de mí misma.

—Bien —hizo una pausa—. Entonces solo queda una cosa —sonrió de oreja a oreja—. Esta noche estás guapísima... ¿Me concederías el honor de ser mi esposa?

—No. Ni hablar. Pero muchas gracias por las patatas.

—De nada.

—Buenas noches.

Se sonrieron. Luego ella dio media vuelta y echó a andar. Al final de la calle, sin dejar de sonreír, miró atrás..., pero Fred ya no estaba.

Qué curioso, era como si se hubiera evaporado.

Camino del colegio, le sonó el teléfono. Lo sacó del bolsillo y le echó un vistazo, pero se trataba de un número oculto.

—¿Sí? —contestó tras vacilar un segundo.

No oyó nada.

—¿Hola?

Silencio, y luego una voz susurrante:

—Hola, Mariana.

Se quedó de piedra.

—¿Quién es?

—Te veo, Mariana. Te estoy vigilando...

—¿Henry? —estaba segura de que se trataba de él, había reconocido su voz—. Henry, ¿eres tú...?

La llamada se cortó. Mariana se quedó mirando el teléfono un instante. Empezaba a preocuparse seriamente. Miró a su alrededor, pero la calle estaba desierta.

3.

A la mañana siguiente, Mariana madrugó para ir a Londres.

Tras dejar la habitación, cruzaba el Patio Mayor cuando echó un vistazo a través de la arcada de Angel Court.

Y allí estaba, Edward Fosca, fumando frente a su escalera.

Aunque no se encontraba solo. Hablaba con alguien, un bedel, que le daba la espalda a Mariana. Por la corpulencia y la altura, era evidente que se trataba de Morris.

Ella apretó el paso hasta la arcada, se escondió detrás de las columnas y se asomó con cuidado para echar un vistazo.

Algo le decía que valía la pena investigar qué ocurría, algo en la expresión de Fosca, un resentimiento que no había visto antes. Justo entonces recordó lo que Fred había dicho acerca de que Fosca tal vez trabajara con alguien.

¿Podría tratarse de Morris?

Vio que el profesor le deslizaba algo en la mano. Parecía un sobre abultado. ¿Qué contenía ese sobre? ¿Dinero?

Mariana notó que su imaginación alzaba el vuelo y decidió no ponerle trabas. ¿Morris estaba chantajeando a Fosca? ¿Era eso? ¿Recibía dinero a cambio de su silencio?

¿Y si era eso lo que buscaba Mariana? ¿Y si era lo que necesitaba, una prueba concreta?

El jefe de bedeles se volvió con brusquedad y echó a andar en dirección a ella, alejándose de Fosca.

Mariana retrocedió y se pegó a la pared al tiempo que el hombre cruzaba la arcada y pasaba por su lado sin reparar en ella. Lo vio atravesar el Patio Mayor y salir por la puerta.

Se apresuró a seguirlo.

4.

Mariana corrió a la puerta, salió a la calle y se mantuvo a una distancia prudencial de Morris, quien no parecía haberse percatado de que lo seguían. El bedel continuó su camino con paso tranquilo, silbando, disfrutando del paseo sin prisa aparente.

Dejó atrás el Emmanuel College, las casas adosadas que flanqueaban la calle, las bicicletas encadenadas a las rejas. Luego torció a la izquierda por un callejón y desapareció.

Mariana apretó el paso hasta llegar a la esquina y echó un vistazo. Se trataba de una callejuela estrecha, bordeada de casas a ambos lados.

Era un callejón sin salida, se acababa con brusquedad: una tapia, un viejo muro de ladrillo rojo cubierto de hiedra, impedía continuar.

Para sorpresa de Mariana, Morris siguió caminando hasta la tapia misma.

El bedel alargó la mano, hundió los dedos en un hueco dejado por un ladrillo más suelto que los demás, se agarró con fuerza y se dio impulso. Escaló la pared sin dificultad, pasó por encima de esta y desapareció al otro lado.

«Maldita sea», pensó Mariana mientras valoraba qué hacer.

Al final, corrió hasta la tapia y la estudió con atención. No estaba segura de si podría lograrlo. Examinó los ladrillos... y vio un hueco.

Quiso agarrarse, pero el ladrillo al que pretendía sujetarse se soltó de la pared y Mariana cayó hacia atrás con él en la mano.

Lo tiró al suelo y volvió a intentarlo.

Esta vez consiguió subir. A duras penas, se encaramó a lo alto del muro y se dejó caer al otro lado.

Aterrizó en un mundo distinto.

5.

En el otro lado de la tapia no había calle. Ni casas. Solo hierbajos, cipreses y zarzas que crecían por todas partes. Mariana tardó unos segundos en comprender dónde estaba.

Era el cementerio abandonado de Mill Road.

Había estado allí una vez, hacía casi veinte años, una calurosa tarde de verano en que lo había explorado con Sebastian. No le había gustado, le había parecido siniestro, desolado.

Tampoco le gustó ahora.

Se levantó y miró a su alrededor, pero no vio señales de Morris. Prestó atención: no oyó nada, ni pasos ni ninguna otra cosa, ni siquiera el canto de los pájaros. Solo un silencio sepulcral.

Miró los senderos que convergían delante de ella, entre un mar de tumbas invadidas por el musgo y macizos de acebo. Muchas lápidas estaban caídas o se habían partido y proyectaban sombras oscuras e irregulares sobre las malas hierbas. Hacía mucho que el tiempo y los elementos habían borrado los nombres y las fechas de las losas. Todas esas personas que ya nadie recordaría, todas esas vidas olvidadas... La sensación de pérdida, de futilidad, resultaba abrumadora. Necesitaba salir de ese lugar cuanto antes.

Enfiló el sendero más próximo a la tapia con la firme intención de no desorientarse; no era el mejor momento.

Se detuvo, aguzó el oído..., pero siguió sin oír pasos.

Nada. Silencio absoluto.

Lo había perdido.

¿Era posible que Morris la hubiese visto y le hubiese dado esquinazo a sabiendas? No merecía la pena continuar.

Estaba a punto de dar media vuelta cuando una estatua de gran tamaño captó su atención: un ángel sobre una cruz, con los brazos extendidos y unas alas enormes y desportilladas. Lo contempló un instante, boquiabierta. La estatua estaba dañada y se veía sin lustre, pero aun así era hermosa. Le recordaba un poco a Sebastian.

Y entonces reparó en algo más allá de la escultura, entre el follaje: una joven que caminaba por el sendero. La reconoció de inmediato.

Era Serena.

La chica no la había visto, y continuó hasta una cripta de piedra, rectangular y de cubierta plana, que una vez había sido de un blanco marmóreo pero que en esos instantes estaba moteada de gris y de un verde musgoso; rodeada de flores silvestres.

Se sentó en ella, sacó el teléfono y lo miró.

Mariana se escondió detrás del árbol que tenía más cerca y echó un vistazo a través de las ramas.

Vio que Serena levantaba la cabeza... hacia un hombre que aparecía por entre el follaje.

Era Morris.

El bedel se acercó a la chica. Ninguno de los dos dijo nada. Él se quitó el bombín y lo dejó sobre una lápida, luego agarró a Serena por la nuca y, con un movimiento violento y repentino, tiró de ella hacia sí y la besó con ansia.

Mariana vio cómo Morris tumbaba a Serena sobre el mármol, sin dejar de besarla. Se puso encima de ella y la tomó de una manera salvaje y animal. La escena le producía repulsión, pero también la fascinaba, y se descubrió incapaz de apartar la mirada. Entonces, de una forma tan abrupta como habían empezado, llegaron al clímax y se hizo el silencio.

Continuaron tumbados un momento. Luego Morris se levantó, se recompuso la ropa, recuperó el bombín y le quitó el polvo.

Mariana pensó que lo mejor sería irse de allí, retrocedió un paso y partió un palito con el pie.

Se oyó un fuerte chasquido.

Por entre las ramas, Mariana vio que Morris miraba a su alrededor. El bedel le hizo una seña a Serena para que guardara silencio. Acto seguido lo perdió de vista detrás de un árbol y ya no volvió a verlo.

Mariana giró sobre sus talones y regresó al sendero a toda prisa. Pero ¿en qué dirección quedaba la entrada? Decidió desandar sus pasos, siguiendo la tapia. Al darse la vuelta... se topó de frente con Morris.

El bedel la miraba fijamente, con la respiración entrecortada. Durante unos segundos, ninguno de los dos pronunció palabra.

—¿Qué cojones hace? —espetó Morris con voz grave.

—¿Qué? Discúlpeme —Mariana intentó esquivarlo para pasar por su lado, pero Morris se lo impidió.

Y sonrió.

—Disfrutando del espectáculo, ¿eh?

Mariana sintió que le ardían las mejillas y apartó la mirada.

Él se echó a reír.

—La tengo calada. No se haga la tonta conmigo; le tengo echado el ojo desde el principio.

—¿Y qué se supone que quiere decir eso?

—Quiere decir que no meta la puta nariz en los asuntos de los demás o, como decía mi abuelo, puede que se la corten. ¿Entendido?

—¿Está amenazándome? —su tono fue más audaz de lo que sentía.

Morris se limitó a soltar una carcajada, antes de mirarla por última vez, darle la espalda y alejarse con paso tranquilo.

Mariana permaneció allí; estaba temblando, asustada, furiosa y al borde de las lágrimas. Se sentía paralizada, clavada en el sitio. Luego alzó la vista y vio la estatua. El ángel la miraba a los ojos, con los brazos extendidos, ofreciéndole un abrazo.

En ese momento sintió el deseo abrumador de tener a Sebastian a su lado, de que la envolviera en sus brazos, la estrechara contra él y luchara por ella. Pero él ya se había ido.

Y Mariana tendría que aprender a luchar sola.

6.

Tomó el tren rápido a Londres.

No paraba en ninguna estación y cualquiera diría que volaba hacia su destino. Era como si fuese demasiado rápido, dando sacudidas y trompazos sobre los rieles, balanceándose y meciéndose sin control. Las vías protestaban, un gemido agudo a oídos de Mariana, como si alguien chillara. La puerta del vagón no encajaba bien y no hacía más que abrirse y cerrarse de golpe cada dos por tres, de modo que la sobresaltaba e interfería en sus pensamientos.

Tenía mucho en lo que pensar. El enfrentamiento con Morris le había causado una gran desazón. Intentaba entender lo ocurrido. Entonces, ¿él era el hombre con el que Serena se veía a escondidas? No le extrañaba que lo mantuvieran en secreto: Morris perdería el trabajo si se descubría que tenía un lío con una estudiante.

Mariana esperaba que eso fuera todo. Pero, por alguna razón, lo dudaba.

El jefe de bedeles tenía algo que ver con Fosca, pero ¿qué? ¿Y qué relación tenía eso con Serena? ¿Estaban chantajeando juntos a Fosca? De ser así, contrariar a un psicópata, a alguien que ya había asesinado dos veces, era un juego peligroso.

Mariana se había equivocado con Morris, ahora lo veía; se había dejado engañar por esos modales más propios de otra época, pero distaba mucho de ser un caballero. Pensó en la ferocidad de su mirada cuando la había amenazado. Quería asustarla... y lo había conseguido.

¡Pum!, la puerta del vagón se cerró con un golpetazo y ella dio un respingo.

«Basta —pensó—. Te estás volviendo loca». Tenía que distraerse, pensar en otra cosa.

Sacó el número de la *British Journal of Psychiatry* que aún llevaba en el bolso. Lo hojeó e intentó leer, pero no podía concentrarse.

Había algo que la inquietaba, no lograba quitarse de encima la sensación de que la observaban.

Volvió la cabeza y paseó la vista por el vagón: había varias personas, aunque ningún conocido, o al menos nadie a quien reconociera. Y nadie parecía estar vigilándola.

Sin embargo, la sensación persistía: estaba convencida de que la acechaban. El tren se aproximaba a Londres cuando la asaltó un pensamiento inquietante.

¿Y si se equivocaba respecto a Fosca? ¿Y si el asesino era un extraño, invisible para ella, y estaba sentado allí mismo, en ese vagón, observándola en ese preciso momento? La idea le provocó un escalofrío.

¡Pum!, la puerta.

¡Pum!

¡Pum!

7.

Poco después, el tren se detuvo en King's Cross. Mariana dejó el andén con la sensación persistente de que la vigilaban, con el hormigueo insidioso que producía sentir unos ojos en la nuca.

Convencida de que había alguien detrás de ella, se volvió en redondo casi esperando ver a Morris...

Pero no estaba allí.

Aun así, no logró quitarse de encima esa sensación y llegó a casa de Ruth intranquila y paranoica. «A lo mejor es que estoy loca —pensó—. A lo mejor es eso».

Lo estuviera o no, nada le apetecía más que ver a la anciana que la esperaba en el número 5 de Redfern Mews. Se sintió aliviada solo con apretar el timbre.

Ruth había dirigido las prácticas de psicología de Mariana cuando ella era estudiante, y una vez que se licenció pasó a ser su supervisora. El supervisor desempeñaba un papel importante en la vida del psicólogo: Mariana la informaba sobre sus pacientes y sus grupos, y Ruth la ayudaba a analizar lo que sentía para que pudiera distinguir entre las emociones de sus pacientes y las propias, cosa que no siempre resultaba sencilla. Sin supervisión, era fácil que un psicólogo se viese sobrepasado y emocionalmente abrumado por la angustia que debía contener. Eso podía llevarle a perder la imparcialidad, una herramienta fundamental para que el trabajo fuera eficaz.

Tras la muerte de Sebastian, Mariana empezó a visitar a Ruth con mayor frecuencia, pues necesitaba su apoyo más que nunca. Se trataba de una terapia en toda regla salvo por el nombre, de manera que Ruth le propuso que asistiera a sesiones periódicas, que se sometiera a tratamiento y le permitiera ser su psicóloga. Mariana se negó; no sabía explicar exactamente por qué, pero estaba convencida de que no necesitaba terapia, solo a Sebastian. Y no había tratamiento en el mundo que pudiera devolvérselo.

—Mariana, cielo —la saludó Ruth al abrir la puerta con una acogedora sonrisa—. Pasa, por favor.

—Hola, Ruth.

Qué tranquilidad solo con poner un pie en aquella casa, entrar en ese salón que siempre olía a lavanda y oír el reconfortante tictac del reloj de plata en la repisa de la chimenea.

Se sentó donde siempre, en un extremo del desgastado sofá azul. Ruth ocupó su sitio, enfrente, en el sillón.

—Parecías muy angustiada por teléfono —comentó la mujer—. ¿Te apetece hablar de ello, Mariana?

—No sé muy bien por dónde empezar. Supongo que todo comenzó cuando Zoe me llamó la otra noche desde Cambridge.

Mariana se dispuso a contarle su historia, con toda la claridad y el mayor detalle posible. Ruth escuchaba y asentía de vez en cuando, pero sin intervenir apenas. Cuando acabó, la anciana permaneció en silencio un momento. Dejó escapar un suspiro casi imperceptible, un suspiro triste y cansado que reflejaba la angustia de Mariana de un modo mucho más elocuente que cualquier palabra.

—Noto el estrés que te está causando —dijo—. La necesidad de ser fuerte, por Zoe, por el colegio, por ti...

Mariana negó con la cabeza.

—Lo que me pase a mí da igual, pero Zoe, y esas chicas... Estoy aterrada —se le llenaron los ojos de lágrimas. Ruth se inclinó hacia delante y le tendió la caja de pañuelos; Mariana sacó uno para enjugarlas—. Gracias, lo siento. Ni siquiera sé por qué lloro.

—Lloras porque te sientes impotente.

Mariana asintió.

—Sí.

—Pero eso no es verdad. Lo sabes, ¿no? —Ruth subrayó sus palabras con un gesto de aliento—. Eres mucho más capaz de lo que crees. El colegio, al fin y al cabo, no es más que un grupo como otro cualquiera, aquejado de una enfermedad. Si detectaras algo así, tóxico, perverso, sádico, en uno de tus grupos...

Ruth no acabó la frase. Mariana reflexionó.

—¿Qué haría? Buena pregunta —asintió—. Supongo que... hablaría con ellos, como grupo, me refiero.

—Justo lo que pensaba —dijo la anciana con un brillo en la mirada—. Habla con esas chicas, las Doncellas, pero no de manera individual, sino en conjunto.

—¿Te refieres a una terapia de grupo?

—¿Por qué no? Organiza una sesión con ellas, a ver qué ocurre.

Mariana sonrió, a su pesar.

—Es una idea interesante. No sé muy bien cómo reaccionarían a algo así.

—Tú piénsalo, nada más. Como sabes, la mejor forma de tratar a un grupo...

—... es como grupo —Mariana asintió—. Sí, lo sé.

Guardó silencio unos segundos. Era un buen consejo, difícil de llevar a cabo, pero apuntaba a algo que conocía bien y en lo que creía. De pronto sintió que por fin tenía algo a lo que agarrarse. Sonrió.

—Gracias.

Ruth vaciló.

—Hay algo más. Algo que, no sé cómo decirlo... Algo que me llama la atención... respecto a ese hombre, Edward Fosca. Quiero que vayas con mucho cuidado.

—Ya lo hago.

—¿Y contigo misma?

—¿A qué te refieres?

—En fin, es probable que esto esté sacando a la superficie todo tipo de sentimientos y asociaciones para ti... Es curioso que no hayas mencionado a tu padre.

Mariana la miró sorprendida.

—¿Qué tiene que ver mi padre con Fosca?

—Bueno, ambos son hombres carismáticos, poderosos dentro de su comunidad... y, por lo que parece, bastante narcisistas. Podría ser que sintieras la necesidad de ganarte a ese hombre, Edward Fosca, como te ocurría con tu padre.

—No —Mariana se sintió molesta con Ruth por insinuar algo así—. No —repitió—. Además, tengo una transferencia muy negativa con respecto a Edward Fosca.

Ruth titubeó un instante.

—Tus sentimientos con respecto a tu padre tampoco eran del todo afectuosos.

—Eso es distinto.

—¿Ah, sí? Todavía te cuesta, ¿verdad? Criticarlo, o reconocer que te falló, lisa y llanamente. Nunca te dio el amor que necesitabas. Tardaste mucho tiempo en ser capaz de verlo, y de ponerle nombre.

Mariana movió la cabeza de lado a lado.

—Con toda franqueza, Ruth, no creo que mi padre tenga nada que ver con esto.

Ruth la miró con gesto triste.

—Me da la impresión de que, en cierto modo, y en lo que a ti respecta, tu padre es una pieza fundamental. Quizá ahora mismo no tenga mucho sentido, pero un día podría resultar esencial.

Mariana no supo qué responder. Se encogió de hombros.

—¿Y Sebastian? —dijo Ruth tras una pausa—. ¿Cómo lo llevas?

Ella rechazó la pregunta.

—No quiero hablar de Sebastian. Hoy no.

La visita no se alargó mucho más después de eso. La mención de su padre había teñido la sesión de un humor sombrío que no se disipó hasta que Mariana se encontró en el vestíbulo de Ruth.

Se despidió de la anciana con un abrazo cargado de una calidez y un afecto que hicieron acudir las lágrimas a sus ojos.

—Muchísimas gracias, Ruth. Por todo.

—Llámame si me necesitas, cuando sea. No quiero que pienses que estás sola.

—Gracias.

—¿Sabes? Quizá te vendría bien hablar con Theo —dijo la mujer tras una leve vacilación.

—¿Con Theo?

—¿Por qué no? Al fin y al cabo, la psicopatía es su especialidad. Es muy bueno. Seguro que su opinión te sería de gran ayuda.

Mariana lo pensó. Theo era un psicólogo forense que se había formado con ella en Londres. A pesar de que compartían a Ruth como supervisora, apenas se conocían.

—No sé... —vaciló—. Es decir, hace mucho que no veo a Theo... ¿Crees que no le importará?

—En absoluto. ¿Y si quedas con él antes de volver a Cambridge? Deja que le llame por teléfono.

Ruth lo llamó y Theo dijo que sí, que por supuesto recordaba a Mariana, y que estaría encantado de hablar con ella. Quedaron en un pub de Camden.

Y esa misma tarde, a las seis, Mariana fue a ver a Theo Faber.

8.

Mariana fue la primera en llegar al Oxford Arms, así que pidió una copa de vino blanco mientras esperaba.

Sentía curiosidad por ver a Theo, aunque también tenía ciertas reservas. Compartir a Ruth como terapeuta los convertía en algo parecido a hermanos; cada uno codiciaba la atención que su madre le dedicaba al otro. Mariana solía estar celosa de Theo, incluso algo resentida, porque sabía que Ruth tenía debilidad por él. Su voz adoptaba un tono protector siempre que hablaba de Theo, y eso había fomentado en Mariana la fantasía —bastante irracional— de que su compañero era huérfano. Por eso se quedó de piedra cuando vio aparecer a sus padres vivitos y coleando el día de su graduación.

Lo cierto era que Theo irradiaba una especie de desamparo, algo que Mariana percibía alto y claro, una peculiaridad que lo diferenciaba de los demás. No tenía nada que ver con su aspecto, sino que más bien lo sugería su actitud: cierta reticencia, un ligero distanciamiento de los demás... Una torpeza que Mariana también reconocía en sí misma.

Theo llegó unos minutos tarde. La saludó con cariño, pidió una Coca-Cola Light en la barra y se reunió con ella en la mesa.

Estaba igual que siempre, no había cambiado un ápice. Tendría unos cuarenta años y era de constitución delgada. Llevaba una americana de pana que había visto días mejores, con una camisa blanca llena de arrugas, y olía ligeramente a tabaco. A Mariana le parecía que tenía un rostro agradable, afectuoso, aunque había algo... ¿Cómo describirlo? Algo angustioso en su mirada, casi obsesivo. Se percató de que, aunque le caía bien, no se sentía del todo cómoda en su presencia, y no estaba muy segura del porqué.

—Gracias por quedar conmigo —dijo—. No te he avisado con mucha antelación.

—No hay de qué. Siento curiosidad. He estado siguiendo las noticias, como todo el mundo. Es fascinante... —Theo se corrigió enseguida—: Quiero decir terrible, por supuesto. Pero fascinante también —sonrió—. Me gustaría conocer tu opinión al respecto.

Mariana sonrió.

—En realidad, yo esperaba conocer la tuya.

—Ah —Theo pareció sorprenderse al oírlo—. Pero, Mariana, eres tú la que está allí, en Cambridge, no yo. Tu apreciación será mucho más valiosa que nada de lo que yo pueda decirte.

—No tengo mucha experiencia en este tipo de cosas... En psicología forense.

—En realidad, no importa, ya que cada caso es absolutamente único, o al menos eso es lo que me ha enseñado la práctica.

—Qué curioso. Julian me dijo justo lo contrario. Que todos los casos son siempre iguales.

—¿Julian? ¿Te refieres a Julian Ashcroft?

—Sí. Está colaborando con la policía.

Theo arqueó una ceja.

—Recuerdo a Julian de cuando estudiábamos. Tenía algo... peculiar, o eso me parecía. Le fascinaba la sangre. Y de todos modos se equivoca: cada caso es muy diferente. Al fin y al cabo, nadie ha vivido la misma infancia.

—Sí, en eso estoy de acuerdo —Mariana asintió—. Pero, aun así, ¿crees que podríamos buscar algún tipo de patrón?

Theo bebió de su refresco y se encogió de hombros.

—Mira. Pongamos que soy el hombre con el que intentas dar. Pongamos que estoy muy perturbado y soy muy peligroso. Es del todo factible que pudiera ocultártelo. No durante un tiempo prolongado, quizá, ni en un entorno terapéutico..., pero en la superficie es muy sencillo mostrar al mundo una identidad falsa. Incluso con personas a las que vemos a diario —jugueteó con su alianza un momento, girándola en su dedo—. ¿Quieres un consejo? Olvídate del quién. Empieza con el por qué.

—¿Por qué mata, quieres decir?

—Sí —Theo reforzó su respuesta con un gesto—. Hay algo ahí que me suena a falso. Las víctimas... ¿sufrieron agresión sexual?

Mariana negó con la cabeza.

—No, ni nada parecido.

—¿Qué nos dice eso, entonces?

—¿Que es el asesinato en sí, el apuñalamiento y la mutilación, lo que le produce placer? Tal vez, aunque no creo que sea tan simple como eso.

Theo asintió.

—No, yo tampoco.

—El forense dijo que la causa de la muerte fue el corte de la garganta, y que las puñaladas tuvieron lugar *post mortem*.

—Ya veo... —Theo parecía intrigado—. Lo cual significa que todo esto tiene cierto carácter teatral. Es una puesta en escena... pensada para el público.

—¿Y el público somos nosotros?

—Exacto —confirmó él—. ¿Por qué crees que es así? ¿Por qué quiere que veamos esa violencia tan desmesurada?

Mariana reflexionó un instante.

—Creo... que quiere hacernos pensar que las mató un asesino en serie en un arrebato de enajenación mental: un loco con un cuchillo. Cuando, de hecho, actuó con una calma y un control absolutos, y los asesinatos fueron planeados detenida y cuidadosamente.

—En efecto. Por lo tanto, nos enfrentamos a alguien mucho más inteligente... y mucho más peligroso.

Mariana pensó en Edward Fosca y asintió.

—Sí, eso creo.

—Deja que te pregunte algo —Theo la miró con atención—. Cuando estuviste delante del cadáver, ¿qué fue lo primero que se te pasó por la cabeza?

Mariana parpadeó... y por un segundo volvió a ver el rostro de Veronica. Enseguida apartó esa imagen.

—No sé... Que era horrible.

Theo negó con un gesto.

—No. Eso no fue lo que pensaste. Dime la verdad. ¿Qué fue lo primero que te vino a la mente?

Ella se encogió de hombros, algo avergonzada.

—Es curioso..., pero fue un verso de una obra.

—Qué interesante. Sigue.

—*La duquesa de Amalfi*. «Cubrid su rostro; me deslumbra...»

—Sí —de repente, a Theo se le iluminaron los ojos y se inclinó hacia delante, entusiasmado—. Sí, eso es.

—No... No estoy segura de entenderte.

—«Me *deslumbra.*» Nos presenta así los cadáveres... para deslumbrarnos. Para cegarnos con su horror. ¿Por qué?

—No lo sé.

—Piénsalo. ¿Por qué intenta cegarnos? ¿Qué es lo que no quiere que veamos? ¿De qué quiere distraer nuestra atención? Responde a eso, Mariana, y lo habrás atrapado.

Ella asintió mientras lo asimilaba. Se quedaron sentados un rato más en un silencio contemplativo, mirándose.

Theo sonrió.

—Tienes un don poco habitual para la empatía. Lo noto. Entiendo que Ruth te ponga siempre por las nubes.

—No lo merezco, pero gracias. Es agradable oírlo.

—No seas modesta. No es nada fácil estar tan abierto y ser tan receptivo ante otra persona, y tú eres capaz de percibir lo que siente... Aunque se trata de un cáliz envenenado en muchos sentidos. Siempre lo he pensado —se detuvo y luego añadió en voz baja—: Perdóname. No debería decírtelo, pero advierto en ti algo más... —se interrumpió—. Una especie de... miedo. Hay algo que te asusta, y crees que está ahí fuera... —hizo un gesto en el aire—. Pero no es así. Está aquí dentro —se tocó el pecho—. Encerrado en tu interior.

Mariana parpadeó, se sentía expuesta y azorada. Negó con la cabeza.

—No... No sé a qué te refieres.

—Bueno, te aconsejo que le prestes atención. Hazle caso. Según Ruth, siempre hay que estar atento cuando nuestro cuerpo intenta decirnos algo.

De pronto parecía algo incómodo. Tal vez temiera haberse pasado de la raya, y enseguida miró la hora.

—Debería irme ya. He quedado con mi mujer.

—Por supuesto. Muchas gracias por venir, Theo.

—De nada. Me he alegrado de verte, Mariana... Ruth me ha dicho que ahora tienes una consulta privada, ¿cierto?

—Así es. ¿Y tú estás en el psiquiátrico de Broadmoor?

—Es mi penitencia —Theo sonrió—. No sé cuánto tiempo más aguantaré allí, para serte sincero. No es que esté muy contento. Buscaría otro trabajo, pero, en fin, no tengo tiempo.

Al oír eso, Mariana de pronto recordó algo.

—Espera un segundo —buscó en su bolso y sacó el número de la *British Journal of Psychiatry* que llevaba encima. Pasó las páginas hasta que encontró lo que buscaba, le enseñó la revista a Theo y señaló un texto encerrado en un recuadro—. Mira.

Se trataba de un anuncio para el puesto de psicólogo forense en The Grove, una unidad psiquiátrica de seguridad que había en Edgware.

Mariana se lo quedó mirando.

—¿Qué te parece? Conozco al profesor Diomedes, el director. Está especializado en trabajo de grupo y me dio clase un tiempo.

—Sí —Theo asintió—. Sí, sé quién es —estudió el anuncio con evidente interés—. ¿The Grove? ¿No es ahí adonde enviaron a Alicia Berenson? ¿Cuando mató a su marido?

—¿Alicia Berenson?

—La pintora... La que no hablaba.

—Ah, sí, ya me acuerdo —Mariana sonrió para animarlo—. Tal vez podrías presentarte al puesto. Y conseguir que vuelva a hablar.

—Quizá —Theo sonrió, lo pensó un momento y luego asintió para sí—. Tal vez lo haga.

9.

El viaje de vuelta a Cambridge se le pasó volando.

Mariana iba perdida en sus pensamientos, mientras rememoraba la conversación con Ruth y el encuentro con Theo. Esa idea de que la crudeza de los asesinatos buscaba distraer la atención había despertado su interés, y en el plano emocional tenía sentido de una forma que aún no era capaz de explicar por completo.

En cuanto a la sugerencia de Ruth de que organizara una sesión de grupo con las Doncellas... Bueno, no sería fácil, tal vez ni siquiera posible, pero estaba claro que valía la pena intentarlo.

Mucho más problemático era lo que Ruth le había comentado sobre su padre.

No entendía por qué lo había sacado a colación. ¿Cómo era lo que había dicho? «Quizá ahora mismo no tenga mucho sentido, pero un día podría resultar esencial.»

Había sido muy críptica. Era evidente que Ruth insinuaba algo, pero ¿el qué?

Mariana le dio vueltas mientras veía pasar los campos a toda velocidad al otro lado de la ventanilla. Pensó en su infancia en Atenas, y en su padre: cómo de niña había adorado a aquel hombre apuesto, listo y carismático, cómo lo había venerado e idealizado. Tardó mucho en comprender que su padre no era aquel personaje que ella creía.

Esa revelación se produjo a los veintitantos años, después de graduarse en Cambridge. Por entonces ya vivía en Londres y estaba formándose para ser profesora. Había empezado a hacer terapia con Ruth con la intención de abordar la pérdida de su madre, pero descubrió que sobre todo hablaba de su padre.

Se sentía obligada a convencer a su terapeuta de lo maravilloso que era: un hombre brillante y trabajador que había sacrificado mucho para criar él solo a dos niñas. Necesitaba convencerla de cuánto la quería.

Después de varios meses escuchando a Mariana sin apenas decir nada, un día Ruth por fin la interrumpió.

Su intervención fue simple, directa y devastadora.

Con toda la delicadeza de la que fue capaz, Ruth insinuó que Mariana se negaba a aceptar la realidad respecto a su padre. Después de todo lo que le había contado, no podía por menos que cuestionar la valoración que Mariana hacía de él como un padre cariñoso. El hombre al que Ruth la había oído describir le parecía autoritario, frío, emocionalmente inaccesible, a menudo crítico y muy arisco... Incluso cruel. Ninguna de esas cualidades tenía nada que ver con el amor.

—El amor es incondicional —dijo Ruth—. No trata de pasarlas canutas para contentar a otra persona... y que uno acabe fracasando una y otra vez. No se puede amar a alguien si le tienes miedo, Mariana. Sé que es duro oírlo. Se trata de una especie de ceguera, pero, a menos que despiertes y abras los ojos, esto te perseguirá toda la vida, afectará a la forma en que te ves a ti misma y también a los demás.

Ella negó con la cabeza.

—Te equivocas con mi padre —replicó—. Entiendo que es un hombre difícil, pero me quiere. Y yo a él.

—No —repuso Ruth con vehemencia—. En el mejor de los casos, podríamos decir que se trata de una necesidad de ser amado. En el peor, sería una dependencia patológica de un hombre narcisista: una mezcolanza de gratitud, miedo, expectativas y obediencia debida que no tiene nada que ver con el amor, en el verdadero sentido de la palabra. Tú no lo quieres. Como tampoco te quieres ni te conoces a ti misma.

Su terapeuta tenía razón: costaba oírlo, y mucho más aceptarlo. Mariana se levantó y se marchó con lágrimas de rabia resbalando por las mejillas. Se prometió que no volvería jamás.

Pero entonces, en la calle, frente a la casa de Ruth, algo la detuvo. De pronto pensó en Sebastian, en lo incómoda que se sentía cada vez que él le hacía un cumplido.

—No tienes ni idea de lo preciosa que eres —solía decirle su marido.

—Déjalo ya —contestaba ella, ruborizada de vergüenza, mientras rechazaba el halago agitando la mano en el aire.

Sebastian se equivocaba; ella no era lista ni guapa, no era así como se veía.

¿Por qué no?

¿A través de los ojos de quién estaba viéndose? ¿De los suyos?

¿O de los de su padre?

Sebastian no la veía con los ojos de ese hombre ni con los de nadie más; la veía con los suyos. ¿Y si Mariana también lo hiciera? ¿Y si, como la dama de Shalott, dejaba de contemplar la vida a través de un espejo... y se daba la vuelta para mirarla directamente?

Y así fue como empezó: en el muro de falsas ilusiones y negación se abrió una grieta que dejó entrar algo de luz. No mucha, pero sí la suficiente para ver. Ese momento resultó ser para Mariana una epifanía que la embarcó en un viaje de autodescubrimiento al que habría preferido renunciar. Acabó dejando su formación de profesora y comenzó a estudiar Psicología. Sin embargo, aunque desde entonces habían pasado muchos años, jamás había terminado de zanjar la cuestión de su padre. Como ya estaba muerto, era posible que nunca lo hiciera.

10.

Perdida en pensamientos melancólicos, Mariana se apeó del tren en la estación de Cambridge y regresó al Saint Christopher's a pie, apenas consciente de cuanto la rodeaba. Cuando llegó, la primera persona a la que distinguió fue a Morris. El bedel estaba junto a su oficina con varios agentes de policía. Al verlo, Mariana recordó lo desagradable que había sido su último encuentro y sintió que se le revolvía el estómago.

Se negó a mirarlo y pasó de largo sin prestarle atención. Con el rabillo del ojo advirtió que él la saludaba inclinando el sombrero, como si no hubiera pasado nada. Era evidente que creía tener la sartén por el mango.

«Bien —se dijo—, dejemos que lo piense».

Por el momento decidió no decir nada sobre lo ocurrido. En parte porque ya imaginaba cuál sería la reacción del inspector Sangha: si le insinuaba que Morris estaba compinchado con Fosca, solo provocaría su incredulidad y se pondría en ridículo. Tal como había dicho Fred, necesitaba pruebas. Más le valía guardar silencio, dejar que Morris creyera que se había salido con la suya... y darle cuerda suficiente para que acabara ahorcándose él solo.

La invadió el repentino deseo de llamar a Fred y hablar con él, pero se frenó en seco.

¿En qué demonios estaba pensando? ¿Era posible que empezara a sentir algo por él? ¿Por ese crío? No, ni siquiera se permitiría planteárselo. Era una deslealtad..., y también le daba miedo. De hecho, sería mejor que no volviera a llamar a Fred nunca.

Cuando llegó a su habitación, Mariana vio que la puerta estaba entornada.

Se quedó de piedra. Prestó atención, pero no se oía ningún ruido.

Muy despacio, alargó la mano y empujó la puerta, que chirrió al abrirse.

Mariana echó un vistazo dentro y lo que vio le cortó el aliento. Parecía que alguien había destrozado el dormitorio: todos los cajones y los armarios estaban abiertos y revueltos, sus pertenencias habían quedado tiradas por el suelo; su ropa, rasgada y hecha jirones.

Enseguida fue a llamar a Morris a la oficina del bedel y le pidió que le enviara a la policía.

Pocos minutos después, Morris y un par de agentes estaban en su habitación, inspeccionando los daños.

—¿Está segura de que no han robado nada? —preguntó uno de los policías.

Mariana asintió con la cabeza.

—Eso creo.

—No hemos visto a nadie sospechoso salir del colegio. Más bien parece obra de alguien de dentro.

—Podría tratarse de un alumno rencoroso —opinó Morris, y sonrió a Mariana—. ¿Ha estado molestando a alguien, señorita?

Ella no hizo caso. Dio las gracias a los agentes y convino en que seguramente no habían entrado a robar nada. Los policías se ofrecieron a buscar huellas dactilares, y Mariana estuvo a punto de aceptar, pero entonces vio algo que le hizo cambiar de opinión.

Alguien había usado un cuchillo, o algún instrumento afilado, para grabar una cruz profunda en el escritorio de caoba.

—No será necesario —dijo—. No voy a denunciarlo.

—Bueno, si está segura...

Cuando salieron de la habitación, Mariana acarició los surcos de la cruz con los dedos.

Se quedó allí de pie, pensando en Henry.

Y, por primera vez, tuvo miedo de él.

11.

Hace un rato pensaba en el tiempo.

En que a lo mejor nada desaparece del todo. Ha estado aquí en todo momento —mi pasado, quiero decir—, y si ahora me está afectando es porque nunca se fue a ningún sitio.

De un modo extraño, siempre estaré allí, siempre tendré doce años; atrapado en el tiempo, en aquel día horrible, el día después de mi cumpleaños, cuando todo cambió.

Tengo la impresión de que está ocurriendo ahora mismo, mientras escribo esto.

Mi madre me sienta para darme la noticia. Sé que algo va mal porque me ha traído al salón de delante, el que nunca usamos, y me ha hecho sentar en la incómoda silla de madera para comunicármelo.

Creí que iba a decirme que se moría, que tenía una enfermedad terminal; por su cara, fue lo que pensé.

Pero era mucho peor que eso.

Me dijo que se marchaba. Las cosas con mi padre iban especialmente mal, ella tenía un ojo morado y un labio partido que lo demostraban. Y por fin había encontrado el valor para abandonarlo.

Sentí una oleada de felicidad. «Dicha» es la única palabra que se le acerca.

Pero mi sonrisa se desvaneció enseguida, en cuanto me recitó de un tirón sus planes inmediatos, que consistían en quedarse en el sofá de una prima y luego ir a ver a sus padres hasta que hallara la forma de valerse por sí misma. Y, por cómo evitaba mi mirada y por todo lo que no decía, se hizo evidente que no pensaba llevarme con ella.

Me la quedé mirando sin salir de mi asombro.

Era incapaz de sentir ni de pensar nada. No recuerdo mucho más de lo que dijo, pero terminó con la promesa de mandar a alguien a por mí cuando se hubiera instalado en una nueva casa. Algo que, para mí, tenía tan pocas probabilidades de hacerse realidad como si la casa hubiera estado en otro planeta. Mi madre me dejaba atrás. Me abandonaba allí. Con él.

Iba a sacrificarme. A condenarme al infierno.

Y entonces, con esa extraña y absoluta falta de pericia que mostraba a veces, mencionó que todavía no le había dicho a mi padre que se iba. Que antes quería decírmelo a mí.

No creo que tuviera intención de decirle nada. Aquella sería su única despedida: conmigo, allí, en ese momento. Después, si era lista, metería cuatro cosas en una bolsa y huiría en plena noche.

Eso es lo que habría hecho yo.

Me pidió que le guardara el secreto y que prometiera no contarlo. Mi hermosa madre, confiada e imprudente; en muchos sentidos, yo era mayor y más inteligente que ella. Sin duda era más retorcido. Lo único que tenía que hacer era contárselo a mi padre, hablarle a ese loco furioso de su plan de abandonar el barco. Y así impediría que se marchara. No la perdería. Y yo no quería perderla.

¿O sí?

La quería..., ¿verdad?

Algo me estaba ocurriendo, algo que transformaba mi forma de pensar. Empezó durante esa conversación con mi madre y en las horas siguientes. Era como una especie de certeza que me acechaba lentamente, una misteriosa epifanía.

Pensaba que ella me quería.

Pero resultó que mi madre tenía más de un rostro.

Y entonces, de repente, empecé a ver a esa otra persona. Empecé a verla allí, al fondo, observando mientras mi padre me torturaba. ¿Por qué no lo había detenido? ¿Por qué no me había protegido?

¿Por qué no me había enseñado nunca que merecía que me protegieran?

Sí salió en defensa de Rex; le puso un cuchillo en el pecho a mi padre y amenazó con clavárselo. Pero nunca hizo eso por mí.

Sentí un fuego abrasador, una ira creciente, una furia inextinguible. Sabía que estaba mal... Sabía que debía frenarlo antes de que me consumiera. Pero, en lugar de eso, avivé las llamas. Y ardí.

Todos los horrores que había vivido los había soportado por ella, para mantenerla a salvo. Pero mi madre nunca me había antepuesto a mí. Por lo visto, aquello era un sálvese quien pueda. Mi padre tenía razón: era una egoísta, una malcriada, una desconsiderada. Era cruel.

Había que castigarla.

Jamás habría podido decirle eso en aquel entonces. Me faltaba vocabulario. Años después, sin embargo, sí habría sido capaz de enfrentarme a ella. A mis veintipocos, tal vez, con la elocuencia que acompaña a la edad. Y con una copa de más, después de cenar, me habría vuelto hacia ella, hacia esa anciana, y habría intentado hacerle tanto daño como ella me había hecho una vez a mí. Le habría soltado mi larga lista de agravios y entonces, en mi fantasía, ella se venía abajo, se postraba y me suplicaba perdón. Y yo, benevolente, se lo concedía.

Qué lujo habría sido aquel, el de perdonar. Pero nunca tuve ocasión.

Aquella noche me fui a la cama consumido por el odio... Lo sentía como magma incandescente subiendo por un volcán. Me quedé dormido... y soñé que bajaba la escalera, sacaba el cuchillo de trinchar del cajón y lo usaba para rebanarle la cabeza a mi madre. Golpeaba y serraba el cuello con el cuchillo, hasta que conseguía separársela. Acto seguido metía la cabeza en su bolsa de tejer, la de rayas rojas y blancas, y la escondía debajo de mi cama, donde sabía que estaría a buen recaudo. El cuerpo lo lanzaba al hoyo, con los demás cadáveres, donde nadie lo encontraría jamás.

Al despertar de ese sueño, en la horrible luz amarillenta del alba, me sentí confuso, desorientado... y tuve miedo, porque no sabía muy bien si había ocurrido de veras.

Estaba tan desconcertado que incluso bajé a la cocina para comprobarlo y abrí el cajón donde guardábamos los cuchillos.

Saqué el más grande y lo examiné en busca de restos de sangre, pero no había nada. La hoja brilló limpia a la luz del día.

Y entonces oí unos pasos. Escondí el cuchillo enseguida a mi espalda, y mi madre entró en la cocina, sana y salva.

Qué extraño... Ver a mi madre con la cabeza sobre los hombros no consiguió tranquilizarme.

De hecho, me sentí defraudado.

12.

A la mañana siguiente, Mariana desayunó con Zoe y Clarissa en el comedor del colegio.

El bufet de los académicos ocupaba una pequeña cavidad que se abría a un lado de la mesa de los profesores. Había una generosa selección de panes, bollos, mantequillas y tarros de mermeladas y confituras. También grandes bandejas plateadas con las opciones calientes, como huevos revueltos, beicon y salchichas.

Mientras hacían cola para servirse, Clarissa no dejaba de ensalzar las virtudes de un gran desayuno.

—Te prepara para el día —iba diciendo—. No hay nada más importante, a mi entender. Suelo escoger arenques ahumados, siempre que me es posible —contempló las diversas opciones que tenía delante—. Pero hoy no hay. Para hoy, ¿qué os parece un poco de *kedgeree*? Comida reconfortante de la de toda la vida. Un reconstituyente para el cuerpo: abadejo, huevos y arroz. Un acierto seguro.

Sin embargo, en cuanto se sentaron y Clarissa dio el primer bocado, quedó claro que se equivocaba. Se puso colorada, se atragantó... y se sacó de la boca una espina enorme que miró con alarma.

—Santo cielo. Parece que el cocinero se ha propuesto matarnos. Id con cuidado, queridas.

Revisó atentamente el resto de su plato de pescado con el tenedor mientras Mariana les ofrecía un informe sobre su viaje a Londres y les hablaba de la propuesta de Ruth de organizar una sesión de grupo con las Doncellas.

Vio que su sobrina enarcaba una ceja al oírlo.

—¿Zoe? ¿Qué te parece?

La chica le lanzó una mirada recelosa.

—Yo no tengo que estar, ¿verdad?

A Mariana eso le hizo gracia, pero lo disimuló.

—No, no tienes por qué estar. No te preocupes.

Zoe pareció aliviada y se encogió de hombros.

—Entonces, por mí adelante. Pero no creo que accedan, si te soy sincera. A menos que se lo pida él.

Mariana asintió.

—Es probable que tengas razón en eso.

Clarissa le dio un suave codazo.

—Hablando del rey de Roma...

Mariana y Zoe levantaron la vista justo cuando Edward Fosca llegaba a la mesa de los profesores.

Se sentó en el extremo contrario al que ocupaban las tres mujeres y, al percibir la mirada de Mariana, se volvió hacia ella y la observó durante unos segundos, antes de apartar la vista.

Mariana se puso en pie sin previo aviso. Zoe la miró espantada.

—¿Adónde vas?

—Solo hay una forma de saberlo.

—Mariana...

Pero ella no hizo caso y se encaminó al otro extremo de la larga mesa, donde estaba sentado Fosca. El profesor sostenía una taza de café solo y leía un fino tomo de poesía.

Al advertir la presencia de Mariana, alzó la cabeza.

—Buenos días.

—Profesor —saludó ella—. He de pedirle algo.

—¿De verdad? —Fosca la miró, intrigado—. ¿Y de qué se trata, Mariana?

Ella le sostuvo la mirada unos segundos.

—¿Tendría alguna objeción si hablo con sus alumnas? Me refiero a sus alumnas especiales, a las Doncellas.

—Pensaba que ya lo había hecho.

—Quiero decir en grupo.

—¿En grupo?

—Sí. Una terapia de grupo.

—¿Eso no depende de ellas, y no de mí?

—No creo que accedan a menos que usted se lo pida.

Fosca sonrió.

—Así que, de hecho, no está solicitando mi permiso, ¿sino mi cooperación?

—Supongo que podría decirse así.

Fosca seguía sin apartar los ojos de ella, siempre con una leve sonrisa en los labios.

—¿Y ha decidido ya dónde y cuándo le gustaría celebrar esa sesión?

Mariana lo sopesó un instante.

—¿Qué le parecería hoy a las cinco de la tarde... en el ASC?

—Por lo visto cree usted que tengo mucha influencia sobre ellas, Mariana. Le aseguro que no es el caso —se detuvo—. ¿Puedo preguntarle cuál es exactamente el propósito del grupo? ¿Qué espera conseguir?

—No espero conseguir nada. No es así como funcionan los grupos de terapia. Lo único que me propongo es crear un espacio para que esas jóvenes puedan asimilar algunas de las terribles experiencias que han vivido estos días.

Fosca dio un sorbo de café mientras lo reflexionaba.

—¿Y esa invitación se extiende también a mí? ¿Como miembro del grupo?

—Preferiría que no viniera. Creo que su presencia podría cohibir a las chicas.

—¿Y si lo pusiera como condición para acceder a ayudarla?

Mariana hizo un gesto de indiferencia.

—Entonces no tendría más opción.

—En tal caso, asistiré.

Fosca le sonrió, pero ella no le devolvió la sonrisa.

—Eso hace que me pregunte, profesor —dijo en cambio, arrugando un poco la frente—, qué narices es eso que trata de ocultar a toda costa.

Fosca sonrió de nuevo.

—No pretendo ocultar nada. Digamos solo que deseo estar ahí para proteger a mis alumnas.

—¿Protegerlas? ¿De qué?

—De usted, Mariana —respondió él—. De usted.

13.

A las cinco de la tarde, Mariana esperaba a las Doncellas en el ASC.

Lo había reservado desde las cinco hasta las seis y media. El ASC —el Antiguo Salón Comunitario— era un amplio espacio que los miembros de la facultad utilizaban como sala común: tenía varios sofás grandes, mesitas de café y una larga mesa de comedor que ocupaba todo un lado. En las paredes colgaban retratos de antiguos maestros; cuadros oscuros y apagados contra un fondo de papel aterciopelado con relieve en carmesíes y oros.

En la chimenea de mármol ardía un fuego bajo, y la luz danzarina se reflejaba en los remates dorados que había por toda la sala. La atmósfera resultaba reconfortante y acogedora, y a Mariana le parecía perfecta para la sesión.

Colocó nueve sillas de respaldo recto en círculo.

Después se sentó en una para asegurarse de que desde allí veía el reloj que había en la repisa de la chimenea. Pasaban unos minutos de las cinco.

Se preguntó si las chicas se presentarían o no. No le sorprendería lo más mínimo que no aparecieran.

Sin embargo, la puerta se abrió enseguida.

Y, una a una, las cinco jóvenes fueron desfilando. A juzgar por su expresión glacial, estaban allí en contra de su voluntad.

—Buenas tardes —saludó Mariana con una sonrisa—. Gracias por venir. Tomad asiento, por favor.

Las chicas vieron las sillas que había dispuesto y se miraron entre sí antes de sentarse, no sin cierto recelo. La rubia y alta parecía ser la cabecilla; Mariana notó que las demás la trataban con deferencia. Fue la primera en sentarse, y el resto siguió su ejemplo.

Se colocaron todas juntas, de manera que dejaron sillas vacías a ambos extremos, y a continuación miraron a Mariana. De pronto, se sintió intimidada por ese muro de rostros jóvenes y hostiles.

Qué ridículo, pensó, dejar que un grupito de veinteañeras la amedrentara, por muy guapas o inteligentes que fueran. Mariana se sentía otra vez como en el patio de la escuela: un patito feo en un rincón, frente a una pandilla de chicas populares. La niña de su interior sintió miedo, y por un segundo se preguntó cómo serían las niñas interiores de esas jóvenes, y si su aparente seguridad no ocultaría sentimientos de inferioridad similares. Por debajo de esa actitud altanera, ¿se verían tan pequeñas como ella? Le costaba imaginarlo.

Serena era la única con quien Mariana había entablado conversación, y parecía que evitaba mirarla. Morris debía de haberle contado lo de su encuentro. Tenía la cabeza gacha y los ojos fijos en su regazo, como si se avergonzara.

Las demás la observaban con cara de póquer. Parecían esperar a que hablara ella, pero Mariana no dijo nada, así que siguieron sentadas en silencio.

Miró el reloj; ya eran las cinco y diez. El profesor Fosca no había llegado y, con algo de suerte, habría decidido no asistir.

—Creo que deberíamos empezar —anunció por fin.

—¿Y el profesor? —preguntó la rubia.

—Debe de haberse entretenido. Será mejor que comencemos sin él. ¿Por qué no nos presentamos? Yo soy Mariana.

Hubo una pausa. La rubia hizo un gesto de indiferencia.

—Carla —dijo.

Las demás la siguieron.

—Natasha.

—Diya.

—Lillian.

Serena fue la última en hablar. Miró a Mariana unos instantes y se encogió de hombros.

—Ya sabe cómo me llamo.

—Sí, Serena, lo sé.

Mariana ordenó las ideas y después se dirigió a las chicas en grupo.

—Me gustaría saber qué os parece estar aquí, sentadas todas juntas.

La callada por respuesta. No hubo ninguna reacción, ni siquiera un gesto de desinterés. Mariana sentía la corriente de fría hostilidad hacia ella, pero no permitió que eso la desalentara.

—Os diré lo que me parece a mí. Se me hace extraño. La mirada se me va todo el rato a las sillas vacías —señaló los asientos sin ocupar del círculo—. Las personas que deberían estar aquí pero que no están.

—Como el profesor —dijo Carla.

—No me refería solo al profesor. ¿A quiénes más creéis que me refiero?

Carla miró los asientos vacíos y puso los ojos en blanco, con burla y desdén.

—¿Para eso son las demás sillas? ¿Para Tara y Veronica? Qué chorrada.

—¿Por qué te parece una chorrada?

—Porque no van a venir. Evidentemente.

Mariana se encogió de hombros.

—Eso no significa que no sigan formando parte del grupo. A menudo hablamos de eso en terapia, ¿sabéis? Aunque haya gente que ya no esté con nosotros, su presencia puede seguir siendo poderosa.

Al decir eso, miró una de las sillas... y vio a Sebastian allí sentado, observándola con cara divertida.

Desterró la imagen y continuó.

—Eso hace que me pregunte qué se siente al formar parte de un grupo como el vuestro... ¿Qué significa para vosotras?

Nadie contestó. Las chicas siguieron mirándola sin expresión alguna.

—En terapia, a menudo convertimos al grupo en nuestra familia. Asignamos papeles de figuras fraternales, o paternales. Tías y tíos. Supongo que vosotras también sois como una familia, ¿no? En cierto modo, habéis perdido a dos hermanas.

No hubo ninguna reacción. Mariana prosiguió con cautela:

—Imagino que el profesor Fosca es vuestro «padre»... —una pausa. Volvió a intentarlo—: ¿Es un buen padre?

Natasha soltó un hondo suspiro de exasperación.

—Esto es una gilipollez —dijo con un fuerte acento ruso—. Está claro lo que intenta hacer.

—¿Y qué intento?

—Que le digamos algo malo sobre el profesor. Quiere engañarnos. Para atraparlo.

—¿Por qué creéis que intento atraparlo?

Natasha soltó otro suspiro desdeñoso y ni se molestó en contestar.

Carla habló por ella:

—Mire, Mariana. Sabemos lo que piensa, pero el profesor no ha tenido nada que ver con los asesinatos.

—Sí —Natasha asintió repetidamente—. Nosotras estuvimos con él todo el tiempo. Todo —en su voz se percibía una pasión repentina, una fuerte animadversión.

—Estás muy enfadada, Natasha —dijo—. Lo noto.

La chica se echó a reír.

—Bien, porque estoy enfadada con usted.

Mariana asintió.

—Es fácil enfadarse conmigo. No represento ninguna amenaza. Debe de ser más complicado enfadarse con vuestro «padre»; por dejar que dos de sus hijas murieran, ¿no?

—Por el amor de Dios... Él no tiene la culpa de que estén muertas —dijo Lillian, que hablaba por primera vez.

—Entonces, ¿de quién es la culpa? —preguntó Mariana.

La joven se encogió de hombros.

—De ellas.

Mariana la miró fijamente.

—¿Qué? ¿Cómo va a ser culpa suya?

—Tendrían que haber ido con más cuidado. Tara y Veronica eran idiotas, las dos.

—Es verdad —la secundó Diya.

Carla y Natasha asintieron también.

Mariana no podía apartar los ojos de las chicas. Se había quedado sin habla. Sabía que era más fácil enfrentarse a la ira que a la tristeza, pero ella, que tenía una sensibilidad tan fina para percibir las emociones, no captaba tristeza alguna. Allí no había duelo, ni pesar, ni sentimiento de pérdida. Solo desdén. Solo desprecio.

Era extraño; cuando un grupo como ese se enfrentaba a un ataque exterior, solía cerrar filas, unirse, afianzarse más, pero a Mariana le daba la impresión de que la única persona del Saint Christopher's que había expresado una emoción real por la muerte de Tara, o de Veronica, era Zoe.

De pronto pensó en el grupo de terapia de Henry, en Londres. Allí había algo que se lo había recordado. La forma en que la presencia de Henry dividía el grupo desde dentro y lo atacaba de tal modo que no le permitía funcionar con normalidad.

¿Ocurría lo mismo allí? En tal caso, eso significaba que no estaban reaccionando a una amenaza exterior.

Significaba que la amenaza ya estaba entre ellas.

En ese momento se oyeron unos golpes en la puerta, que se abrió...

Y el profesor Fosca apareció en el umbral.

Sonrió.

—¿Puedo unirme?

14.

—Disculpe el retraso —dijo Fosca—. Tenía un asunto que atender.

Mariana frunció apenas el ceño.

—Me temo que ya hemos empezado.

—Bueno, ¿y aún estoy a tiempo de unirme?

—Eso no lo decido yo, lo decide el grupo —miró a las demás—. ¿Quién cree que el profesor Fosca debería ser admitido?

Antes de que hubiera terminado de decirlo, cinco manos se alzaron en el círculo. Todas menos la suya.

Fosca sonrió.

—Usted no ha levantado la mano, Mariana.

Ella negó con la cabeza.

—No, no lo he hecho. Pero estoy en minoría.

Mariana notó un cambio en el ambiente tras la incorporación de Fosca al círculo. Se percató de que las chicas se ponían tensas y le sorprendió un fugaz cruce de miradas entre el profesor y Carla, al tiempo que él tomaba asiento.

—Por favor, continúe —dijo él con gesto afable.

Mariana hizo una breve pausa y decidió probar un enfoque distinto. Sonrió con inocencia.

—¿Les imparte tragedia griega, profesor?

—Correcto.

—¿Han estudiado *Ifigenia en Áulide*? La historia de Agamenón e Ifigenia.

Observó a Fosca con atención, pero no le pareció que reaccionase en modo alguno ante la mención de la obra. El hombre asintió.

—Así es. Como sabe, Eurípides es uno de mis autores preferidos.

—En efecto. Bueno, verá, el personaje de Ifigenia siempre me ha resultado curioso... Me gustaría saber qué opinan sus alumnas.

—¿Curioso? ¿En qué sentido?

Mariana lo pensó unos segundos.

—Bueno, supongo que me molesta que sea tan pasiva..., tan sumisa.

—¿Sumisa?

—No lucha por su vida. No está atada ni hay nada que la retenga, y aun así permite que su padre la ejecute sin oponer resistencia.

Fosca sonrió y miró a las demás.

—Mariana plantea un punto de vista interesante. ¿Alguien querría contestar...? ¿Carla?

La chica pareció complacida de que la hubiera escogido. Sonrió a Mariana con condescendencia.

—El quid de la cuestión es el modo en que Ifigenia muere.

—Es decir...

—Que adquiere su talla dramática en tanto que sufre una muerte heroica.

Carla miró a Fosca en busca de su aprobación, que este le concedió con una leve sonrisa.

Mariana rechazó la idea.

—Lo siento, pero no estoy de acuerdo.

—¿No? —se diría que Fosca estaba intrigado—. ¿Por qué no?

Mariana miró a las jóvenes que componían el círculo.

—Creo que la mejor manera de contestar a eso... es traer a Ifigenia aquí, a la sesión, que se nos una y ocupe una de esas sillas vacías. ¿Qué decís?

Un par de chicas intercambiaron miradas burlonas.

—Qué tontería —protestó Natasha.

—¿Por qué? Era más o menos de vuestra edad, ¿no? Tal vez algo más joven. ¿Dieciséis, diecisiete años? Una persona valiente y extraordinaria. Imaginad qué habría hecho con su vida si hubiera vivido, lo que habría logrado. ¿Qué le diríamos a Ifigenia, ahora, si estuviera aquí sentada? ¿Qué se os ocurre que pudiera interesarle?

—Nada —no es que a Diya se la viese impresionada—. ¿Qué hay que decir?

—¿Nada? ¿No querríais advertirle contra su padre sociópata? ¿No querríais salvarla?

—¿Salvarla? —la chica la miró con desprecio—. ¿De qué? ¿De su destino? Las tragedias no funcionan así.

—Además, no fue culpa de Agamenón —intervino Carla—. Fue Artemisa quien exigió la muerte de Ifigenia. Fue voluntad de los dioses.

—¿Y si no hubiera dioses? —propuso Mariana—. ¿Y si solo fueran una chica y su padre? ¿Entonces qué?

—Entonces no sería una tragedia —lo desestimó Carla.

—Solo sería una familia griega pirada —asintió Diya.

Fosca había permanecido callado todo el tiempo, observando el debate en silencio y con gesto divertido. Sin embargo, de pronto pareció vencerle la curiosidad.

—¿Qué le diría usted, Mariana, a esa chica que murió para salvar Grecia? Por cierto, era más joven de lo que piensa, estaba más cerca de los catorce o los quince años. Si ahora estuviera aquí, ¿qué le diría?

Mariana lo pensó un momento.

—Supongo que me gustaría saber qué tipo de relación tenía con su padre... Y por qué se sentía obligada a sacrificarse por él.

—¿Y por qué cree que era?

Mariana se encogió de hombros.

—Creo que porque los niños están dispuestos a hacer lo que sea para que los quieran. Cuando son muy pequeños, es una cuestión de supervivencia, primero física y luego psicológica. Harán cualquier cosa para recibir cuidados y atenciones —bajó la voz, hablando no para Fosca, sino para las jóvenes que estaban sentadas a su alrededor—. Y hay personas que se aprovechan de eso.

—¿A qué se refiere exactamente? —preguntó él.

—A que, si fuera la psicóloga de Ifigenia, intentaría ayudarla a que viera algo... que resultaba invisible para ella.

—¿El qué? —quiso saber Carla.

Mariana escogió las palabras con cuidado.

—Que, desde muy pequeña, Ifigenia confundió el maltrato con el amor. Y que ese error afectó a la visión que tenía de sí misma... y del mundo que la rodeaba. Agamenón no era un héroe: era un loco, un psicópata infanticida. Ifigenia no tenía por qué amar ni honrar a ese hombre. No era necesario que muriera para complacerlo.

Las miró a los ojos, desesperada por llegar a ellas. Confiaba en que sus palabras calaran, pero... ¿era así? No lo sabía. Notó los ojos de Fosca clavados en ella e, intuyendo que estaba a punto de interrumpirla, se apresuró a proseguir:

—Si Ifigenia dejara de mentirse a sí misma acerca de su padre, si despertara a la terrible y devastadora realidad y comprendiera que aquello no era amor, que él no la quería, porque ni él mismo sabía cómo hacerlo, en ese preciso momento dejaría de ser una doncella indefensa con la cabeza en el tajo. Le arrebataría el hacha de las manos al verdugo y se convertiría en la diosa —Mariana se giró y miró a Fosca. Trató de controlar la rabia, pero no consiguió disimularla por completo—. Pero eso no fue lo que le sucedió a Ifigenia, ¿verdad? Ni a Tara, ni a Veronica. Ellas nunca tuvieron la oportunidad de convertirse en diosas. Nunca tuvieron la oportunidad de crecer.

Mariana vio que la ira asomaba a los ojos de Fosca, al otro lado del círculo, aunque, igual que ella, el hombre no la expresó.

—¿Entiendo que, de alguna manera, me ha otorgado el papel de padre en la presente situación? ¿Como Agamenón? ¿Eso es lo que sugiere?

—Es curioso que diga eso. Antes de que llegara, estábamos hablando sobre sus méritos como «padre» del grupo.

—¿Ah, sí? ¿Y cuál era el consenso general?

—No hemos llegado a ninguno. Pero les he preguntado a las Doncellas si se sentían menos seguras bajo su cuidado... ahora que dos de ellas han muerto.

Mariana volvió la cabeza hacia las dos sillas vacías y Fosca siguió su mirada.

—Ah. Ahora lo entiendo —dijo—. Las sillas vacías representan a los miembros ausentes del grupo... ¿Una para Tara y otra para Veronica?

—Correcto.

—En ese caso —prosiguió Fosca tras una breve pausa—, ¿no falta una silla?

—¿A qué se refiere?

—¿No lo sabe?

—¿Saber qué?

—Ah. Ella no se lo ha dicho. Qué interesante —el hombre no dejaba de sonreír, parecía que la situación le divertía—. Tal vez debería dirigir esa poderosa lente analítica hacia usted, Mariana. ¿Qué tipo de «madre» se considera?

—Médico, cúrate a ti mismo —comentó Carla, y se echó a reír.

—Sí, exacto —convino Fosca, riendo entre dientes. Se volvió hacia las demás y preguntó, imitando a un psicólogo en tono de burla—: ¿Qué opinamos de este engaño como «grupo»? ¿Qué creemos que «significa»?

—Bueno, creo que dice mucho sobre su relación —apuntó Carla.

—Está claro. No están tan unidas como Mariana cree —asintió Natasha.

—Es evidente que no confía en ella —dijo Lillian.

—¿Y por qué será? —murmuró Fosca, sin dejar de sonreír.

Mariana notó que se ruborizaba; estaba encendida de indignación ante aquel jueguecito que se traían entre manos y que parecía más propio de un patio de colegio. Como el típico abusón, Fosca había manipulado al grupo para que se unieran en su contra. Todas participaban en la broma, sonriendo y burlándose de ella. De pronto las odió.

—¿De qué está hablando? —quiso saber.

Fosca paseó la mirada por el círculo.

—Bueno, ¿quién quiere hacer los honores? ¿Serena? ¿Qué tal tú?

Serena asintió y se puso en pie. Abandonó el círculo, se acercó a la mesa de comedor y regresó con otra silla, que colocó al lado de Mariana antes de volver a sentarse.

—Gracias —Fosca se dirigió a Mariana—: Verá, es que faltaba una silla. Para el último miembro de las Doncellas.

—¿Y quién es esa?

Sin embargo, ya había adivinado lo que el profesor iba a decir.

—Su sobrina —contestó él con una sonrisa—. Zoe.

15.

Tras la sesión, Mariana salió al Patio Mayor con paso tambaleante, aturdida.

Tenía que hablar con Zoe y escuchar su versión de la historia. Aunque lo había expuesto de manera cruel, el grupo estaba en lo cierto: Mariana debía prestarse más atención a sí misma, y a su sobrina, y averiguar por qué esta no le había confiado que era miembro de las Doncellas. Necesitaba saber el motivo.

Mariana echó a andar hacia los dormitorios de los estudiantes para encontrar a Zoe y pedirle cuentas, pero se detuvo nada más llegar a la arcada que conducía a Eros Court.

Debía manejar la situación con mano izquierda. Zoe no solo era frágil y vulnerable, sino que además, por algún motivo —y Mariana estaba convencida de que tenía que ver con Edward Fosca—, no le había contado la verdad.

Por otro lado, Fosca acababa de traicionar deliberadamente la confianza de Zoe para provocar a Mariana, así que era fundamental que no mordiera el anzuelo. No debía irrumpir en la habitación de su sobrina y acusarla de mentir.

Tenía que apoyarla y pensar muy bien cómo proceder.

Decidió consultarlo con la almohada y hablar con Zoe por la mañana, después de haberse calmado un poco. Dio media vuelta y, absorta en sus pensamientos, no vio a Fred hasta que este salió de entre las sombras.

El joven apareció en medio del camino, delante de ella.

—Hola, Mariana.

Ella ahogó un grito.

—Fred, ¿qué haces aquí?

—Estaba buscándote. Quería asegurarme de que estabas bien.

—Sí, estoy bien, más o menos.

—Bueno, es que dijiste que me llamarías cuando volvieras de Londres.

—Lo sé, lo siento. He..., he estado ocupada.

—¿Estás segura de que estás bien? Tienes pinta de que no te vendría mal un trago.

Mariana sonrió.

—Pues la verdad es que sí.

Fred le devolvió la sonrisa.

—Bien, ¿entonces qué?

—Bueno, a ver... —vaciló, insegura.

—Resulta que tengo un borgoña soberbio —se apresuró a añadir Fred—, que robé durante una cena formal. Lo había reservado para una ocasión especial... ¿Qué te parece? Lo tengo en mi habitación.

«¿Qué narices?», pensó Mariana. Asintió.

—De acuerdo. ¿Por qué no?

—¿De verdad? —a él se le iluminó la cara—. Vale, genial. Vamos...

Le ofreció el brazo, pero Mariana no lo tomó. Echó a andar y Fred tuvo que apretar el paso para alcanzarla.

16.

La habitación del Trinity en la que se alojaba Fred era más grande que la de Zoe, aunque el mobiliario tenía un aspecto un tanto más ajado. Lo primero que llamó la atención de Mariana fue el orden: cada objeto estaba en su sitio, no había miles de cosas por doquier, salvo papeles, que lo inundaban todo, páginas y más páginas garabateadas y repletas de fórmulas matemáticas. Recordaba más al trabajo de un loco, o un genio, con flechas que conectaban unas páginas con otras, llenas de anotaciones ilegibles en los márgenes.

Los únicos objetos personales que vio fueron un par de fotos enmarcadas sobre el estante. Una estaba un poco borrosa, como si la hubieran sacado en los ochenta, y en ella aparecía una atractiva y joven pareja, seguramente los padres de Fred, delante de una valla blanca y un prado. La otra era de un niño pequeño con un perro; un muchachito con un corte de pelo a tazón y gesto serio.

Mariana miró a Fred. Tenía la misma expresión que en la foto mientras se concentraba en encender unas velas. Luego puso música, las *Variaciones Goldberg* de Bach, y recogió los papeles del sofá, que apiló de cualquier manera sobre el escritorio.

—Lamento el desorden.

—¿Es tu tesis? —preguntó Mariana, señalando las montañas de papeles.

—No —Fred negó con la cabeza—. Es... una cosa que estoy escribiendo. Una especie de libro, supongo —no parecía saber muy bien cómo explicarlo—. Siéntate, por favor.

Le indicó el sofá. Mariana tomó asiento. Notó un muelle roto debajo de ella y se movió un poco más allá.

Fred sacó una botella de borgoña añejo y se la mostró con orgullo.

—No está mal, ¿eh? Me habrían matado si me pillan robándolo.

Cogió un sacacorchos e intentó abrirla, sin demasiada maña. Por un segundo, Mariana temió ver la botella en el suelo, pero finalmente Fred logró sacar el corcho con un sonoro taponazo y sirvió el vino tinto en dos copas desportilladas y dispares. Le tendió la más entera de las dos a Mariana.

—Gracias.

Fred alzó la suya.

—Salud.

Ella dio un sorbo; el vino era excelente, por supuesto. Y no cabía duda de que Fred pensaba lo mismo: el joven suspiró con gesto satisfecho y los labios teñidos de rojo.

—Buenísimo —comentó.

Guardaron silencio un momento. Mariana prestó atención a la música y se sumergió en las escalas ascendentes y descendentes de Bach, tan elegantes, tan matemáticas en su construcción; seguramente era eso lo que atraía al cerebro matemático de Fred.

Echó un vistazo a la pila de papeles del escritorio.

—Ese libro que estás escribiendo... ¿De qué trata?

—Si quieres que te diga la verdad, no tengo ni idea —contestó él.

Mariana se echó a reír.

—Alguna idea sí que tendrás.

—Bueno... —Fred apartó la mirada—. En cierta manera, supongo que... trata de mi madre.

La miró con timidez, como si temiera que se echara a reír.

Sin embargo, Mariana no pareció encontrarlo divertido. Lo observó con interés.

—¿Tu madre?

—Sí —asintió Fred—. Me dejó... cuando era niño... Murió.

—Lo siento —dijo Mariana—. Mi madre también murió.

—¿Ah, sí? —el joven abrió mucho los ojos—. No lo sabía. Entonces los dos somos huérfanos.

—Yo no era huérfana. Tenía a mi padre.

—Ya —Fred asintió y bajó la voz—. Yo también.

Alargó la mano hacia la botella y le sirvió más vino.

—Ya está, gracias —dijo ella, pero él la ignoró y llenó la copa hasta el borde.

En realidad, a Mariana no le importó. Era la primera vez que se relajaba en días, y se lo agradecía.

—Verás —dijo Fred, mientras rellenaba su propia copa—, la muerte de mi madre es lo que me llevó a las matemáticas puras... y a los universos paralelos. De eso trata mi tesis.

—No estoy segura de entenderlo.

—En realidad, yo tampoco mucho. El caso es que si existen otros universos, idénticos al nuestro, entonces en algún lugar hay uno en el que mi madre no ha muerto —se encogió de hombros—. Así que... me dediqué a buscarla.

Fred tenía una expresión distante y triste en la mirada, como la de un niño perdido. Mariana se compadeció de él.

—¿La encontraste? —preguntó.

—En cierta manera... Descubrí que, en realidad, el tiempo no existe, así que no se ha ido a ningún sitio. Está aquí mismo.

Mientras Mariana trataba de desentrañar sus palabras, Fred dejó su copa, se quitó las gafas y la miró a los ojos.

—Mariana, escucha...

—Por favor, no lo hagas.

—¿El qué? Si no sabes qué voy a decir.

—Vas a salir con alguna declaración romántica y no quiero oírla.

—¿Una declaración? No. Es solo una pregunta. ¿Puedo preguntar?

—Depende.

—Te quiero.

Mariana frunció el ceño.

—Eso no es una pregunta.

—¿Quieres casarte conmigo? Esa es la pregunta.

—Fred, por favor, calla...

—Te quiero, Mariana. Me enamoré de ti nada más verte, sentada en el tren. Quiero estar contigo. Quiero cuidarte. Quiero protegerte...

No debería haber dicho eso. Mariana sintió que se acaloraba; las mejillas se le encendieron de indignación.

—¡Muy bien, pero yo no quiero que nadie me proteja! No puede haber nada peor. No soy una damisela en apuros, ni una... doncella que espera que la rescaten. No necesito un caballero de radiante armadura. Quiero... Quiero...

—¿Qué? ¿Qué es lo que quieres?

—Quiero que me dejen en paz.

—No —lo rechazó él—. No te creo —y se apresuró a añadir—: Recuerda mi premonición: un día, te pediré que te cases conmigo y dirás que sí.

A Mariana se le escapó la risa.

—Lo siento, Fred. No en este universo.

—Bueno, existe otro en el que ya nos estamos besando.

Sin darle tiempo a replicar, Fred se inclinó hacia delante y puso sus labios sobre los de ella con delicadeza. Mariana sintió la suavidad del beso, su calidez y dulzura, sobresaltada y desarmada al mismo tiempo.

Acabó tan deprisa como había empezado. Fred se apartó y la miró a los ojos.

—Lo siento. No..., no he podido evitarlo.

Mariana negó con la cabeza, pero no dijo nada. No se explicaba por qué le había afectado de esa manera.

—No quiero hacerte daño, Fred.

—No me importa. No pasa nada, de verdad. Al fin y al cabo, «es mejor haber amado y perdido que no haber amado jamás».

Se echó a reír, pero vio que a Mariana le cambiaba la cara con gesto de preocupación.

—¿Qué? ¿Qué he dicho?

—No es nada —miró el reloj—. Se ha hecho tarde, tengo que irme.

El anuncio pareció entristecerlo.

—¿Ya? De acuerdo. Te acompaño abajo.

—No hace falta que...

—Quiero hacerlo.

La actitud de Fred había cambiado ligeramente, parecía más cortante, y parte de su calidez se había esfumado. Se levantó, sin mirarla.

—Vamos —dijo.

17.

Fred y Mariana bajaron los escalones en silencio. No volvieron a hablar hasta que estuvieron en la calle.

—Pues buenas noches —se despidió Mariana, volviéndose hacia él.

Fred no se movió.

—Voy a dar una vuelta.

—¿Ahora?

—Suelo pasear de noche. ¿Pasa algo?

Su tono transmitía cierta irritación y hostilidad. Mariana sabía que se sentía rechazado. Quizá era injusta, pero eso le molestaba. En cualquiera caso, los sentimientos heridos de Fred no eran asunto suyo; en ese momento tenía cosas más importantes de las que preocuparse.

—Muy bien —dijo Mariana—. Adiós.

Fred continuaba inmóvil, con la mirada fija en ella.

—Espera —pidió de pronto. Metió la mano en el bolsillo trasero y sacó unas cuantas hojas dobladas—. Iba a darte esto más tarde, pero... ten.

Se las tendió, aunque ella no las cogió.

—¿Qué es?

—Una carta. Es para ti, explica lo que siento mejor de lo que sé hacerlo en persona. Léela. Así lo entenderás.

—No la quiero.

Fred insistió con un gesto brusco.

—Mariana. Cógela.

—No. Para. Y deja de presionarme.

—Mariana...

Pero ella dio media vuelta y se marchó. Según se alejaba, sintió que la rabia se apoderaba de ella, seguida de un inesperado pellizco de tristeza, y finalmente la asaltó el remordimiento. No por haberlo herido, sino por haberlo rechazado, por haber cerrado la puerta a algo que podría haber sido.

¿De verdad? ¿Sería capaz de llegar a amar a ese joven tan serio? ¿Podría abrazarlo por las noches y hablar con él de sus cosas? Le bastó con formularse esas preguntas para saber que era imposible.

¿Cómo podría?

Tenía mucho de qué hablar. Y solo quería hacerlo con Sebastian.

Cuando Mariana volvió al Saint Christopher's, en lugar de ir derecha a su habitación, se desvió hacia el Patio Mayor y entró en el edificio que alojaba la cantina.

Deambuló por el pasillo en penumbra, hasta que se encontró frente al cuadro.

El retrato de Tennyson.

Tenía esa imagen grabada en la mente y no dejaba de pensar en ella, aunque no sabía muy bien por qué. El triste y apuesto Tennyson.

No, triste no. Esa no era la palabra que describía la expresión de sus ojos. ¿Cuál, entonces?

Estudió su rostro, tratando de interpretar su gesto, y una vez más tuvo la extraña sensación de que no la miraba a ella, sino algo que quedaba a su espalda, algo de lo que el poeta no podía apartar los ojos... Algo que no estaba a la vista.

Pero ¿qué?

Y entonces Mariana lo comprendió de pronto. Supo qué miraba Tennyson o, mejor dicho, a quién.

A Hallam.

Tennyson contemplaba a Hallam, que permanecía más allá de la luz, tras el velo. Esa era la expresión de sus ojos. Los ojos de un hombre que conversa con los muertos.

Tennyson estaba perdido, estaba enamorado de un fantasma. Le había dado la espalda a la vida. ¿Y Mariana?

Antes creía que sí.

¿Y ahora...?

Ahora, tal vez... Ya no estaba tan segura.

Continuó allí un buen rato, pensando. Y entonces, cuando se volvió para irse, oyó unos pasos. Se detuvo.

La suela dura de los zapatos de un hombre repicaba con calma contra el suelo de piedra del largo y tenebroso pasillo...

Cada vez más cerca.

Al principio, Mariana no vio a nadie. Pero luego, a medida que el hombre se aproximaba, percibió un movimiento entre las sombras... y el destello de una hoja.

Se quedó inmóvil, paralizada, apenas se atrevía a respirar, tratando de distinguir quién era. Y poco a poco... Henry fue emergiendo de la oscuridad.

Con los ojos clavados en ella.

Unos ojos de mirada horrible, no del todo racional, un tanto trastornada. Se había peleado con alguien y sangraba por la nariz. También tenía sangre por toda la cara, y en la camisa, y empuñaba un cuchillo de unos diecinueve o veinte centímetros.

—¿Henry? Por favor, deja el cuchillo —Mariana intentó aparentar calma y serenidad, aunque no pudo evitar que le temblara ligeramente la voz.

Él no dijo nada. Solo la miraba con los ojos muy abiertos, como faros, y era evidente que iba colocado.

—¿Qué haces aquí? —insistió ella.

Henry tardó un momento en contestar.

—Necesitaba verte, ¿vale? No querías atenderme en Londres, así que he tenido que venir hasta aquí.

—¿Cómo me has encontrado?

—Te vi en la tele. Junto a la policía.

—No recuerdo eso —dijo Mariana, tratando de no alterarlo—. He hecho todo lo posible para que no me enfocaran las cámaras.

—¿Crees que miento? ¿Crees que te he seguido hasta aquí?

—Henry, has sido tú quien ha entrado en mi habitación, ¿verdad?

—Me has abandonado, Mariana. Me..., me has sacrificado... —replicó él con un deje histérico en la voz.

—¿Qué? —Mariana lo miraba de hito en hito, nerviosa—. ¿Por qué... has usado esa palabra?

—Es la verdad, ¿no crees?

Henry levantó el arma y dio un paso hacia ella, pero Mariana no retrocedió.

—Suelta el cuchillo, Henry.

Él continuó avanzando.

—No puedo seguir así. Tengo que liberarme. Tengo que cortar con todo esto.

—Henry, por favor, para...

Sostuvo la hoja en alto, como si se dispusiera a asestar una puñalada. Mariana tenía el pulso acelerado.

—Voy a matarme, aquí, ahora, delante de ti —dijo—. Y tú vas a verlo.

—Henry...

Alzó el cuchillo unos centímetros más, y entonces...

—¡Eh!

Henry oyó la voz a su espalda y se volvió justo cuando Morris salía de entre las sombras y se abalanzaba sobre él. Lucharon por el cuchillo, pero Henry no era rival para el bedel, que lo lanzó a un lado como si estuviera hecho de paja. El joven acabó en el suelo, hecho un guiñapo.

—Déjelo —le pidió Mariana a Morris—. No le haga daño.

Se acercó a Henry para ayudarlo a levantarse, pero él le apartó la mano con brusquedad.

—Te odio —dijo, como un niño pequeño. Los ojos enrojecidos se le llenaron de lágrimas—. Te odio.

Morris llamó a la policía y detuvieron a Henry, pero Mariana insistió en que necesitaba asistencia psiquiátrica y lo llevaron al hospital, donde lo ingresaron. Le prescribieron antipsicóticos, y Mariana quedó en que hablaría con el especialista por la mañana.

Por supuesto, se culpaba de lo que había sucedido.

Henry tenía razón: ella lo había sacrificado, a él y al resto de las personas vulnerables a quienes trataba. Si hubiera estado disponible, como Henry necesitaba, las cosas no habrían llegado a ese extremo. Esa era la verdad.

Ahora Mariana tenía que asegurarse de que ese enorme sacrificio no fuera en vano... Costara lo que costase.

18.

Casi era la una de la madrugada cuando Mariana volvió a su habitación. Estaba exhausta, pero demasiado despierta para dormir, demasiado inquieta y alterada.

Hacía frío, así que encendió el viejo calefactor eléctrico de la pared. Seguramente nadie lo había usado desde el invierno anterior, y cuando se calentó, notó un olor penetrante a polvo quemado. Se quedó allí sentada, en la silla de madera de respaldo alto, con la mirada perdida en la resistencia roja que brillaba en la oscuridad, sintiendo su calor, escuchando el zumbido que emitía. Permaneció allí sentada, pensando... Pensando en Edward Fosca.

Era tan engreído, estaba tan seguro de sí mismo... «Cree que se ha salido con la suya», se dijo. Creía que había ganado.

Pero se equivocaba. Aún no había vencido, y Mariana estaba decidida a derrotarlo. Tenía que hacerlo. Se pasaría la noche entera devanándose los sesos hasta dar con la solución.

Estuvo sentada en esa silla durante horas, en vela, sumida en una especie de trance, pensando, razonando, volviendo una y otra vez sobre todo lo que había ocurrido desde que Zoe la había llamado el lunes por la noche. Repasó hasta el último detalle de la historia, siguió todos los hilos posibles —la examinó desde todos los ángulos, intentó encontrarle un sentido—, tratando de desentrañar la verdad.

Debía de ser algo obvio, debía de tener la respuesta delante de sus narices, y aun así era incapaz de verla. Tenía la sensación de estar componiendo un puzle en la oscuridad.

Fred diría que, en otro universo, Mariana ya lo había resuelto. En otro universo era más lista.

Pero no en ese, por desgracia.

Continuó así hasta que empezó a dolerle la cabeza y al amanecer, agotada y deprimida, se dio por vencida. Se metió en la cama y se durmió al instante.

Tuvo una pesadilla. Soñó que buscaba a Sebastian por paisajes desérticos, abriéndose paso a través del viento y la nieve. Por fin dio con él en la barra de un hotel destartalado, un hotel alpino y remoto, durante una tormenta de nieve. Lo saludó, loca de alegría, pero, para su consternación, Sebastian no la reconocía. Le decía que había cambiado, que era otra persona. Mariana juró y perjuró que era la misma. «¡Soy yo, soy yo!», gritaba. Pero cuando intentó besarlo, él se apartó. Sebastian la dejó y salió a la tormenta de nieve. Mariana se derrumbó y se echó a llorar, inconsolable, y entonces apareció Zoe, que la envolvió en una manta azul. Mariana le dijo lo mucho que amaba y necesitaba a Sebastian, más que el aire que respiraba, más que a la vida. Zoe negó con la cabeza y contestó que el amor solo traía dolor, y que debía despertar.

—Despierta, Mariana.

—¿Qué?

—Despierta... ¡Despierta!

Abrió los ojos sobresaltada, empapada de un sudor frío y con el corazón desbocado.

Alguien aporreaba la puerta.

19.

Mariana se incorporó con el pulso acelerado. Los golpes continuaban.

—¡Un momento! —gritó—. ¡Ya voy!

«¿Qué hora es?» Una luz brillante bordeaba las cortinas. ¿Las ocho? ¿Las nueve?

—¿Quién es?

No hubo respuesta. Los golpes subieron de intensidad..., así como su jaqueca. Tenía un dolor de cabeza palpitante, anoche debía de haber bebido bastante más de lo que pensaba.

—Vale, un segundo.

Mariana salió de la cama. Estaba desorientada y atontada. Se arrastró hasta la puerta, giró la llave y abrió.

Se topó con Elsie, a punto de llamar de nuevo. La mujer sonrió de oreja a oreja.

—Buenos días, cielo.

Llevaba un plumero bajo el brazo, y de su mano colgaba un cubo con productos de limpieza. Se había pintado las cejas en un ángulo muy marcado que le daba un aspecto bastante aterrador, y tenía un brillo emocionado en la mirada, un brillo que a Mariana se le antojó siniestro y despiadado.

—¿Qué hora es, Elsie?

—Pasan de las once, cielo. No te habré despertado, ¿verdad?

La mujer metió la cabeza y echó un vistazo a la cama deshecha. Mariana notó un tufo a tabaco y... ¿a alcohol? ¿O lo que olía era su propio aliento?

—No he dormido bien —dijo—. He tenido una pesadilla.

—Vaya, cielo —Elsie chascó la lengua, compadeciéndose de ella—. No me sorprende, con todo lo que está ocurriendo. Me temo que tengo más malas noticias, cielo. Pero he pensado que debías saberlo.

—¿Qué? —Mariana la miró fijamente, con los ojos muy abiertos. Se había despertado de golpe y estaba asustada—. ¿Qué ha pasado?

—Enseguida te lo cuento. ¿No le vas a pedir a Elsie que pase?

Mariana se hizo a un lado y la mujer entró en la habitación.

—Así, mejor —sonrió a Mariana y dejó el cubo en el suelo—. Más te vale prepararte, cielo.

—¿Qué pasa?

—Han encontrado otro cadáver.

—¿Qué? ¿Cuándo?

—Esta mañana, junto al río. Otra chica.

Mariana necesitó un segundo para recuperar el habla.

—Zoe. ¿Dónde está Zoe?

Elsie negó con la cabeza.

—No te comas esa cabecita por Zoe, que está la mar de bien. Remoloneando en la cama, como si la conociera —esbozó una sonrisa—. Veo que es cosa de familia.

—Por amor de Dios, Elsie, ¿quién es? Dígamelo.

La camarera sonrió de nuevo. Había algo verdaderamente obsceno en su expresión.

—La pequeña Serena.

—Oh, Dios...

Las lágrimas acudieron a sus ojos al instante. Reprimió un sollozo.

Elsie chascó la lengua en actitud compasiva.

—La pobre y pequeña Serena. Bueno, los caminos del Señor son inescrutables... Será mejor que me ponga con lo mío, no hay descanso para los malvados.

Se dio la vuelta para irse, pero luego se detuvo.

—Ay, qué tonta, casi se me olvida... Esto estaba bajo tu puerta, cielo.

Elsie metió la mano en el cubo y sacó algo que tendió a Mariana.

—Toma...

Era una postal.

Mariana reconoció la imagen: un ánfora de la Grecia antigua, en blanco y negro, de miles de años de antigüedad, cuyos motivos decorativos representaban el sacrificio de Ifigenia a manos de Agamenón.

Le dio la vuelta con mano temblorosa y al dorso, como ya esperaba, encontró una cita en griego clásico escrita a mano:

τοιγάρ σέ ποτ᾽ οὐρανίδαι
πέμψουσιν θανάτοις: ἦ σὰν
ἔτ᾽ ἔτι φόνιον ὑπὸ δέραν
ὄψομαι αἷμα χυθὲν σιδάρῳ.

A Mariana le sobrevino una extraña sensación de vértigo, de mareo, mientras miraba la postal como si la contemplara desde una gran altura y corriera el peligro de perder el equilibrio y precipitarse a un abismo oscuro y profundo.

20.

Mariana permaneció inmóvil un momento. Estaba paralizada, como si su cuerpo hubiera echado raíces en el suelo. Apenas se dio cuenta de que Elsie salía de la habitación.

No dejaba de mirar la postal que tenía en las manos. Era incapaz de apartar los ojos, estaba petrificada, como si esas letras en griego clásico hubieran prendido fuego en su mente y estuvieran ardiendo y consumiéndose en el interior de su cerebro.

Le costó bastante darle otra vez la vuelta para romper su hechizo. Necesitaba pensar con claridad, tenía que decidir qué hacer.

Debía contárselo a la policía, desde luego. Aunque pensaran que estaba loca, lo cual seguramente ya hacían, no podía callar la existencia de esas postales durante más tiempo. Debía hablar con el inspector Sangha.

Tenía que dar con él.

Se metió la postal en el bolsillo trasero de los pantalones y salió de la habitación.

La mañana estaba nublada. El sol todavía no había logrado atravesar las nubes, un tenue manto de niebla pendía aún sobre el suelo, como humo... Y en medio de ese ambiente tan gris, al otro lado del patio, Mariana distinguió la figura de un hombre.

Era Edward Fosca.

¿Qué estaba haciendo ahí? ¿Aguardaba para ver su reacción? ¿Le excitaba, disfrutaba con su tormento? No llegaba a distinguir la expresión de su rostro, pero estaba convencida de que sonreía.

Y, de pronto, se sintió furiosa.

No era propio de ella perder el control, pero en ese instante, después de una noche en la que apenas había pegado ojo, disgustada, asustada y enfadada como estaba..., se dejó llevar. No fue tanto por valentía como por desesperación; su angustia estalló con violencia contra Edward Fosca.

Antes de pararse a pensar en lo que hacía, atravesó el patio con paso decidido, directa hacia él. ¿El profesor había dado un leve respingo? Tal vez. Pero se mantuvo firme, aun cuando se vio abordado de pronto y sin previo aviso... Incluso cuando Mariana llegó a su altura y se detuvo a solo unos centímetros de su rostro, con las mejillas encendidas, los ojos desorbitados y respirando con ferocidad.

No dijo nada. Se limitó a mirarlo con una furia creciente.

Él le dedicó una sonrisa vacilante.

—Buenos días, Mariana.

Ella le tendió la postal.

—¿Qué significa esto?

—¿Eh?

Fosca cogió la tarjeta y le echó un vistazo a la inscripción del dorso, murmurando en griego mientras leía. Sus labios esbozaron una leve sonrisa.

—¿Qué significa? —repitió ella.

—Es de *Electra,* de Eurípides.

—Tradúzcame lo que dice.

Fosca sonrió y miró a Mariana a los ojos.

—Dice: «Los dioses han querido tu muerte... y pronto, de tu garganta, la espada hará brotar ríos de sangre».

Cuando Mariana oyó eso, su ira estalló; la rabia que había estado hirviendo en su interior se desbordó. Cerró las manos en un puño y, con todas sus fuerzas, le golpeó en la cara.

Fosca se tambaleó hacia atrás.

—Joder...

Sin embargo, sin darle tiempo a recuperar el aliento, Mariana volvió a darle un puñetazo. Y otro más.

Él levantó las manos para protegerse, pero ella seguía pegando, descargando sus puños contra él, gritando.

—¡Cabrón! ¡Hijo de puta enfermo!

—¡Mariana, basta! Pare...

Pero Mariana no podía parar, no quería; hasta que sintió que un par de manos la agarraban desde atrás y la retenían.

Un agente de la policía la sujetó y la inmovilizó a la fuerza.

Empezó a congregarse una pequeña muchedumbre. Julian también estaba allí, mirándola sin dar crédito.

Otro agente se acercó a ayudar a Fosca, pero el profesor lo apartó con un gesto rabioso. Le sangraba la nariz; su inmaculada camisa blanca había quedado toda salpicada de rojo. Parecía enfadado y abochornado. Era la primera vez que Mariana lo veía perder el aplomo, y eso le produjo cierta satisfacción, por mínima que fuera.

El inspector jefe Sangha apareció enseguida y fulminó a Mariana con la mirada, atónito, como si se encontrara ante una loca.

—¿Qué demonios ha pasado aquí?

21.

Poco después, Mariana se hallaba en el despacho del decano, rindiendo explicaciones. Estaba sentada a un lado del escritorio, y enfrente tenía al inspector jefe Sangha, a Julian, al decano... y a Edward Fosca.

Le resultaba difícil encontrar las palabras adecuadas. Cuanto más hablaba, más sentía que nadie la creía. Al contar su historia, al expresarla en voz alta, se dio cuenta de lo inverosímil que sonaba.

El profesor Fosca había recobrado la compostura y no hacía más que sonreír todo el rato, como si ella estuviera contando un chiste largo y él ya conociera el remate.

También Mariana se había tranquilizado, aunque le costaba mantener la calma. Expuso los hechos con toda la claridad y sencillez que pudo, dejando cualquier emoción al margen. Explicó, paso a paso, cómo había llegado a la increíble conclusión de que el profesor había asesinado a tres de sus alumnas.

Las Doncellas fueron lo primero que le hizo sospechar, dijo. Un grupo de preferidas, todas ellas chicas jóvenes. Nadie sabía lo que ocurría en esas reuniones. Como terapeuta de grupo, y como mujer, Mariana no podía por menos que albergar cierta inquietud. El profesor Fosca ejercía una suerte de control extraño sobre sus alumnas, como el de un gurú, afirmó. Ella misma lo había presenciado de primera mano, y hasta su propia sobrina había mostrado cierta reticencia a traicionar a Fosca y a las demás.

—Es algo típico en una relación de grupo malsana: el impulso de adaptarse y someterse. Expresar opiniones contrarias a los demás miembros, o al líder, provoca una gran ansiedad. Si es que se les permite siquiera. Lo noté cuando Zoe me habló del profesor Fosca. Pasaba algo. Noté que incluso le tenía miedo.

Los grupos pequeños como el de las Doncellas, explicó Mariana, eran especialmente vulnerables a la manipulación inconsciente, o a los abusos. Sin darse cuenta, las chicas podían relacionarse con el líder tal como lo hacían con su padre de pequeñas: mediante dependencia y aquiescencia.

—Y si eres una joven con algún daño psicológico —prosiguió—, en fase de negación sobre tu infancia y el sufrimiento que padeciste en esa etapa, es muy posible que, para lograr que esa negación se sostenga, acabes buscando a otro maltratador... y te engañes diciendo que su conducta es de lo más normal. Si abrieras los ojos y lo condenaras, tendrías que condenar también a otras personas de tu vida. Desconozco qué infancia tuvieron esas chicas. Es fácil catalogar a Tara como a una joven privilegiada y sin problemas, pero a mí su consumo de alcohol y drogas me sugiere que no lo estaba pasando bien... y que era vulnerable. La hermosa y maltrecha Tara... Su preferida.

Clavó los ojos en Fosca al decir eso, al tanto de la ira creciente que impregnaba su voz por más que intentara reprimirla. Fosca le devolvió la mirada con frialdad, sin perder su sempiterna sonrisa. Mariana continuó, intentando conservar la calma:

—Me di cuenta de que no estaba planteando los asesinatos de la manera adecuada. No se trataba de la obra de un loco, un asesino psicópata llevado por una ira incontrolable; eso solo era lo que debía parecer. A esas niñas las mataron de una forma metódica y racional. La única víctima buscada fue Tara.

—¿Y por qué cree eso? —intervino Fosca por primera vez.

Mariana lo miró a los ojos.

—Porque Tara era su amante. Pero sucedió algo. ¿Quizá descubrió que usted se acostaba también con las demás? Y amenazó con hacerlo público. ¿Y entonces qué? Usted perdería el trabajo, y tendría que abandonar este mundo académico y elitista que tanto aprecia. Perdería su reputación... No podía permitirlo. La amenazó con matarla, y luego llevó a cabo su amenaza. Por desgracia para usted, ella se lo contó antes a Zoe... y Zoe me lo contó a mí.

Fosca no le quitaba ojo, y sus pupilas oscuras desprendían el brillo del hielo negro.

—Esa es su teoría, ¿verdad?

—Sí —Mariana no bajó la vista—. Esa es mi teoría. Junto con las demás, Veronica y Serena le proporcionaron una coartada. Todas estaban lo bastante subyugadas por su influjo para avenirse a ello, pero ¿qué ocurrió después? ¿Cambiaron de opinión, amagaron con hacerlo? ¿O solo quiso asegurarse de que no tuvieran esa oportunidad?

Nadie contestó a la pregunta. Se produjo un silencio.

El inspector jefe se sirvió un poco de té sin añadir palabra. El decano observaba atónito a Mariana, a todas luces incapaz de creer lo que estaba oyendo. Julian, que no quería ni mirarla, fingía repasar sus notas.

Edward Fosca fue el primero en hablar. Se dirigió al inspector jefe Sangha:

—Evidentemente, niego esas acusaciones. Todas. Y estaré encantado de responder a cualquier pregunta que quiera hacerme. Pero antes, inspector, ¿necesito un abogado?

Sangha levantó la mano.

—Me parece que todavía no hemos llegado a ese punto, profesor. Si aguarda un momento... —el hombre clavó los ojos en Mariana—. ¿Tiene alguna prueba que respalde esas acusaciones?

Ella asintió con la cabeza.

—Sí. Estas postales.

—Ah. Las famosas postales —Sangha bajó la vista hasta las tarjetas que tenía delante. Las cogió y fue dejándolas en la mesa una a una, repartiéndolas como si fuesen naipes—. Si lo he entendido bien —dijo—, usted cree que se las enviaron a cada una de las víctimas antes del asesinato, ¿como si fueran una especie de tarjeta de visita? ¿Para anunciar la intención del asesino?

—Sí, así es.

—Y ahora que usted misma ha recibido una, ¿debemos suponer que se encuentra en peligro inminente? ¿Por qué cree que la ha escogido como víctima?

Mariana se encogió de hombros.

—Creo que... me he convertido en una amenaza. Me he acercado demasiado. Me he metido en su cabeza.

No miró a Fosca; no estaba segura de poder mantener la compostura.

—Verá, Mariana —oyó que decía el profesor—, cualquiera puede copiar una cita en griego de un libro. Para eso no hace falta un título de Harvard.

—Soy consciente de ello, profesor. Pero cuando estuve en su alojamiento, descubrí esa misma cita subrayada en su propio ejemplar de Eurípides. ¿Es solo una coincidencia?

Fosca soltó una risotada.

—Si fuéramos ahora mismo a mis dependencias y sacáramos cualquier libro de la estantería, ¡vería que lo subrayo prácticamente todo! —prosiguió sin dar ocasión a que Mariana contestara—: ¿Y de verdad cree con sinceridad que, si hubiera matado a esas chicas, les habría enviado postales citando los textos que yo mismo les imparto? ¿Tan estúpido me considera?

Mariana negó con la cabeza.

—No, no es estúpido. No creía que nadie fuera a entender esos mensajes, ni que la policía ni ninguna otra persona fuese a fijarse siquiera en ellos. Era una broma privada suya... a costa de las chicas. Eso fue lo que me convenció de que lo hizo usted. Desde un punto de vista psicológico, encaja a la perfección en el patrón.

El inspector Sangha intervino antes de que Fosca pudiese decir nada.

—Por suerte para el profesor, lo vieron en el colegio a la hora exacta en que se producía el asesinato de Serena. A medianoche.

—¿Quién lo vio?

El inspector fue a servirse más té, pero advirtió que el termo estaba vacío y frunció el ceño.

—Morris, el jefe de bedeles. Se cruzó con Fosca, que estaba fumando frente a la puerta de sus dependencias, y estuvieron hablando unos minutos.

—Miente.

—Mariana...

—Escúcheme...

Antes de que Sangha pudiera detenerla, Mariana le contó que sospechaba que Morris chantajeaba a Fosca, que ella lo había seguido y lo había visto con Serena.

El inspector jefe pareció quedarse algo perplejo. Se inclinó hacia delante y la fulminó con la mirada.

—¿Que lo vio... en el cementerio? Me parece que será mejor que me diga exactamente a qué se ha dedicado estos días.

Mariana se explayó un poco más y, para su consternación, cuanto más se alejaba la conversación de Edward Fosca, más entusiasmado parecía el inspector con la idea de tener a Morris como sospechoso.

Julian estaba de acuerdo con él.

—Eso explica cómo pudo moverse el asesino sin que nadie lo viera. ¿Quién pasa desapercibido en un colegio? ¿A quién no vemos? A un hombre uniformado, un hombre que está donde debe. Un bedel.

—Exacto —el inspector jefe reflexionó un instante, después le hizo una seña con la cabeza a uno de sus agentes y le ordenó que fueran a buscar a Morris para interrogarlo.

Mariana estuvo a punto de intervenir, aunque sabía que serviría de poco, pero entonces Julian le sonrió y tomó la palabra:

—Mira, Mariana, yo estoy de tu parte, así que no te enfades por lo que voy a decir.

—¿Qué?

—Para serte sincero, me di cuenta nada más verte aquí, en Cambridge. Enseguida me llamó la atención que estabas algo extraña... Un poco paranoica.

A Mariana se le escapó la risa.

—¿Cómo dices?

—Sé que no es agradable oírlo..., pero salta a la vista que sufres de manía persecutoria. No estás bien, Mariana. Necesitas ayuda. Y a mí me gustaría ayudarte... si me dejas.

—Vete a la mierda, Julian.

El inspector jefe estampó la base del termo contra la mesa.

—¡Ya basta!

Se hizo el silencio. Sangha habló con firmeza:

—Mariana. No hace usted más que poner a prueba mi paciencia. Ha realizado unas acusaciones sin fundamento contra el profesor Fosca, por no hablar de que lo ha agredido físicamente. El profesor está en todo su derecho de presentar cargos.

Ella intentó interrumpir, pero Sangha no se lo permitió:

—No, vale ya... Ahora va a escucharme usted. Mañana por la mañana la quiero fuera de aquí. Lejos de este colegio y del profesor Fosca, lejos de esta investigación, lejos de mí. O haré que la detengan y la acusen de obstrucción a la justicia. ¿Queda claro? Hágale caso a Julian, ¿quiere? Vaya a ver a su médico. Busque ayuda.

Mariana abrió la boca... y reprimió un grito, un alarido de frustración. Se tragó la ira y permaneció sentada en silencio. No servía de nada seguir discutiendo. Agachó la cabeza, indignada pero derrotada.

Había perdido.

Quinta parte

El resorte ya está bien tenso. Saltará de por sí. Eso es lo que resulta tan práctico en la tragedia, que basta con el más mínimo gesto.

JEAN ANOUILH, *Antígona*

1.

Una hora después, para evitar a la prensa, un coche patrulla se acercó a la espalda del colegio universitario y se detuvo junto a la puerta, que se abría a una calle estrecha. Mariana se encontraba allí junto a diversos estudiantes y empleados que se habían reunido para ver cómo detenían a Morris y lo metían esposado en el coche. Algunos bedeles lo abuchearon y lo insultaron cuando pasó junto a ellos. Morris tenía la cara algo congestionada, pero no contestó. Iba mirando el suelo con la mandíbula tensa.

Solo levantó la vista en el último instante, y Mariana siguió la dirección de sus ojos hasta una ventana... tras la cual se veía a Edward Fosca.

El profesor contemplaba lo que sucedía con una leve sonrisa en los labios. «Se está riendo de nosotros», pensó Mariana.

Y cuando su mirada se cruzó con la de Morris, la rabia contrajo un instante el rostro del bedel.

Después, el agente le quitó el bombín y lo obligó a agacharse para entrar en el coche patrulla. Mariana vio cómo se lo llevaban en el vehículo policial, y luego volvieron a cerrar la puerta del colegio.

Miró de nuevo hacia la ventana de Fosca.

Pero el profesor había desaparecido.

—Gracias a Dios —oyó decir al decano—. Por fin se ha terminado.

Se equivocaba, por supuesto. Aún faltaba mucho para que aquello terminase.

El tiempo cambió casi de inmediato. Como respondiendo a los sucesos del colegio, el verano, que se había alargado tanto, se retiró al fin. Un viento frío silbaba por los patios, empezó a lloviznar y a lo lejos se oyó el retumbar de una tormenta eléctrica.

Mariana y Zoe estaban tomando una copa con Clarissa en el Salón de los Académicos, un espacio de descanso para disfrute de los profesores. Esa tarde, salvo por ellas tres, estaba desierto.

Se trataba de una sala amplia y oscura, amueblada con antiguos sofás y sillones de cuero, escritorios de caoba y mesas cargadas de periódicos y revistas. Olía un poco a humo, a madera y a las cenizas de las chimeneas. El viento del exterior hacía traquetear los cristales de las ventanas mientras la lluvia repiqueteaba contra ellos. Había refrescado lo bastante para que Clarissa pidiera que les encendiesen un pequeño fuego.

Las tres estaban sentadas en unos sillones bajos que había delante de una de las chimeneas, bebiendo whisky. Mariana hacía girar el licor en el vaso mientras observaba el brillo ambarino del líquido a la luz de las llamas. Allí, junto al fuego, se sentía reconfortada, arropada por Clarissa y Zoe. Ese reducido grupo le daba fuerza... y valor. El valor era algo que le hacía mucha falta. Igual que a todas ellas.

Su sobrina había regresado de una clase en la Facultad de Literatura Inglesa. Seguramente la última, comentó Clarissa. Corrían rumores sobre el cierre inminente del colegio hasta que terminara la investigación policial.

A Zoe le había pillado la lluvia; mientras se secaba junto a la chimenea, Mariana les contó lo ocurrido, incluido su enfrentamiento con Edward Fosca. Cuando terminó, su sobrina habló en voz baja:

—Eso ha sido un error. Enfrentarte a él así... Ahora sabe que lo sabes.

Mariana la miró.

—¿No decías que era inocente?

Zoe clavó los ojos en ella y negó con la cabeza.

—He cambiado de opinión.

Clarissa las miró a una y a otra.

—¿Tan seguras estáis las dos de que ese hombre es el culpable? Cuesta creerlo.

—Ya —dijo Mariana—, pero yo sí lo creo.

—Y yo también —dijo Zoe.

Clarissa no repuso anda. Alcanzó el decantador y rellenó su vaso. Mariana notó que le temblaba la mano.

—¿Qué hacemos ahora? —preguntó Zoe—. No te marcharás, ¿verdad?

—Por supuesto que no —ahora fue Mariana quien negó con un gesto—. Que me detengan, no me importa. No pienso volver a Londres.

Clarissa parecía atónita.

—¿Qué? ¿Por qué demonios no?

—No puedo seguir huyendo. Eso se acabó. He huido desde que murió Sebastian. Necesito quedarme... Debo enfrentarme a esto, sea lo que sea. No tengo miedo —las palabras sonaron extrañas en sus labios, así que lo intentó de nuevo—: No tengo miedo.

Clarissa chascó la lengua.

—Habla el whisky.

—Puede —Mariana sonrió—. El valor que da la botella es mejor que nada —se volvió hacia Zoe—. Seguiremos investigando. Eso es lo que haremos ahora. Seguir investigando... y atraparlo.

—¿Cómo? Para eso necesitamos pruebas.

—Sí.

Su sobrina dudó un instante.

—¿Y el arma del crimen?

Algo en el modo en que lo dijo hizo que Mariana se volviera hacia ella.

—¿Te refieres al cuchillo?

Zoe asintió.

—No lo han encontrado aún, ¿no? Creo... que sé dónde está.

Mariana la observó con atención.

—¿Cómo vas a saber eso?

La chica rehuyó su mirada un segundo y siguió contemplando el fuego con un gesto furtivo y culpable que ella reconoció de su niñez.

—¿Zoe?

—Es una larga historia, Mariana.

—Pues ahora es un buen momento para que me la cuentes. ¿No te parece? —bajó la voz—. Verás, cuando me reuní con las Doncellas, me dijeron algo, Zoe... Me contaron que tú también formabas parte del grupo.

Su sobrina abrió mucho los ojos.

—Eso no es verdad.

—Zoe, no mientas...

—¡No miento! Solo fui una vez.

—Bueno, y ¿por qué no me lo dijiste? —preguntó Mariana.

—Yo qué sé —la chica negó con la cabeza—. Tuve miedo. Me daba mucha vergüenza... Hace tiempo que quería contártelo, pero es que...

Se quedó callada, y Mariana alargó el brazo hasta su mano.

—Cuéntamelo ahora. Cuéntanoslo a las dos.

A Zoe le temblaban un poco los labios, aunque asintió. Cuando empezó a hablar, Mariana se preparó para lo que pudiera venir...

Pero lo primero que dijo Zoe hizo que se le helara la sangre.

—Supongo que todo empieza con Deméter... y con Perséfone —miró a su tía—. Las conoces, ¿verdad?

Mariana tardó un segundo en recuperar la voz.

—Sí —asintió—. Las conozco.

2.

Zoe apuró su vaso y lo dejó en la repisa de la chimenea. El fuego humeaba un poco, y a su alrededor se formaron unas volutas de un blanco grisáceo.

Mariana miró a su sobrina. Las llamas rojas y doradas que danzaban por debajo de ella creaban una atmósfera extraña, como de hoguera al aire libre, como si Zoe estuviera a punto de contar una historia de fantasmas... Lo cual, en cierto sentido, iba a hacer.

Al principio con vacilación, a trompicones, la joven empezó a contar la historia que tanto le gustaba al profesor Fosca: la de los ritos secretos de Eleusis en honor de Perséfone. Unos ritos que transportaban a los iniciados en un viaje de ida y vuelta a la muerte.

El profesor conocía el secreto, o eso decía, pero solo lo compartía con unas pocas alumnas especiales.

—Me hizo pronunciar un juramento para mantenerlo todo en secreto. No podía hablar con nadie de lo que iba a ocurrir allí. Sé que parecerá extraño, pero... me halagaba pensar que me consideraba lo bastante especial, lo bastante inteligente. Además, sentía curiosidad. Y entonces... llegó el momento de mi iniciación para entrar en las Doncellas. Fosca me dijo que me reuniera con él a medianoche en el capricho, para la ceremonia.

—¿El capricho?

—Ya sabes, el capricho arquitectónico, ese pabellón que hay junto al río, cerca de Paradise.

Mariana asintió.

—Sigue.

—Justo antes de que dieran las doce, Carla y Diya fueron a buscarme al cobertizo de las barcas y me escoltaron... por el río, en una batea.

—¿Por qué en una batea?

—Es la forma más sencilla de llegar desde aquí. El camino está medio obstruido por zarzas —se detuvo un instante—. Las demás ya estaban allí cuando llegamos. Veronica y Serena estaban de pie a la entrada del capricho. Llevaban máscaras, se suponía que eran Perséfone y Deméter.

—Santo cielo —Clarissa soltó un involuntario gemido de incredulidad.

Enseguida le indicó a Zoe que siguiera.

—Lillian me condujo al interior del capricho, donde aguardaba el profesor. Fosca me vendó los ojos y entonces... bebí el ciceón, que él dijo que no era más que agua de cebada. Pero mentía. Después Tara me contó que le echaban éxtasis líquido. Fosca se lo compraba a Conrad.

Mariana sentía una tensión insoportable; no quería oír nada más, pero sabía que no tenía alternativa.

—Continúa.

—Entonces me susurró al oído... —dijo Zoe— que esa noche moriría, y renacería al alba. Sacó un cuchillo y me lo puso contra la garganta.

—¿Eso hizo? —preguntó Mariana.

—No me cortó ni nada. Dijo que solo era un sacrificio ritual. Luego me quitó la venda... y ahí fue cuando vi dónde guardaba el cuchillo. Lo escondió en una ranura de la pared, entre dos losas de piedra —Zoe cerró los ojos un instante—. Después de eso me cuesta recordar nada. Tenía las piernas como de mantequilla, se me doblaban... Salimos del capricho y nos internamos en el bosque, entre los árboles. Algunas de las chicas bailaban desnudas, otras se metieron en el río a nadar. Pero... yo no quería quitarme la ropa... —sacudió la cabeza—. No lo recuerdo muy bien, pero en algún momento las perdí y me encontré sola y bastante colocada. Tenía miedo... y de pronto lo vi a él.

—¿A Edward Fosca?

—Sí —Zoe parecía reacia a pronunciar su nombre—. Intenté decir algo, pero no pude. Él no dejaba de... besarme. De tocarme. Decía que me amaba, tenía ojos de loco... Recuerdo sus ojos desorbitados. Intenté escapar, pero no podía. Y entonces apareció Tara, empezaron a besarse, y no sé cómo, pero conseguí huir de allí. Corrí por entre los árboles, corrí sin parar... —bajó la cabeza y guardó silencio unos segundos—. Seguí corriendo hasta que escapé.

Mariana la urgió a continuar:

—¿Y qué pasó luego, Zoe?

Ella se encogió de hombros.

—Nada. No volví a hablar de ello con las chicas. Salvo con Tara.

—¿Y el profesor Fosca?

—Actuaba como si no hubiera ocurrido, así que yo también intenté olvidarlo —hizo un gesto de impotencia—. Pero entonces Tara vino a verme a mi habitación aquella noche... y me contó que él la había amenazado con matarla. Nunca la había visto tan asustada. Le tenía pánico.

Clarissa habló en voz baja:

—Querida niña, deberías haber alertado al colegio, habérselo contado a alguien. Deberías haber venido a verme a mí.

—¿Me habrías creído, Clarissa? Es una historia delirante... Era mi palabra contra la suya.

Mariana asintió al borde de las lágrimas. Quería alargar los brazos y estrechar a Zoe con fuerza.

Pero antes había algo más que debía saber.

—Zoe, ¿por qué ahora? ¿Por qué nos cuentas todo esto ahora?

Su sobrina tardó en contestar. Se acercó al sillón donde colgaba su chaqueta, que se secaba junto al fuego, y metió la mano en el bolsillo.

Sacó una postal medio húmeda y salpicada de lluvia y la dejó en el regazo de Mariana.

—Porque yo también he recibido una.

3.

Mariana no podía apartar la mirada de la postal que tenía sobre las piernas.

Era la imagen de un tenebroso cuadro barroco: Ifigenia desnuda en un lecho, con Agamenón acechando tras ella, puñal en mano. En el dorso había una inscripción en griego clásico. Mariana no se molestó en pedirle a Clarissa que lo tradujera. No hacía falta.

Debía mostrarse fuerte por su sobrina. Tenía que pensar con claridad, y deprisa. Eliminó de su voz todo rastro de emoción:

—¿Cuándo has recibido esto, Zoe?

—Esta tarde. Lo han pasado bajo mi puerta.

—Ya veo —Mariana asintió para sí—. Esto cambia las cosas.

—No, no cambia nada.

—Sí. Tenemos que sacarte de aquí. Ahora mismo. Tenemos que irnos a Londres.

—Gracias a Dios —dijo Clarissa.

—No —Zoe rechazó la idea, con expresión terca—. No soy una niña y no pienso irme a ninguna parte. Me voy a quedar aquí, como has dicho: vamos a luchar. Vamos a atraparlo.

Al oír eso, Mariana pensó en lo vulnerable que parecía Zoe, tan triste y desamparada. Los acontecimientos recientes la habían afectado y transformado a ojos vista; se la veía agotada, tanto física como mentalmente; muy frágil, pero a la vez decidida a seguir adelante. «Esa es la imagen de la valentía —pensó Mariana—. Eso es el coraje».

Se diría que la anciana también lo había percibido, y habló bajando la voz:

—Zoe, querida niña, tu valentía es encomiable, pero Mariana tiene razón. Hay que acudir a la policía, contarles todo lo que nos has dicho... Y después debéis iros de Cambridge, las dos. Esta misma noche.

A la chica le cambió la cara. Negó con la cabeza.

—Contárselo a la policía no servirá de nada, Clarissa. Creerán que es cosa de Mariana. Eso será una pérdida de tiempo... y no tenemos tiempo. Lo que necesitamos son pruebas.

—Zoe...

—No, escucha —le suplicó a su tía—. Vamos al capricho... solo por si acaso. Buscamos donde le vi esconder el cuchillo y, si no está ahí, entonces nos vamos a Londres, ¿vale?

Antes de que Mariana pudiera responder, la profesora se le adelantó.

—Santo cielo —exclamó Clarissa—. ¿Pretendéis acabar muertas?

—No —Zoe volvió a negar con la cabeza—. Los asesinatos siempre tienen lugar de noche, así que todavía nos quedan unas horas —miró por la ventana antes de darse la vuelta hacia su tía con los ojos cargados de esperanza—. Además, ha parado de llover. Está despejando.

—Todavía no —Mariana echó un vistazo afuera—, pero lo hará —lo meditó un segundo—. Ve a ducharte, quítate esa ropa mojada y nos vemos en tu habitación dentro de veinte minutos.

—Genial —Zoe asintió, más que complacida.

Mariana vio cómo recogía sus cosas.

—Zoe, ten cuidado, por favor.

Su sobrina la tranquilizó con un gesto y salió. En cuanto cerró la puerta, Clarissa se volvió hacia ella. Estaba preocupada.

—Debo oponerme a esto. No es seguro para ninguna de las dos que os aventuréis de esta forma por el río...

Mariana la interrumpió.

—No tengo ninguna intención de dejar que Zoe se acerque al río. Haré que prepare una bolsa y nos marcharemos directamente. A Londres, como tú misma has dicho.

—Gracias a Dios —Clarissa parecía aliviada—. Es la decisión correcta.

—Pero escúchame bien. Si algo me ocurriera, quiero que acudas a la policía, ¿de acuerdo? Debes contarles esto, todo lo que ha dicho Zoe. ¿Entendido?

Clarissa asintió. Se la veía muy consternada.

—Ojalá fuerais las dos a la policía ahora mismo.

—Zoe tiene razón, no serviría de nada. El inspector Sangha ni siquiera me haría caso, pero a ti sí te escuchará.

La profesora no dijo nada; se limitó a suspirar mirando el fuego.

—Te llamaré desde Londres —dijo Mariana.

No hubo respuesta. Clarissa ni siquiera parecía oírla.

Mariana se sintió defraudada. Había esperado más de ella, que fuera su bastión, pero saltaba a la vista que aquello la superaba. Clarissa parecía haber envejecido de pronto; se la veía encogida, pequeña y frágil.

Comprendió que no les serviría de ninguna ayuda. Fueran cuales fuesen los terrores que las aguardaban a Zoe y a ella, tendrían que afrontarlos solas.

Se despidió de la mujer con un beso en la mejilla y la dejó allí, sentada junto al fuego.

4.

Mientras cruzaba el patio de camino a la habitación de Zoe, Mariana no dejaba de darle vueltas en la cabeza a las cuestiones prácticas. Harían la maleta deprisa y luego, sin que nadie las viera, saldrían del colegio por la puerta de atrás. Tomarían un taxi hasta la estación, y allí un tren a King's Cross. Después, y el corazón se le henchía solo con pensarlo, llegarían a la casita amarilla, su hogar, donde por fin estarían a salvo.

Subió los escalones de piedra que conducían a la habitación de Zoe, pero la encontró vacía. Debía de estar aún en las duchas de la planta baja.

Justo entonces sonó el teléfono. Era Fred.

Dudó un instante, pero al final contestó.

—¿Sí?

—Mariana, soy yo —el joven parecía angustiado—. Tengo que hablar contigo. Es importante.

—Ahora no es buen momento. Creo que anoche nos lo dijimos todo.

—No se trata de anoche. Escúchame con atención, lo digo en serio. He tenido un presentimiento... sobre ti.

—Fred, no tengo tiempo para...

—Ya sé que no me crees, pero es verdad. Estás en grave peligro. Ahora mismo, ¡en este preciso instante! Estés donde estés, lárgate de ahí. Vete. ¡Sal corrien...!

Mariana colgó, exasperada y furiosa. Ya tenía suficientes cosas de las que preocuparse como para añadirles las tonterías de Fred. Por si no estaba lo bastante inquieta, de pronto su angustia aumentó.

¿Por qué tardaba tanto Zoe?

Se dispuso a esperarla mientras recorría el cuarto de un lado a otro como un león enjaulado, paseando la mirada por las pertenencias de su sobrina: una fotografía de cuando era bebé en un marco de plata; otra foto de cuando fue dama de honor en la boda de Mariana; varios amuletos de la suerte y baratijas, piedras y cristales recogidos en vacaciones en el extranjero; recuerdos de la infancia que Zoe arrastraba consigo desde que era pequeña, como la vieja y maltrecha Cebra, colocada en precario equilibrio sobre su almohada.

Mariana se sintió inmensamente conmovida por esa colección de cachivaches. De repente recordó a Zoe de muy pequeña, arrodillada junto a la cama y rezando con las manos unidas. «Dios bendiga a Mariana, Dios bendiga a Sebastian, Dios bendiga al abuelo, Dios bendiga a Cebra...», y a muchos más, incluso a personas que ni siquiera sabía cómo se llamaban, como la mujer triste de la parada del autobús, o el hombre de la librería que estaba resfriado. Mariana solía contemplar con cariño ese ritual infantil, pero ni por asomo creía en lo que hacía Zoe. Ella no creía en un Dios al que resultaba tan fácil llegar, ni cuyo corazón inmisericorde se ablandara ante las plegarias de una niña.

Aun así, sintió que las rodillas le cedían y se le doblaban casi como si una fuerza invisible las empujara desde atrás. Cayó al suelo, unió ambas manos... y agachó la cabeza para pronunciar una oración.

Pero no le rezó a Dios, ni a Jesús, ni siquiera a Sebastian.

Rezó a un puñado de columnas de piedra sucia y azotada por los elementos en lo alto de una colina, contra un cielo resplandeciente en el que no volaba ningún ave.

Le rezó a la diosa.

—Perdóname —susurró—. Sea lo que sea lo que hice, sea lo que sea lo que haya hecho para ofenderte. Ya te llevaste a Sebastian. Con eso es suficiente. Te lo ruego, no te lleves también a Zoe. Por favor, no lo permitiré. No...

Se detuvo, consciente de pronto de lo que estaba haciendo, avergonzada de las palabras que habían abandonado sus labios. Tenía la sensación de haberse vuelto loca; era una niña histérica regateando con el universo.

En cualquier caso, en lo más hondo de ella, Mariana era consciente de que por fin había llegado el momento al que conducía todo aquello, el enfrentamiento inevitable que tanto tiempo había estado postergando: su ajuste de cuentas con la Doncella.

Se levantó despacio.

Y entonces Cebra cayó de la almohada, y de la cama, y acabó en el suelo.

Mariana recogió el peluche y volvió a colocarlo en su sitio. Al hacerlo, vio que a la costura que le cruzaba la tripa le faltaban tres puntos, se había abierto y algo asomaba por entre el relleno.

Dudó un instante; acto seguido, sin saber muy bien qué hacía, lo sacó de allí y se lo quedó mirando. Eran unos papeles doblados varias veces y ocultos dentro del peluche.

No podía apartar los ojos de ellos. Sintió que traicionaba la confianza de su sobrina, pero a la vez se creía obligada a descubrir qué era. Tenía que saberlo.

Desdobló las hojas con cuidado y abrió lo que resultaron ser varias páginas de papel de carta, escritas a máquina.

Mariana se sentó en la cama y empezó a leer.

5.

Y entonces, un día, mi madre se fue.

No recuerdo el momento exacto en que ocurrió, ni el adiós definitivo, pero debió de haberlo. Tampoco recuerdo que estuviera mi padre. Debía de encontrarse en el campo cuando ella se escapó.

Y, bueno, al final nunca mandó a nadie a por mí. De hecho, no volví a verla jamás.

La noche que se fue, subí a mi habitación, me senté a mi pequeño escritorio y escribí durante horas en el diario. Cuando terminé, no leí lo que había escrito.

Ni volví a abrirlo nunca más. Lo metí en una caja y lo escondí con otras cosas que quería olvidar.

Pero hoy lo he sacado por primera vez después de tanto tiempo, y lo he leído, entero.

Bueno, casi todo...

Faltan dos páginas.

Están arrancadas.

Se destruyeron porque eran peligrosas. ¿Por qué? Porque contaban una historia distinta.

No pasa nada, supongo. Nunca va mal revisar una historia.

Ojalá pudiera hacer lo mismo con los años siguientes en la granja: revisarlos, u olvidarlos.

El dolor, el miedo, la humillación. Cada vez estaba más decidido a huir. «Un día me iré de aquí. Seré libre. Estaré seguro. Seré feliz. Me querrán.»

Me lo repetía, una y otra vez, debajo de las sábanas, por la noche. Se convirtió en mi mantra en los peores momentos. Más que eso, se convirtió en mi meta.

Me condujo a ti.

Jamás creí que fuera capaz... de amar, me refiero. Solo conocía el odio. Me asusta que un día pueda acabar odiándote a ti también. Aunque, antes de hacerte daño, me clavaría el cuchillo yo mismo y lo hundiría hasta lo más hondo de mi corazón.

Te quiero, Zoe.

Por eso te escribo esto.

Quiero que me veas tal como soy. ¿Y luego? Me perdonarás, ¿verdad? Curarás mis heridas con un beso. Estamos destinados a estar juntos, lo sabes, ¿verdad? Puede que aún no lo creas, pero yo lo he sabido desde siempre. Tuve una premonición, lo supe en el mismo instante en que te vi.

Al principio eras tan tímida, tan desconfiada. Tuve que conquistar tu amor, poco a poco. Pero sé esperar.

Estaremos juntos, te lo prometo, un día, cuando mi plan se haya hecho realidad. Mi brillante y magnífica idea.

Debo advertirte de que exigirá sangre... y sacrificio.

Te lo explicaré cuando estemos solos. Hasta entonces, ten fe.

Siempre tuyo,

X

6.

Mariana bajó la carta a su regazo.

La miraba sin verla.

Le costaba pensar, incluso respirar, como si la hubieran golpeado repetidamente en el estómago y se hubiera quedado sin aliento. No entendía lo que acababa de leer. ¿Qué significaba esa obscenidad monstruosa?

No tenía sentido. No podía creer que fuera real, no quería creerlo. No podía significar lo que estaba pensando. Imposible. Y, sin embargo, era la única conclusión que podía extraerse, por inaceptable o ilógica que fuera, o aterradora.

Edward Fosca había escrito esa perversa carta de amor, y se la había escrito a Zoe.

Mariana sacudió la cabeza. No, no a Zoe, a *su* Zoe. Se negaba a creerlo, se negaba a creer que su sobrina pudiera tener algo que ver con ese... monstruo.

De pronto recordó la extraña expresión de Zoe cuando vio a Fosca al otro lado del patio. Ella había dado por sentado que se trataba de miedo. ¿Y si era algo más complejo?

¿Y si había estado enfocándolo todo el tiempo desde el ángulo equivocado, mirándolo desde un plano muy general? ¿Y si...?

Pasos. Alguien subía la escalera.

Mariana se quedó helada. No sabía qué hacer; debía decir algo, hacer lo que fuera. Pero no tan de golpe, no así; antes tenía que pensar.

Cogió la carta y se la guardó en el bolsillo justo cuando Zoe aparecía en la puerta.

—Lo siento, Mariana. He ido tan deprisa como he podido.

Su sobrina le sonrió al entrar en la habitación, colorada y con el pelo mojado. Llevaba un albornoz y un par de toallas en la mano.

—Me visto enseguida, un segundo.

Mariana no dijo nada. Zoe se puso algo, y ese atisbo fugaz de desnudez, esa piel joven y suave, de pronto le recordó a la hermosa niña que había amado, aquella hermosa e inocente niña. ¿Dónde estaba? ¿Qué le había ocurrido?

Los ojos se le llenaron de lágrimas, aunque no de emoción, sino de angustia, de dolor físico, como si alguien la hubiera abofeteado. Se dio la vuelta para que Zoe no la viera y se apresuró a secarse los ojos.

—Estoy lista —anunció su sobrina—. ¿Vamos?

—¿Vamos? —Mariana la miró sin comprender—. ¿Adónde?

—Al capricho, ¿adónde si no? A buscar el cuchillo.

—¿Qué? Ah...

Zoe la miró sorprendida.

—¿Estás bien?

Mariana asintió despacio. Toda esperanza de escapar, toda idea de marcharse a Londres con su sobrina, había abandonado su mente. No había donde ir, no había donde huir. Ya no.

—De acuerdo —dijo.

Y, como una sonámbula, la siguió escalera abajo y cruzó el patio con ella. Había dejado de llover; el cielo estaba encapotado, y unas nubes negras y agobiantes se apiñaban sobre sus cabezas, arremolinándose con la brisa.

Zoe le dirigió una mirada fugaz.

—Deberíamos ir por el río. Es la ruta más directa.

Mariana no replicó, se limitó a asentir con un breve gesto.

—Sé manejar una batea —aseguró Zoe—. No soy tan buena como Sebastian, pero no se me da mal.

Mariana asintió de nuevo y la siguió hasta el río.

Siete bateas flotaban entre crujidos en el agua, junto al cobertizo para las barcas, encadenadas a la orilla. Zoe escogió una de las pértigas que había apoyadas contra la pared del cobertizo, esperó a que su tía subiera a la batea y luego desató la pesada cadena que la sujetaba al margen del río.

Mariana se sentó en el asiento bajo de madera. Estaba mojado por la lluvia, pero ni se dio cuenta.

—No tardaremos nada —aseguró Zoe mientras utilizaba la pértiga para empujar la embarcación y alejarla de la orilla. Luego la levantó en el aire, la hundió en el agua y emprendieron el viaje.

No estaban solas; Mariana lo había sabido desde el primer momento. Era consciente de que las seguían, lo notaba, pero resistió la tentación de volver la cabeza. Sin embargo, cuando al fin miró atrás, tal como esperaba, atisbó la figura fugaz de un hombre que desaparecía detrás de un árbol, a lo lejos.

Aun así, decidió que eran imaginaciones suyas, porque no se trataba de quien esperaba ver, no era Edward Fosca.

Sino Fred.

7.

Como Zoe había anticipado, avanzaron deprisa. No tardaron en dejar atrás los colegios y verse rodeadas de campo abierto en ambas orillas del río, un paisaje natural que había sobrevivido inalterado durante siglos.

En la pradera pastaban unas vacas negras. Olía a mojado y a roble en descomposición, a barro fresco. Y Mariana también percibió el humo de una hoguera en alguna parte, ese olor húmedo que desprenden las hojas empapadas al arder.

Una fina neblina cubría el río y se arremolinaba alrededor de Zoe mientras esta impulsaba la batea. Era tan hermosa, allí de pie, con el pelo suelto al viento y esa mirada distante. Se parecía a la dama de Shalott en su travesía postrera y malhadada por el río.

Mariana intentaba pensar, pero le costaba. Y sabía que, con cada impacto sordo de la pértiga en el lecho del río y cada impulso repentino de la batea hacia delante, se le acababa el tiempo. No tardarían en llegar al capricho.

¿Y luego qué?

La carta le ardía en el bolsillo, tenía que entender lo que sucedía.

Aunque debía de estar equivocada. Por fuerza.

—Estás muy callada —comentó Zoe—. ¿En qué vas pensando?

Mariana la miró. Quiso decir algo, pero no le salieron las palabras. Negó con la cabeza y se encogió de hombros.

—En nada.

—Ya queda poco —Zoe señaló el meandro del río, y Mariana miró en esa dirección.

—Oh...

Para su sorpresa, un cisne apareció en el agua. Se deslizó sin esfuerzo hacia ellas, con las plumas blancas y sucias rizándose suavemente en la brisa. Al acercarse a la batea, el animal volvió la larga cabeza y clavó en Mariana sus ojos negros.

Un escalofrío la recorrió de arriba abajo y apartó la vista.

Cuando miró de nuevo, el cisne había desaparecido.

—Ya hemos llegado —anunció Zoe—. Es ahí.

Mariana vio el capricho, en la orilla del río. El pabellón no era muy grande, cuatro columnas de piedra que sostenían un tejado en pendiente. Dos siglos de lluvia y vientos incesantes habían deslucido su blancura original, y las algas y la herrumbre lo habían teñido de verde y oro.

Se trataba de una ubicación un tanto inquietante para un pabellón: una zona solitaria, junto a la ribera del río, rodeada de bosques y pantanos. Zoe y Mariana pasaron junto al edificio con la batea, dejaron atrás los lirios silvestres que crecían en el agua y las rosas trepadoras cubiertas de espinas que impedían el paso.

La chica guio la embarcación hasta la orilla. Clavó la pértiga con fuerza en el lodo del lecho del río para atracar la batea y sujetarla al margen.

Saltó a tierra y tendió una mano a su tía para ayudarla, pero Mariana no la aceptó. No soportaba tocarla.

—¿Estás segura de que estás bien? —preguntó Zoe—. Te veo muy rara.

Mariana no contestó. Saltó como pudo a la orilla cubierta de hierba y siguió a su sobrina hasta el capricho.

Le echó un vistazo antes de entrar.

Tenía un escudo de armas en el dintel, esculpido en piedra: el emblema de un cisne en una tormenta.

Mariana se quedó helada al verlo, incapaz de apartar la mirada por un segundo.

Pero luego continuó adelante.

Siguió a Zoe al interior.

8.

En las paredes de piedra del capricho se abrían dos ventanas que daban al río y otra más en saledizo, con un asiento de piedra, a través de la cual Zoe señaló el bosque verde que rodeaba el pabellón.

—Encontraron el cuerpo de Tara por allí, tras esos árboles, junto al pantano. Luego te lo enseño —se arrodilló y miró bajo el asiento—. Y aquí es donde él dejó el cuchillo. Aquí dentro...

Deslizó el brazo en el hueco que se abría entre dos losas de piedra, y sonrió.

—Ajá.

Cuando retiró la mano, empuñaba un cuchillo de unos veinte centímetros de largo con unas leves manchas de óxido rojo... o sangre seca.

Mariana vio que Zoe lo asía por la empuñadura y lo sujetaba con cierta familiaridad. La chica se levantó y se volvió con él hacia su tía.

Dirigió la hoja a Mariana y la miró fijamente, sin pestañear. Sus ojos azules irradiaban oscuridad.

—Venga —dijo—. Vamos a dar un paseo.

—¿Qué?

—Por ahí, entre los árboles. Vamos.

—Espera. Para —Mariana negó con la cabeza—. Tú no eres así.

—¿Qué?

—Tú no eres así, Zoe. Es él.

—¿De qué hablas?

—Escucha, lo sé todo, he encontrado la carta.

—¿Qué carta?

En respuesta, Mariana la sacó del bolsillo, la desdobló y se la mostró a Zoe.

—Esta carta.

Durante unos segundos, la chica no dijo nada, se limitó a mirar a su tía. No hubo ninguna reacción emocional. Solo unos ojos inexpresivos.

—¿La has leído?
—No estaba fisgoneando, la encontré por casualidad...
—¡¿La has leído?!
—Sí —asintió Mariana en un susurro.
Hubo un destello de ira en los ojos de Zoe.
—¡No tenías ningún derecho!
—Zoe, no lo entiendo —la miró fijamente—. No... Esto no significa... Esto no puede significar...
—¿Qué? ¿Qué no puede significar?
—Que has tenido algo que ver con esos asesinatos... —respondió, tratando de encontrar las palabras—. Que él y tú, los dos..., de algún modo tenéis algo que ver...
—Él me quería. Nos queríamos...
—No, Zoe. Escucha porque es importante, te lo digo porque te quiero: tú eres una víctima más. A pesar de lo que puedas creer, no era amor...
Zoe intentó interrumpirla, pero Mariana no la dejó, y prosiguió:
—Sé que no quieres oírlo. Sé que crees que era muy romántico, pero, te diera lo que te diese, no era amor. Edward Fosca es incapaz de amar. Está muy enfermo y es muy peligroso...
—¿Edward Fosca? —Zoe la miró atónita—. ¿Crees que la carta es de *Edward Fosca*? ¿Y que por eso la guardo en un lugar seguro y la escondo en mi habitación? —en un gesto desdeñoso, movió la cabeza de lado a lado—. No es suya.
—Entonces, ¿de quién es?
El sol se ocultó de pronto tras una nube y el tiempo pareció ralentizarse. Mariana oyó las primeras gotas de lluvia repicar en el alféizar de piedra del capricho y el canto de una lechuza a lo lejos. Y, en ese lapso eterno, comprendió algo: que ya sabía qué iba a decir Zoe, y que tal vez, de manera inconsciente, siempre lo había sabido.
El sol salió de nuevo, el tiempo recuperó los segundos perdidos con una brusca sacudida, y Mariana repitió la pregunta:
—¿De quién es la carta, Zoe?
La chica la miró fijamente, con los ojos llenos de lágrimas. Y contestó en un susurro:
—De Sebastian, ¿de quién va a ser?

Sexta parte

He oído a menudo que la pena ablanda el alma,
la degenera y la vuelve medrosa;
por tanto, pensemos en vengarnos y en dejar de llorar.[*]

WILLIAM SHAKESPEARE, *Enrique VI,* parte 2

[*] William Shakespeare, *Dramas históricos (Obras completas 3),* trad. de Roberto Appratto, Penguin Clásicos, 2016.

1.

Mariana y Zoe se sostuvieron la mirada en silencio.

Había empezado a llover. Mariana podía oír y oler la lluvia que golpeaba el barro en el exterior, y veía cómo las gotas desbarataban los reflejos de árboles trémulos y azotados en el río. Por fin rompió el silencio:

—Mientes.

—No —Zoe negó con la cabeza—. No miento. Sebastian escribió esa carta. Me la escribió a mí.

—No es cierto. Él... —a Mariana le costaba encontrar las palabras—. Sebastian... no escribió esto.

—Claro que sí. Despierta. Estás ciega, Mariana.

Ella volvió los ojos hacia la carta que tenía en la mano y la miró con impotencia.

—Tú... y Sebastian... —no fue capaz de terminar la frase.

Alzó la vista hacia Zoe, desesperada, ansiando que se compadeciera de ella, pero su sobrina solo se compadecía de sí misma, y sus ojos brillaron a causa de las lágrimas que los desbordaban.

—Yo lo quería, Mariana. Lo amaba...

—No. No...

—Es la verdad. He estado enamorada de Sebastian desde que tengo memoria. Desde que era una niña. Y él me amaba a mí.

—Zoe, para. Por favor...

—Tienes que enfrentarte a ello de una vez por todas. Abre los ojos. Éramos amantes. Lo fuimos desde aquel viaje a Grecia. Cuando cumplí los quince, en Atenas, ¿recuerdas? Sebastian me llevó a aquel olivar, junto a la casa..., y me hizo el amor allí mismo, sobre la tierra.

—No —Mariana quiso reír, pero aquello era demasiado enfermizo como para burlarse. Era horrible—. Estás mintiendo...

—No, eres *tú* quien miente. Te mientes a ti misma, por eso estás tan mal de la azotea, porque en el fondo sabes que es verdad.

Que todo era falso. Que Sebastian nunca te quiso a ti, sino a mí. Siempre fui yo. Solo se casó contigo para que pudiéramos estar cerca... Y por el dinero, claro... Eso también lo sabes, ¿verdad?

Mariana sacudió la cabeza.

—No... No pienso escuchar esto.

Dio media vuelta y salió del capricho sin detenerse.

Poco después echó a correr.

2.

—¡Mariana! —gritó Zoe—. ¿Adónde vas? No puedes huir. Se acabó.

Ella no hizo caso y continuó corriendo. Zoe la siguió.

Se oyó un trueno entre las oscuras nubes, a lo alto, y un enorme relámpago estalló de repente. La luz casi era verde. Y entonces los cielos se abrieron. Empezó a llover con fuerza, las gotas se estrellaban contra el suelo y agitaban la superficie del río.

Mariana se adentró en el bosque, donde los sombríos árboles la envolvieron en su negrura. La tierra estaba húmeda, pringosa, y desprendía un olor a moho. Las ramas de los árboles se entrelazaban, cubiertas como estaban de intrincadas telarañas con moscardas amortajadas y otros insectos que colgaban de hilos de seda por encima de su cabeza.

Zoe la seguía sin dejar de hostigarla; su voz resonaba entre los árboles:

—Un día, el abuelo nos pilló en el olivar. Amenazó con contártelo..., así que Sebastian tuvo que matarlo. Lo estranguló allí mismo, con sus inmensas manos. El abuelo te había dejado todo su dinero... Esa fortuna deslumbró a Sebastian; tenía que conseguirla. Quería ese dinero para mí, para él. Para ambos. Pero tú te interponías entre nosotros...

Las ramas de los árboles retenían a Mariana, que intentaba abrirse paso entre ellas. Le hacían arañazos y cortes en manos y brazos.

Oía a Zoe pegada a sus talones, avanzando por el bosque como una de las Furias vengadoras. Y en ningún momento dejaba de hablar:

—Sebastian creía que, si te pasaba algo, él sería el principal sospechoso. «Necesitamos una distracción», dijo. «Como en un truco de magia.» ¿Te acuerdas de los trucos que me hacía cuando era pequeña? «Necesitamos que todo el mundo vuelque su atención en lo que no es, en el lugar equivocado.» Le hablé del profesor Fosca y de las Doncellas, y entonces tuvo la idea. Se abrió en su mente como una hermosa flor, me dijo. Tenía una forma de hablar muy poética, ¿te acuerdas? Pensó hasta en el último detalle. Era un plan hermoso. Perfecto. Pero entonces... te lo llevaste. Y ya no regresó. Sebastian no quería ir a Naxos, tú lo obligaste. Tú tienes la culpa de que esté muerto.

—No —susurró Mariana—. Eso no es justo...

—Sí que lo es —siseó Zoe—. Tú lo mataste. Y a mí también.

De pronto el bosque se hizo menos espeso y se abrió a un claro. Ante ellas se extendía el pantano: una enorme charca de límpidas aguas verdes, inundada de hierbas y zarzas. Había un árbol caído, partido por la mitad y en pleno proceso de putrefacción, cubierto de un musgo verde amarillento y rodeado de setas venenosas.

El aire estaba cargado de un extraño olor a descomposición, un hedor nauseabundo y fétido... ¿Era el agua estancada?

¿O era... el olor de la muerte?

Zoe miró a Mariana sin aliento y todavía con el cuchillo en la mano. Tenía los ojos enrojecidos y arrasados en lágrimas.

—Cuando murió, fue como si me hubieran apuñalado en las entrañas. No sabía qué hacer con mi ira, con todo ese dolor... Y entonces, un día, lo comprendí. Lo vi claro. Tenía que llevar a cabo el plan de Sebastian, tal como él quería. Era lo último que podía hacer por él. Para honrarlo, a él y a su recuerdo..., y cobrarme mi venganza.

Mariana la miraba fijamente sin poder creerlo. No sabía si sería capaz de hablar.

—¿Qué has hecho, Zoe? —dijo en un susurro.

—Yo no. Él. Siempre ha sido Sebastian... Yo solo he hecho lo que él quería. Ha sido todo por amor; copié las citas que él seleccionó, dejé las postales tal como me dijo, subrayé esos párrafos en los libros de Fosca. Un día que tenía supervisión con él, fingí que iba al baño y coloqué varios cabellos de Tara en la parte de atrás del armario ropero de Fosca. También lo manché con un poco de sangre. La policía no lo ha descubierto aún, pero lo hará.

—¿Edward Fosca es inocente? ¿Le has tendido una trampa?

—No —Zoe negó con la cabeza—. Eres tú quien le ha tendido una trampa, Mariana. Sebastian dijo que lo único que debía hacer yo era conseguir que creyeras que le tenía miedo a Fosca. Lo demás ha sido cosa tuya. Esa ha sido la parte más divertida de toda esta representación: verte jugar a los detectives —sonrió—. No eres la detective... Eres la víctima.

Mariana miró a Zoe a los ojos; todas las piezas encajaron en su mente y por fin se enfrentó a la terrible realidad que había estado evitando. Existía una palabra para designar ese momento en las tragedias griegas: *anagnórisis,* el reconocimiento, el instante en que el héroe al fin ve la verdad y comprende su destino... y que siempre ha estado ahí, desde el principio, ante sus ojos. Mariana solía preguntarse qué se sentiría en ese momento. Ahora lo sabía.

—Tú las mataste... A esas chicas... ¿Cómo pudiste?

—Las Doncellas nunca fueron importantes, Mariana. Solo eran una distracción. Un señuelo, eso decía Sebastian —se encogió de hombros—. Lo de Tara fue... difícil. Pero Sebastian decía que era un sacrificio necesario por mi parte y tenía razón. Fue un alivio, en cierto modo.

—¿Un alivio?

—El poder verme al fin con claridad. Ahora sé quién soy. Y soy como Clitemnestra, ¿sabes? O como Medea. Ese es mi verdadero yo.

—No. No, te equivocas —Mariana le dio la espalda porque no soportaba seguir mirándola. Las lágrimas le resbalaban por las mejillas—. No eres una diosa, Zoe. Eres un monstruo.

—Si lo soy —la oyó decir—, es obra de Sebastian. Y tuya también.

Y entonces Mariana sintió que algo impactaba con fuerza contra ella.

Cayó al suelo con Zoe encima. Intentó zafarse, pero su sobrina se valió de todo su peso para inmovilizarla en el barro. Mariana notaba la tierra fría y húmeda contra su rostro, y oyó que Zoe le susurraba al oído:

—Mañana, cuando encuentren tu cadáver, le diré al inspector que intenté detenerte, que te supliqué que no fueras sola al capricho a investigar, pero que insististe. Clarissa le contará mi historia sobre el profesor Fosca, registrarán sus estancias y descubrirán las pruebas que dejé allí...

Zoe se apartó de encima de Mariana, la puso boca arriba y se cernió sobre ella blandiendo el cuchillo. Sus ojos eran los de una demente, un monstruo.

—Y te recordarán como otra más de las víctimas de Fosca. La víctima número cuatro. Nadie sospechará jamás la verdad... Que fuimos nosotros: Sebastian y yo.

Levantó el cuchillo un poco más, preparada para hundírselo...

Pero de pronto Mariana reunió el valor y alzó su brazo para detener el de Zoe. Forcejearon un poco antes de que Mariana le apartara la mano hacia un lado con todas sus fuerzas y lograra hacerle soltar el cuchillo.

El puñal salió despedido de la mano de la chica y silbó por el aire hasta desaparecer entre las hierbas con un golpe sordo.

Con un grito, Zoe se puso en pie de un salto y corrió a buscarlo.

Mientras trataba de encontrarlo, Mariana se levantó... y vio que alguien aparecía tras los árboles.

Era Fred.

El joven corría hacia ella con cara de preocupación. No vio a Zoe arrodillada en la hierba, y Mariana intentó advertirle.

—Fred... Para. ¡Para!

Pero él no se detuvo, y enseguida llegó a su lado.

—¿Estás bien? Te he seguido, estaba preocupado y...

Por detrás de él, Mariana vio que Zoe se incorporaba con el cuchillo en la mano.

—¡Fred! —gritó.

Sin embargo, ya era demasiado tarde. Zoe hundió la hoja en la espalda de Fred, que abrió mucho los ojos... y miró desconcertado a Mariana.

Se desplomó en el suelo, donde quedó tirado, quieto, inmóvil. Un charco de sangre se extendía por debajo de su cuerpo. Zoe tocó a Fred con el cuchillo para comprobar si estaba muerto. No parecía convencida.

Sin pensarlo, Mariana cerró la mano alrededor de una piedra dura y fría que estaba medio enterrada en el barro y la sacó de allí.

Se tambaleó hasta Zoe, que continuaba inclinada sobre el cuerpo de Fred, y justo cuando su sobrina estaba a punto de clavarle el cuchillo en el pecho, Mariana la golpeó con la piedra en la parte posterior de la cabeza.

El golpe lanzó a Zoe hacia un lado y la hizo resbalar en el barro hasta que cayó boca abajo. Sobre el cuchillo.

La chica permaneció inmóvil unos segundos. Mariana creyó que estaba muerta.

Pero entonces, con un gemido casi animal, Zoe se volvió sobre la espalda y quedó allí tumbada, cual bestia herida, con los ojos desorbitados y cara de pánico. Mariana vio que el cuchillo sobresalía clavado en su pecho.

Zoe empezó a gritar.

No dejaba de chillar: estaba histérica, aullando de dolor, miedo y horror. Eran los alaridos de una niña aterrorizada.

Por primera vez en su vida, Mariana no acudió corriendo a socorrer a Zoe. En lugar de eso, sacó el móvil y llamó a la policía.

Zoe continuó gritando sin parar, hasta que al final... sus chillidos se confundieron con el sonido de una sirena que se acercaba.

3.

Se llevaron a Zoe en una ambulancia, custodiada por dos agentes de la policía armados.

La escolta no era muy necesaria, ya que había vuelto a convertirse en una niña, una pequeña asustada e indefensa. Aun así, la acusaron de intento de asesinato, un cargo al que después se le sumarían otros. Por el momento solo intento de asesinato, ya que Fred había sobrevivido a la agresión, aunque por los pelos. Había quedado gravemente herido y se lo llevaron al hospital en otra ambulancia.

Mariana estaba en *shock*. Aguardaba sentada en un banco a la orilla del río, y entre las manos sujetaba la taza de té fuerte y dulce que el inspector Sangha le había servido de su termo. Para pasar el susto, y como ofrenda de paz.

Había dejado de llover y el cielo ya estaba despejado. Las nubes, tras descargar, habían desaparecido y solo dejaron atrás unos jirones grises en la tenue luz crepuscular. El sol, que se ponía despacio tras los árboles, teñía el cielo de rosa y dorado.

Allí sentada, Mariana se llevó la taza caliente a los labios y bebió un poco de té. Una policía intentó ofrecerle consuelo rodeándola con un brazo, pero ella apenas se dio cuenta. Le habían puesto una manta sobre las rodillas, aunque tampoco de eso era muy consciente. Tenía la mente en blanco y su mirada vagaba a lo largo del río... cuando vio el cisne. El ave avanzaba por el agua tomando impulso.

Mientras ella lo observaba, el cisne extendió las alas y alzó el vuelo. Ascendió hacia el cielo, y Mariana lo siguió con la mirada hasta las alturas.

El inspector Sangha se acercó y se sentó en el banco.

—Le alegrará saber que han despedido a Fosca —dijo—. Resulta que se acostaba con todas. Morris ha confesado que lo chantajeaba, así que tenía usted razón. Con un poco de suerte, ambos recibirán su merecido —miró a Mariana y advirtió que no estaba asimilando la información. Señaló el té con un gesto y habló con suavidad—: ¿Cómo se encuentra? ¿Está algo mejor?

Ella se giró hacia él y negó sin apenas mover la cabeza. No se encontraba mejor; peor, en todo caso...

Y, sin embargo, algo había cambiado. ¿Qué era?

De alguna manera, se sentía alerta. O tal vez «despierta» lo describía mejor: todo parecía más nítido, como si la niebla se hubiera levantado. Los colores eran más intensos, los contornos de las cosas estaban más definidos. El mundo ya no tenía un tono gris y mortecino, ni se le antojaba distante, tras un velo.

Volvía a sentirlo vivo, palpitante, lleno de color, cargado de la humedad de la lluvia otoñal y vibrante a causa del eterno rumor del ciclo interminable de nacimiento y muerte.

Epílogo

Mariana siguió conmocionada durante mucho tiempo después de aquello.

De nuevo en casa, por las noches dormía en el sofá de la planta baja. Jamás sería capaz de volver a hacerlo en su cama; la cama que había compartido con él, con ese hombre que ya no sabía quién era. Lo veía como una especie de extraño, un impostor con quien había vivido muchos años, un actor que se había acostado con ella y había tramado su muerte.

¿Quién era esa persona irreal? ¿Qué escondía tras su hermosa máscara? ¿Había sido solo una representación? ¿Toda su vida en común?

Ahora que la función había llegado a su fin, Mariana tenía que examinar su propio papel en ella. Y eso no era sencillo.

Al cerrar los ojos e intentar visualizar el rostro de Sebastian, le costaba distinguir sus facciones con claridad. Se desvanecían, como el recuerdo de un sueño, y no hacía más que ver la cara de su padre en su lugar; los ojos de su padre en vez de los de Sebastian, como si de algún modo, en esencia, fuesen la misma persona.

¿Cómo era eso que había dicho Ruth de que su padre era una pieza fundamental en su historia? Mariana no lo había entendido en su momento.

Pero ahora, quizá, empezaba a comprender.

No había vuelto a ver a Ruth. Todavía no. No estaba preparada para llorar, ni para hablar, ni para sentir nada. Todo estaba aún a flor de piel.

Mariana tampoco había vuelto a dirigir grupos de terapia. ¿Cómo podía pretender ayudar a otras personas u ofrecer consejo alguno nunca más?

Se encontraba perdida.

Y en cuanto a Zoe... Bueno, no consiguió recuperarse de su ataque de histeria. Sobrevivió a la puñalada, pero la situación desencadenó su colapso psicológico. Después de la detención, intentó suicidarse en varias ocasiones, antes de sufrir una grave crisis psicótica.

Acabaron declarándola incapacitada para un juicio y la ingresaron en una unidad psiquiátrica segura del norte de Londres, The Grove, la misma donde Mariana había animado a Theo a solicitar un puesto de trabajo.

Resultó que Theo había seguido su consejo y ya estaba trabajando allí. Zoe era paciente suya.

Theo intentó ponerse en contacto con Mariana varias veces por el asunto de la chica, pero ella se negaba a hablar con él y no le devolvía las llamadas.

Sabía lo que buscaba su compañero. Quería que fuese a hablar con Zoe. Lo entendía. De haber estado en su lugar, también ella lo habría intentado. Cualquier tipo de comunicación positiva entre ambas sería capital para la recuperación de Zoe.

Pero Mariana tenía que ocuparse de su propio restablecimiento.

No soportaba la idea de volver a hablar con su sobrina. Le provocaba náuseas. Sencillamente era superior a ella.

No se trataba de que quisiera perdonarla o no. Eso, de todos modos, no era algo que Mariana pudiera decidir. Ruth decía siempre que el perdón no podía imponerse; se experimentaba de manera espontánea, era un acto de gracia que solo surgía cuando una persona estaba preparada.

Y Mariana no lo estaba aún. Incluso dudaba de que llegara a estarlo nunca.

Sentía tanta ira, tanto dolor... Si algún día volvía a ver a Zoe, no sabía qué sería capaz de decir, o de hacer; estaba claro que no sería responsable de sus actos. Era mejor mantenerse al margen y abandonar a Zoe a su suerte.

A quien Mariana sí fue a visitar varias veces mientras estuvo en el hospital fue a Fred. Sentía que se lo debía, y le estaba agradecida. El joven le había salvado la vida, al fin y al cabo, y eso no lo olvidaría jamás. Lo encontró débil, no podía hablar, pero Fred no dejó de sonreír en todo el rato que Mariana estuvo con él. Juntos disfrutaron de un silencio agradable, y ella pensó en lo extraño que era sentirse tan cómoda y segura a su lado, junto a ese hombre al que apenas conocía. Todavía era pronto para decir si entre ellos podría surgir algo, pero ya no lo descartaba sin más.

Desde hacía un tiempo se sentía de un modo distinto respecto a muchas cosas.

Era como si todo lo que la antigua Mariana había conocido, en lo que había creído o confiado, se hubiera venido abajo y hubiera dejado un espacio vacío y libre. En ese limbo desértico vivió durante semanas, luego meses...

Hasta que, un día, recibió una carta de Theo.

En ella, su compañero le pedía que reconsiderara una vez más su negativa a ver a Zoe. Le habló de su sobrina, demostrando mucha perspicacia respecto a su caso y gran empatía, antes de dirigir la atención hacia la propia Mariana.

> Tengo la firme sensación de que te beneficiaría a ti tanto como a ella, porque te ofrecería una especie de punto final. Sé que no será agradable, pero me parece que podría ayudarte. No soy capaz de imaginar por lo que has pasado. Zoe está empezando a abrirse algo más... y el mundo secreto que compartía con tu difunto esposo me ha dejado muy preocupado. Me cuenta cosas que son absolutamente terroríficas. Y debo decir, Mariana, que creo que tienes una suerte increíble de seguir viva.

Theo terminaba su carta diciendo lo siguiente:

> Sé que no es fácil, solo te pido que tengas en cuenta que, hasta cierto punto, ella también es una víctima.

Esa última frase enfureció a Mariana. Rompió la carta y la tiró a la papelera.

Sin embargo, por la noche, al acostarse y cerrar los ojos, en su cabeza apareció un rostro. No el de Sebastian, ni el de su padre, sino el rostro de una niña pequeña.

Una niña de seis años, asustada.

El rostro de Zoe.

¿Qué le había pasado? ¿Qué le habían hecho? ¿Qué horrores había tenido que sufrir, y ante las narices de la propia Mariana, en las sombras, entre bastidores, tras el escenario?

Mariana le había fallado. No había sabido protegerla, ni siquiera había sabido verlo... Debía asumir esa responsabilidad. ¿Cómo había estado tan ciega? Debía averiguarlo. Necesitaba entenderlo. Enfrentarse a ello y plantarle cara.

O se volvería loca.

Por eso, una nevada mañana de febrero, Mariana acabó acercándose al norte de Londres, al hospital de Edgware... y a The Grove. Theo la esperaba en la recepción y la saludó con afecto.

—Nunca pensé que te vería aquí —dijo—. Es curioso las vueltas que da la vida.

—Sí, supongo que sí.

La acompañó para que pasara el arco de seguridad y la condujo por los destartalados pasillos del centro. Mientras los recorrían, Theo le advirtió que encontraría a Zoe muy diferente de como la había visto la última vez.

—Está muy mal, Mariana. La verás muy cambiada, creo que deberías prepararte.

—De acuerdo.

—Me alegro mucho de que hayas venido. Esto será de gran ayuda. A menudo habla de ti, ¿sabes? Pide verte muchas veces.

Mariana no dijo nada. Theo la miró de reojo.

—Mira, sé que esto no debe de ser fácil —añadió—. No espero que seas para nada... benévola con ella.

«No lo soy», se dijo Mariana.

Él pareció leerle el pensamiento y asintió con un gesto.

—Lo entiendo. Sé que intentó hacerte daño.

—Intentó matarme, Theo.

—Creo que es algo más complicado, Mariana —vaciló un instante—. El que intentó matarte fue él. Ella no fue más que la mano ejecutora. Su marioneta. Estaba completamente a su merced. Pero eso solo es una parte de ella, ¿sabes? En otra parte de su mente, ella todavía te quiere, y te necesita.

Mariana se notaba cada vez más inquieta. Había sido un error ir allí. No estaba preparada para ver a Zoe, no estaba lista para lo que esa situación pudiera hacerle sentir..., para lo que dijera o hiciese su sobrina.

Cuando llegaron al despacho de Theo, él señaló con la cabeza otra puerta que había al final del pasillo.

—Zoe está allí, en la sala de recreo. No suele socializar con las demás internas, pero siempre intentamos que esté con ellas en los ratos libres —miró la hora y arrugó la frente—. Lo siento mucho, ¿te importa esperar un par de minutos? Hay otra paciente a la que tengo que ver un momento en mi despacho. Después prepararemos el encuentro entre Zoe y tú.

Sin darle tiempo a contestar, Theo le indicó el largo banco de madera que había en la pared de delante de su despacho.

—¿Por qué no te sientas?

Mariana aceptó con un gesto.

—Gracias.

Theo abrió la puerta de su despacho, y al otro lado Mariana divisó a una mujer guapa, pelirroja, que esperaba contemplando el cielo gris por la ventana de barrotes. La mujer se dio la vuelta y miró a Theo con recelo cuando este entró en la sala y cerró tras de sí.

Mariana echó un vistazo al banco, pero no se sentó. En lugar de eso, siguió andando hasta la puerta del final del pasillo.

Se detuvo justo delante. Dudó.

Luego alargó la mano, tiró de la manilla... y entró.

Agradecimientos

Escribí la mayor parte de este libro durante la pandemia de COVID-19, por lo que me vino muy bien tener algo en lo que concentrarme durante esos largos meses de vida solitaria en el Londres confinado. También fue un alivio poder escapar de mi apartamento a ese mundo que ocupaba mi cabeza —en parte real y en parte imaginado, un ejercicio de nostalgia—, en un intento de revisitar mi juventud y un lugar que amo.

Sentía nostalgia por cierta clase de novela, los libros que me fascinaban de adolescente: historias de detectives, de misterio, novelas policíacas o comoquiera que se las llame. Así pues, mi primer agradecimiento consiste en la inmensa deuda que tengo para con las escritoras clásicas de misterio, mujeres todas ellas, que tanta inspiración y tantas alegrías me han proporcionado a lo largo de los años: Agatha Christie, Dorothy L. Sayers, Ngaio Marsh, Margaret Millar, Margery Allingham, Josephine Tey, P. D. James y Ruth Rendell.

No es ningún secreto que escribir una segunda novela es algo completamente distinto en comparación con una novela de debut. Escribí *La paciente silenciosa* en un estado de aislamiento total, sin un público en mente y con nada que perder. Ese libro cambió mi vida y la amplió de manera exponencial. Con *Las Doncellas,* en cambio, sentía mucha más presión. Pero esta vez no estaba solo, contaba con una pequeña comunidad de individuos con un talento y una inteligencia increíbles que me brindaron apoyo y consejo. Tengo muchísimas personas a las que expresar mi agradecimiento, así que espero no dejarme a nadie.

Debo empezar por dar las gracias a mi agente y querido amigo Sam Copeland, por ser el pilar que es, además de una fuente de sabiduría, buen humor y bondad. Asimismo siento una enorme gratitud hacia el brillante y entregado equipo de Rogers, Coleridge & White: Peter Straus, Stephen Edwards, Tristan Kendrick,

Sam Coates, Katharina Volckmer y Honor Spreckley, por nombrar a unos cuantos.

Desde un punto de vista creativo, trabajar en la edición de este libro ha sido la experiencia profesional más grata que he disfrutado jamás. He aprendido muchísimo, y le debo un sentido agradecimiento a mi fantástico editor en Estados Unidos, Ryan Doherty, de Celadon; también a gente tan excepcional como Emad Akhtar y Katie Espiner, de Orion, en Londres. Me he divertido mucho trabajando con todos vosotros, y os doy las gracias por vuestra magnífica ayuda. Espero que podamos trabajar siempre juntos.

Gracias a Hal Jensen por sus notas, increíblemente útiles y detalladas, así como por su amistad y por soportar hasta el infinito mi obsesión con este maldito libro. Gracias a Nedie Antoniades por todo su apoyo y por convencerme para bajar de la cornisa en incontables ocasiones; confío muchísimo en ti y te estoy agradecido de corazón. También le doy las gracias a Iván Fernández Soto, por santa Lucía y por todas sus ideas, y por haberme dejado probar esos giros descabellados de la trama estos últimos tres años. Vaya mi enorme gratitud para Uma Thurman, por todas sus anotaciones y sugerencias geniales, así como esas comidas caseras en Nueva York. Siempre estaré en deuda con ella. Diane Medak, gracias por tu amistad y tu apoyo, y por dejar que me quedara todo el tiempo que hiciera falta. Estoy impaciente por volver.

Al profesor Adrian Poole, el mejor maestro que he tenido jamás: gracias por esos comentarios tan útiles y por su ayuda con el griego clásico, además de por haber prendido en mí el amor por las tragedias, para empezar. Un reconocimiento también al Trinity College de Cambridge, por acogerme de nuevo con tanta calidez y ofrecerme la inspiración necesaria para crear el Saint Christopher's College.

Gracias a todos mis maravillosos amigos de Celadon; no me imagino la vida sin vosotros. Jamie Raab y Deb Futter, os estaré eternamente agradecido, mil gracias por toda vuestra ayuda. Rachel Chou y Christine Mykityshyn: sois brillantes, y gran parte del éxito del último libro os lo debo a vosotras. Gracias. También a Cecily van Buren-Freedman: tus comentarios mejoraron el libro de forma sustancial, y solo puedo agradecértelo. También en Celadon, gracias a Anne Twomey, Jennifer Jackson, Jaime Noven,

Anna Belle Hindenlang, Clay Smith, Randi Kramer, Heather Orlando-Jerabek, Rebecca Ritchey y Lauren Dooley. A Will Staehle por la fantástica cubierta, y a Jeremy Pink por conseguir que todo estuviera listo en un tiempo récord. Quiero expresar asimismo mi inmensa gratitud al equipo de ventas de Macmillan: ¡chicos, sois los mejores!

En Orion y Hachette, quisiera dar las gracias a David Shelley por todo su apoyo. Me he sentido acompañado y defendido por ti; te lo agradezco mucho. También a Sarah Benton, Maura Wilding, Lynsey Sutherland, Jen Wilson, Esther Waters, Victoria Laws: ¡gracias por vuestro estupendo trabajo! Y a Emma Mitchell y a FMCM por la publicidad.

Un agradecimiento especial para María Fasce en Madrid, por sus perspicaces comentarios, tan útiles, y también por su ánimo.

Gracias, Christine Michaelides, por la ayuda con las descripciones. El noventa por ciento no ha llegado al libro, ¡pero al menos he aprendido algo! A Emily Holt le agradezco sus prácticas notas y que fuera tan alentadora. Gracias también a Vicky Holt y a mi padre, George Michaelides, por su apoyo.

Siento una enorme gratitud para con la fabulosa Katie Haines. Una vez más, trabajar contigo ha sido una delicia. Estoy impaciente por que podamos volver al teatro.

Gracias a Tiffany Gassouk por hacerme sentir tan acogido en París mientras estuve escribiendo allí, y por animarme tanto. También a Tony Parsons, por las charlas motivacionales y el apoyo. Te lo agradezco de verdad. Gracias, asimismo, a Anita Baumann, Emily Koch y Hannah Beckerman, por su aliento y sus sabios consejos. Y a Katie Marsh, buena amiga, por tus ánimos constantes. Y para terminar, aunque no por ello menos importante, gracias a David Fraser.

«Para viajar lejos no hay mejor nave que un libro.»

EMILY DICKINSON

Gracias por tu lectura de este libro.

En **penguinlibros.club** encontrarás las mejores recomendaciones de lectura.

Únete a nuestra comunidad y viaja con nosotros.

penguinlibros.club

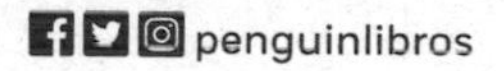